KB172634

서유기

일러두기

1. 이 번역은 대만의 이인서국里仁書局에서 나온 이탁오비평본李卓吾批評本 『서유기교주西遊記校注』(2000년 초판 2쇄)를 저본底本으로 삼고, 상해고적출판사上海古籍出版社 및 북경인민출판사北京人民出版社 등에서 나온 세 종류의 다른 판본을 참고로 하되, 이탁오의 이름으로 된 평점評點은 생략하고 이야기 본문만 번역한 것이다.

2. 이 번역에서 혹시 발견될 수도 있는 오류는 역자 모두의 책임이다.

3. 기본적인 줄거리를 이해하는 데 반드시 필요한 사항은 각주 형식의 역주를 두어 설명하였고, 그 외에 불교나 도교와 관련된 개념어 등에 대한 설명은 '●'으로 표시하여 각 권의 맨 뒤에 「부록」('불교 · 도교 용어 풀이')으로 실었다.

4. 주석에서 중국 고유명사의 표기는 현행 맞춤법의 규정에 따라 신해혁명(1911)을 분기점으로 하여, 그 이전은 한자 발음대로, 그 이후는 중국어 원음대로 표기하였다. 단, 현행 외래어 표기법이 중국어 원음을 올바로 나타낼 수 없다고 판단되는 경우는 예외로 두었다. 예를 들어, '曲江縣'은 현행 외래어 표기법에 따르면 '취장시앤'이라고 써야 하지만 이 책에서는 '취장시앤'으로 표기하였다.

5. 본문 삽화는 청나라 때의 『신설서유기도상新說西遊記圖像』에서 발췌하였다.

6. 책명은 『 』으로, 편명이나 시 등은 「 」으로 표기하였다.

7. 이 책의 「부록」에 포함된 '불교 · 도교 용어 풀이', '등장인물', '현장법사의 서역 여행도'는 서울대학교 서유기 번역 연구회의 역자들이 직접 작성한 것이다.

8. '불교 · 도교 용어 풀이'는 가나다순으로 정리했다.

西遊記

서유기

오승은 지음

홍상훈 외 옮김

10

솔

唐僧

삼장법사

손오공

猪八戒

저팔계

사오정

석가여래

唐太宗

당 태종

李老君

태상노군

鎮元仙

진원대선

현성이랑신

李天王

탁탑천왕

金星

태백금성

牛魔王

우마왕

鐵扇公主

나찰녀

紅孩兒

홍해아

黄袍怪

황포 요괴

獅子精

사자 요괴

거미 요괴

가짜 손오공

차례

제91회
삼장법사, 쇠머리 귀신에게 납치되다

선을 닦음에 무엇에 힘써야 하는가?
날뛰는 마음 우선 없애야 하네.
단단히 붙잡아야 오채가 생겨나고
잠시만 멈추어도 삼도 지옥으로 떨어진다네.
내키는 대로 하게 하면 신단이 새어나가고
멋대로 행동하게 놔두면 옥 같은 성정이 말라버리네.
희로애락을 깨끗이 쓸어버려야
현묘한 깨달음 얻어 무위에 이를 수 있네.

修禪何處用工夫　馬劣猿顚速剪除
牢捉牢拴生五彩　暫停暫住墮三途
若教自在神丹漏　纏放從容玉性枯
喜怒憂思須掃淨　得玄得妙恰如無

한편 삼장법사 일행이 옥화성玉華城을 떠난 뒤로는 죽 평탄한
길이 이어져 정말 극락의 고장이라고 할 만했어요. 대엿새 걸어
가자 또 성이 하나 나타났어요. 삼장법사가 손오공에게 물었어요.

"여긴 또 어떤 곳이냐?"

"성입니다. 그런데 성에 깃대만 있고 깃발은 없어서 어디인지는 모르겠습니다. 가까이 가서 물어보지요."

성 밖의 동쪽 거리로 갔더니, 양편에 늘어선 찻집과 술집은 떠들썩하고 쌀집과 기름집에는 사람들이 북적댔어요. 할 일 없는 거리의 건달들은 주둥이가 삐죽 나온 저팔계와 얼굴이 거무튀튀한 사오정, 붉은 눈의 손오공을 구경하려고 우르르 다퉈 몰려들었지만 감히 다가와 말을 걸지는 못했어요.

삼장법사는 그저 그들이 말썽을 일으킬까 땀을 훔치며 조마조마했지요. 골목 몇 개를 더 지났지만 아직 성에 이르지 못했는데, 문득 산문山門이 하나 보이고 문 위에는 '자운사慈雲寺'라고 씌어 있었어요. 그것을 보고 삼장법사가 말했어요.

"여기 들어가 잠깐 말도 쉬게 하고 저녁이나 한 끼 얻어먹는 게 어떠냐?"

손오공이 대답했어요.

"그거 좋습니다. 그러지요."

일행은 곧 함께 안으로 들어갔어요. 그 안은 이랬어요.

장엄한 진루에
우뚝우뚝 보좌 솟아 있네.
불탑은 높은 구름 위 서 있고
승방은 달빛 속에 고요하네.
아스라한 붉은 노을 속 불탑佛塔 서 있고
빽빽한 푸른 나무 그늘 속 전륜장 맑게 빛나네.
진실로 정토의 땅이라
용궁인 듯하며

대웅전 위에는 자주색 구름 감싸고 있네.

끊어지지 않고 이어진 복도에는 한가하게 노니는 사람들

항상 열려 있는 탑에 올라가는 사람들

화로의 향불은 언제나 타고 있고

대 위의 등불은 밤마다 밝혀 있네.

문득 방장에서 쇠종 소리 들려오니

응불승[1]들이 불경을 낭송하네.

珍樓壯麗　寶座崢嶸

佛閣高雲外　僧房靜月中

丹霞縹渺浮屠挺　碧樹陰森輪藏清

眞淨土　假龍宮　大雄殿上紫雲籠

兩廊不絕閑人戲　一塔常開有客登

爐中香火時時熱　臺上燈花夜夜熒

忽聞方丈金鍾韻　應佛僧人朗誦經

네 일행이 한참 보고 있는데, 승려 하나가 복도로 걸어 나오더니 삼장법사에게 인사하며 물었어요.

"스님, 어디서 오십니까?"

"저는 중화 땅 당나라에서 온 사람입니다."

승려가 엎드려 절을 올리자 삼장법사는 놀라서 얼른 일으켜 세웠어요.

"스님, 왜 이렇게 큰 예를 행하시는 겁니까?"

승려는 합장하며 대답했어요.

"선善을 따르는 이곳 사람들은 모두 불경을 읽고 염불하면서 도를 닦아 다음 생에 중화 땅에 태어나기만을 바라고 있습니다.

---

1 응불승은 응부승應付僧이라고도 하며 불사를 맡아 처리하는 승려를 말한다.

지금 스님의 훌륭하신 의관과 풍채를 뵈오니, 과연 전생에 도를 닦아 이런 복을 누리시는 것이니 마땅히 절을 올려야지요."

그러자 삼장법사는 웃으며 말했어요.

"이런, 이런, 황공합니다. 저는 그저 행각승일 뿐인데 무슨 복이라니요! 스님처럼 이곳에서 한가로이 도를 쌓으며 지내는 게 바로 큰 복이지요."

승려는 삼장법사를 대웅전으로 안내해 불상에 절을 드리게 했어요. 삼장법사는 그제야 제자들을 불러들였어요. 원래 세 제자는 승려가 삼장법사와 얘기하는 것을 보고 얼굴을 돌린 채 말을 잡고 짐을 지키면서 한쪽에 서 있었기 때문에 승려는 미처 이들에게 주의하지 못했어요. 그런데 삼장법사가 "얘들아" 하고 부르자 그들 셋이 고개를 돌리니, 승려는 이들을 보고 덜컥 놀라 외쳤어요.

"아이고, 나리! 제자분들이 어쩌면 이렇게들 못생기셨나요?"

"못생기긴 했지만 법력이 제법 있답니다. 오는 동안 저 아이들 덕을 많이 보았지요."

이렇게 말하고 있는데 안에서 또 몇몇 승려들이 나와서 예를 올렸어요. 앞서 만난 승려가 뒤에 나온 승려들에게 말해 주었어요.

"이 스님은 중화의 위대한 당나라에서 오신 분이시고, 저 세 분은 제자분들이시네."

승려들이 기쁘면서도 두려워하며 삼장법사에게 물었어요.

"중화 땅 큰 나라 분이신 스님께서 여기엔 어쩐 일로 오셨습니까?"

"저는 당나라 황제의 어명을 받들어 영취산靈鷲山으로 가서 부처님을 뵙고 불경을 구하려고 합니다. 마침 이곳을 지나게 되어

귀 사찰을 찾았으니, 이 지역에 대해 여쭤볼 것도 있고 또 한 끼 공양도 얻어먹고 갈까 해서입니다."

승려들은 모두 기뻐하며 일행을 다시 방장 안으로 청해 들였어요. 방장 안에는 신도들을 위해 재齋를 올려주고 있던 승려들이 몇 명 있었지요. 앞장서서 들어왔던 승려들이 이렇게 알렸어요.

"모두 와서 중화 사람들 좀 봐. 알고 보니 중화 땅에는 잘생긴 사람도 있고 못생긴 사람도 있었어. 잘생긴 사람은 그림으로 따라 그리지도 못할 정도이고, 못생긴 사람은 정말 괴상하게 생겼지."

그러자 수많은 승려들과 신도들이 모두 구경하러 몰려들었어요. 인사가 끝나자 모두 자리에 앉았지요. 차를 마시고 나서 삼장법사가 물었어요.

"여기는 어떤 곳입니까?"

승려들이 대답했어요.

"이곳은 천축국의 바깥 고장[外郡]인 금평부金平府입니다."

"여기에서 영취산까지는 얼마나 됩니까?"

"여기에서 도읍까지 이천 리인데, 그곳까지는 저희도 가봤습니다. 거기에서 다시 서쪽으로 영취산까지는 저희도 가본 적이 없어 얼마나 되는지 모르니, 함부로 말씀드릴 수가 없습니다."

삼장법사는 감사 인사를 드렸어요.

곧 공양이 나왔어요. 공양이 끝난 후 삼장법사가 떠나려고 하자, 승려들과 신도들이 붙잡으며 이렇게 말했어요.

"스님 하루 이틀 편안하게 머무시면서 대보름[元宵]도 지내시고 즐기다 가시지요."

그 말에 삼장법사가 놀라서 대답했어요.

"소승은 나그네 신세라 어디에 산과 물이 있는지밖에 모르고, 그저 요괴와 요마를 만날까 걱정하면서 세월을 모두 흘려보냈는지라, 대보름 명절이 언제인지도 모르고 있었습니다."

승려들이 웃으며 말했어요.

"스님께서는 부처님을 뵙고 선禪을 깨치고자 하는 마음이 커서, 그런 건 염두에 두지 않으신 거지요. 오늘은 정월 열사흗날이라 밤에 등을 올리고, 모레가 대보름이지요. 열여드레나 열아흐렛날이 되어서야 등을 내립니다. 여기 사람들은 떠들썩한 걸 좋아하고 태수 나리께서도 백성들을 아끼시는지라, 각지에 등불을 높이 걸고 밤새도록 풍악을 울리며 논답니다. 또 '금등교金燈橋'라는 것도 있는데, 예전부터 전해 내려온 것으로 지금도 볼거리가 매우 많답니다. 나리들께서는 며칠 편히 쉬시지요. 초라한 절이지만 저희가 나리들 대접은 해드릴 수 있습니다."

삼장법사도 어쩔 수 없었는지라 머무르게 되었지요. 그날 밤 대웅전에서 종소리와 북소리가 요란하게 울렸는데, 마을의 여러 신도들이 등을 보내어 부처님께 바치려는 것이었어요. 삼장법사 일행은 방장 밖으로 나와 등을 구경하고 각자 돌아가 잠자리에 들었어요.

다음 날 그 절의 승려들이 또 공양을 올렸어요. 밥을 다 먹고 나서는 함께 뒤뜰로 가서 한가로이 시간을 보냈어요. 정말 훌륭한 곳이었지요.

때는 정월이니
새봄의 계절이네.
정원의 숲 그윽하니
무성한 그 경치 아름답네.

사시사철 꽃과 나무 기이함을 다투고

늘어선 산봉우리 비췻빛으로 물들었네.

향기로운 풀은 계단 앞에 막 싹이 나오고

묵은 매화 가지에는 향기 풍겨 나네.

여린 복숭아꽃 잎은 붉게 물들어가고

돋아난 버드나무 잎엔 푸른빛 깃들었네.

석숭石崇의 금곡원² 화려함 자랑할 것 없고

왕유王維의 망천도³ 풍류 얘기할 것도 없네.

한 줄기 흐르는 물에

들오리 떼 무시로 드나들고

빽빽한 대숲에서

묵객은 원고 가다듬느라 고심하네.

작약꽃, 모란꽃, 백일홍, 함소화

때맞춰 막 피어났고

동백나무, 붉은 매화, 백목련, 서향화

아름다운 자태 앞서 피워내네.

그늘진 벼랑에 쌓인 눈은 아직 얼어 있지만

멀리 나무에 끼인 아지랑이엔 이미 봄기운 서렸네.

또 저기 사슴은 연못에 자기 모습 비춰보고

학은 소나무 아래로 와서 거문고 소리 듣네.

동쪽 집들과 서쪽 정자들엔

손님들이 와서 쉬고

---

2 금곡원은 진晉나라의 부호 석숭의 개인 정원으로 화려하고 호화롭기로 유명하다. 금곡에 자리 잡고 있어 금곡원이라고 불렸고, 지금의 허난성河南省 뤄양시洛陽市 서북쪽에 그 터가 남아 있다.

3 망천은 지금의 산시성陝西省 란티앤시앤藍田縣에 있던 하천이다. 당나라의 저명한 시인이자 화가였던 왕유王維가 여기에 살면서 부근의 풍경이 뛰어난 곳을 그려 유명해진 것이 「망천도」이다.

남쪽 전각과 북쪽 탑에선

스님들이 조용히 선을 닦네.

꽃과 풀 속에

한두 채 성정을 도야하는 양성루가 있으니

겹처마에 대들보 높은 집이라네.

산과 물 가운데

마성을 몰아내는 연마실이 서너 곳 있으니

정갈한 책상에 밝은 창문 있다네.

과연 천혜의 곳이라 은거할 만하니

무엇하러 봉래산이나 영주산 같은 다른 곳 찾겠는가?

時維正月　歲屆新春

園林幽雅　景物妍森

四時花木爭奇　一派峰巒疊翠

芳草堦前萌動　老梅枝上生馨

紅入桃花嫩　靑歸柳色新

金谷園富麗休誇　輞川圖流風慢説

水流一道　野兔出沒無常

竹種千竿　墨客推敲未定

芍藥花　牡丹花　紫薇花　含笑花　天機方醒

山茶花　紅梅花　迎春花　瑞香花　艷質先開

陰崖積雪猶含凍　遠樹浮烟已帶春

又見那鹿向池邊照影　鶴來松下聽琴

東幾虖　西幾亭　客來留宿

南幾堂　北幾塔　僧靜安禪

花卉中　有一兩座養性樓　重簷高拱

山水内　有三四處煉魔室　靜几明憲

삼장법사와 제자들은 하루를 즐기다가 밤이 되자 절간의 등불을 구경하고, 또 모두들 연등놀이를 구경하러 갔어요.

마노로 꽃 성 만들고
유리로 신선 동굴 꾸몄네.
수정과 운모 빛나는 사원들은
비단을 겹겹이 두른 듯
영롱하게 빛나네.
별빛 드리운 다리에 그림자 일렁이니 하늘과 땅이 흔들리는 듯
불꽃놀이 폭죽 몇 줄기 붉게 번득이네.
온 거리에선 음악 소리 퍼지는데
건물마다 옥같이 둥근 달 떴고
집집마다 향기로운 바람 불어오네.
오봉[4]이 몇 군데 높이 솟아 있으니
물고기와 용이 바다에서 뛰어나오고
난새와 봉황 하늘 높이 오르는 듯하네.
등불과 달빛 곱고
온화한 기운 넘치네.
비단옷 치장한 사람들
모두 피리 소리에 귀 기울이는데

---

4 오봉은 신선이 사는 곳으로, 한림원翰林院을 비유하기도 한다. 여기에서는 오산鰲山이라는 뜻인 듯하다. 송나라 때 대보름이면 꽃등을 내걸고 이날을 축하했는데, 색색의 등을 쌓아 올려 산 모양으로 만들고, 이것을 오산이라고 했다고 한다.

수레와 마차는 덜컹덜컹
꽃 같고 옥 같은 미인들
풍류호걸들이 넘쳐나니
그 아름다운 풍경 끝이 없네.

瑪瑙花城　琉璃仙洞

水晶雲母諸宮　似重重錦綉　疊疊玲瓏

星橋影幌乾坤動　看數株火搖紅

六街簫鼓　千門璧月　萬戶香風

幾處鰲峰高聳　有魚龍出海　鷺鳳騰空

美燈光月色　和氣融融

綺羅隊裡　人人喜聽笙歌　車馬轟轟

看不盡花容玉貌　風流豪俠　佳景無窮

삼장법사와 승려들은 절 안에서 등을 구경하고, 또 성 밖 동쪽 거리로 나가 즐기다가 열 시가 되어서야 돌아와 쉬었지요.

다음 날, 삼장법사가 승려들에게 말했어요.

"원래 저는 탑을 쓰는 발원을 했습니다. 오늘은 대보름 좋은 날이니 주지스님께서 탑문을 열어주시어 제 발원을 이루도록 해주십시오."

승려들은 그 말에 따라 문을 열어주었고, 사오정은 가사를 꺼내들고 삼장법사를 따랐어요. 삼장법사는 탑의 일 층에 이르자 가사를 걸치고 부처님께 절하며 기도를 올린 후, 비를 들어 일 층을 쓸고 나서 가사를 벗어 사오정에게 주었어요. 그리고 다시 이 층을 쓸고, 한 층 한 층 꼭대기까지 쓸며 올라갔어요. 그 탑에는 층마다 불상이 있었고 곳곳마다 창문이 열려 있어서, 삼장법사는 한 층을 쓸 때마다 그 아름다움을 감상하고 찬미했어요.

탑을 전부 쓸고 내려오니 이미 날이 저물어 다시 등불에 불을 켜고 있었지요. 이날은 바로 대보름날이라 승려들이 이렇게 권유했어요.

　　"스님, 어제는 이 절과 성 밖 거리에서만 등 구경을 했지만, 오늘 밤은 대보름이니 성안으로 들어가 금등金燈을 구경하는 게 어떻겠습니까?"

　　삼장법사는 그 말에 흔쾌히 따랐고, 손오공을 비롯한 세 제자와 여러 승려들과 함께 성안으로 들어가 등을 구경했어요.

　　십오일 원소절 밤
　　대보름이라 봄빛도 따사롭네.
　　꽃등을 북적거리는 시장에 내걸고
　　모두 함께 태평가를 부르네.
　　번화한 거리엔 등불 밝게 빛나고
　　하늘엔 거울 하나 막 떠올랐구나.
　　저 달은 풍이[5]가 밀어 올린 빛나는 은쟁반 같고
　　이 등은 선녀가 짜서 땅에 깔아놓은 비단 같네.
　　등불이 달빛을 비추니
　　그 빛이 배가 되고
　　달이 등을 내리비추니
　　그 찬란함 훨씬 더해졌네.
　　등불들은 사슬에 엮인 별처럼 긴 징검다리를 이루고
　　꽃 같은 등불 위로 불꽃놀이 끝없이 이어지네.
　　눈꽃등, 매화등

5　풍이는 마차를 잘 몰았다는 전설 속 하늘신의 이름이다. 『회남자淮南子』「원도훈原道訓」에 그 기록이 있다.

초봄 얼음을 깨놓은 듯
수 병풍등, 그림 병풍등
오색이 빠짐없이 들었네.
호도등, 연꽃등
등루에 높이 걸렸고
푸른 사자등, 하얀 코끼리등
높이 시렁 위에 걸렸네.
새 우등, 자라등
천막[6] 앞에 높이 매달았고
양등, 토끼등
처마 밑에서 또렷이 빛나고
매등, 봉황등
서로 나란히 이어져 있고
호랑이등, 말등도
한 줄로 늘어섰네.
선학등, 흰 사슴등엔
남극성이 타고 있고
금붕어등, 고래등엔
이백이 높이 앉았네.
오산등에는 신선들이 모여 있고
주마등에는 장수들이 칼끝을 겨누고 있네.
수만 수천의 등불 걸린 누대 이어져
구름과 안개 같은 빛의 세계 십 리도 넘게 펼쳐졌네.
저쪽에선
방울 소리 짤랑이며 준마 옥잠이 나는 듯 달려오고

---

6 기예 등을 공연하는 무대가 설치된 천막을 말한다.

이쪽에선

덜컹덜컹 고운 수레 끌고 가네.

빨갛게 치장한 누대 위에

난간에 기대

주렴 뒤에서

어깨 기대고

손 맞잡은

미녀들 쌍쌍이 즐거움에 취했고

푸른 물가 다리 옆에선

시끌벅적

화려한 차림으로 모여들어

거나하게 취해

껄껄 거침없이 웃으며

짝지어 놀러 나온 사람들 색동옷 입고 즐기네.

온 성안에 피리 소리 북소리 요란하고

밤새도록 생황 소리 끊이지 않네.

三五良宵節　上元春色和

花燈懸鬧市　齊唱太平歌

又見那六街三市燈亮　半空一鑑初升

那月如馮夷推上爛銀盤　這燈似仙女織成鋪地錦

燈映月　增一倍光輝

月照燈　添十分燦爛

觀不盡鐵鎖星橋　看不了燈花火樹

雪花燈　梅花燈　春冰剪碎

綉屛燈　畵屛燈　五彩攢成

核桃燈　荷花燈　燈樓高掛

青獅燈　白象燈　燈架高擎
蝦兒燈　鱉兒燈　棚前高弄
羊兒燈　兎兒燈　簷下精神
鷹兒燈　鳳兒燈　相連相併
虎兒燈　馬兒燈　同走同行
仙鶴燈　白鹿燈　壽星騎坐
金魚燈　長鯨燈　李白高乘
　　　　鰲山燈　神仙聚會
　　　　走馬燈　武將交鋒
萬千家燈火樓臺　十數里雲烟世界
　　那壁廂　索琅琅玉韂飛來
　　這壁廂　轂轆轆香車輦過
看那紅粧樓上　倚著欄　隔著簾
並著肩　携著手　雙雙美女貪懽
　　綠水橋邊　鬧炒炒　錦簇簇
醉醺醺　笑呵呵　對對游人戲綵
滿城中簫鼓諠譁　徹夜裡笙歌不斷

이를 증명하는 시도 있지요.

비단 펼친 듯 아름다운 곳에서 채련곡彩蓮曲을 노래하니
태평한 나라에 인파 모여들었네.
등불 밝고 달빛 환한 대보름밤이니
비바람 순조로워 대풍년 들겠네.

　　　錦繡場中唱彩蓮　太平境內簇人烟
　　　燈明月皎元宵夜　雨順風調大有年

이날은 통행금지도 없어져, 수많은 사람들이 왁자지껄 거리로 몰려나왔어요. 춤을 추는 사람, 높은 나무다리를 신은 사람, 귀신 분장을 한 사람, 코끼리를 탄 사람들이 여기저기 몰려다니는 모습을 실컷 구경했지요. 금등교 위에 이르러 삼장법사가 승려들과 함께 다가가 살펴보니, 금등은 세 개가 있었어요.

그 등은 항아리만 했는데, 장식된 투명한 이 층 누각을 위로 비추고 있었어요. 누각은 모두 가는 금실로 엮은 것으로 안에는 얇은 유리를 대놓아 달빛에 반짝였고, 기름에서는 향기가 뿜어져 나왔어요. 삼장법사가 뒤돌아보며 승려들에게 물었어요.

"이 등은 무슨 기름을 쓰기에 이렇게 기이한 향기가 코를 찌르나요?"

"스님께선 모르시겠지요. 우리 왕궁 뒤편에 민천현旻天縣이라는 현이 있는데, 이백사십 리 정도 되는 크기지요. 매년 부역을 심사해 부과하는데, 모두 합쳐 이백마흔 가구에서 등의 기름을 맡고 있습니다. 부현府縣의 다른 부역들은 그래도 괜찮지만, 등의 기름을 맡은 이 집들만은 매우 힘들어하지요. 집집마다 일 년에 이백 냥이 넘는 은자銀子를 내야 하니까요.

이 기름은 보통 기름이 아니라 양젖으로 만든 것이지요. 한 냥에 은 두 냥이라, 한 근이면 은자 서른두 냥입니다. 등이 세 개인데 등 항아리마다 오백 근이 들어가니, 항아리 세 개면 천오백 근이고, 다 합해서 사만팔천 냥의 은자가 필요하지요. 게다가 달리 쓰는 잡다한 비용들도 있으니, 오만 냥 가까이 드는데도 사흘 밤 타면 그만이랍니다."

그러자 손오공이 말했어요.

"그렇게 많은 기름이 어떻게 사흘 밤 만에 다 탄다는 겁니까?"

"이 항아리 안에는 큰 등 심지가 각각 마흔아홉 개씩 있는데, 모

삼장법사가 연등놀이를 구경하다가 요괴에게 납치되다

두 등초燈草를 한 다발로 묶어 명주로 싼 것으로 굵기가 달걀만 하지요. 오늘 하룻밤 타고 나면, 부처님께서 모습을 나타내신 다음인 내일 밤에는 기름도 다 없어지고 등불도 꺼지지요."

그러자 저팔계가 옆에서 깔깔 웃으며 말했어요.

"아마 부처님께서 기름도 거둬 가버리시나 보군."

"바로 그렇습니다. 성안 사람들 모두 전부터 그렇게 말하고 있습니다. 기름이 다 없어지면, 부처님께서 등불을 거둬 가셨으니 자연히 오곡이 풍성할 것이라고 모두들 말합니다. 기름이 없어지지 않은 해엔 흉년이 들고 비바람이 조화롭지 않게 된다고 하지요. 그래서 사람들이 그렇게 기름을 바치려고 하는 겁니다."

바로 그때 하늘에서 휙휙 바람 소리가 울려와 등불 구경하던 사람들이 놀라 사방으로 흩어졌어요. 승려들도 제대로 서 있지 못하고 이렇게 재촉했어요.

"스님, 돌아가시지요. 바람이 부는 걸 보니 부처님께서 상서로운 구름을 내리시고 여기에 등을 구경하러 오신 모양입니다."

그러자 삼장법사가 물었어요.

"부처님께서 등을 구경하러 오신 줄 어떻게 아시오?"

"해마다 이렇답니다. 자정 무렵 바람이 불지요. 그러면 부처님들께서 강림하신다는 걸 알고 모두 물러나 피하는 거지요."

"저는 원래 부처님을 생각하고, 부처님을 부르며 그 앞에 절을 올리는 사람입니다. 여러 부처님들께서 강림하는 이 기꺼운 때 절을 올리면 얼마나 좋겠습니까!"

그러면서 삼장법사는 승려들이 거듭 청했지만 돌아가지 않았어요. 잠시 후 바람 속에서 과연 세 부처가 나타나 등 쪽으로 다가왔어요. 삼장법사는 허둥지둥 다리 꼭대기로 뛰어 올라가 엎드려 절을 올렸어요. 손오공이 급히 일으켜 세우며 말했어요.

"사부님, 좋은 놈들이 아닙니다. 분명 요괴들이에요!"

이 말이 끝나기도 전에 등불이 흐려지더니 확 삼장법사를 낚아채 바람을 타고 가버렸어요. 아! 어느 산 어느 동굴의 대단한 요괴들이 해마다 가짜 부처로 변해 금등을 보러 왔던 걸까요! 저 팔계와 사오정은 깜짝 놀라 사방을 헤매며 사부님을 불러댔어요. 손오공이 그들에게 소리쳤지요.

"얘들아, 여기에서 부를 필요 없어. 사부님께서는 '즐거움이 극에 달하면 슬픔이 생겨난다(樂極生悲)'는 말대로 이미 요괴에게 잡혀가셨어."

함께 왔던 승려들이 벌벌 떨며 물었어요.

"나리, 어째서 요괴가 잡아갔다고 하시는 겁니까?"

손오공이 웃으며 대답했어요.

"당신들은 평범한 속인이라 몇 해 동안이나 요괴놈들한테 속아 진짜 부처가 강림해서 등 공양을 받아 가져갔다고만 여기고 있었소. 방금 바람이 불 때 부처의 몸으로 나타난 놈들은 바로 세 마리 요괴였다오. 우리 사부님도 마찬가지로 요괴란 걸 알아채지 못하고 다리 꼭대기로 올라가 절하다가, 등불을 어둡게 하고 기름을 훔쳐 그릇에 담은 요괴놈들에게 잡혀간 것이지요. 내가 한 걸음 늦는 바람에, 그 세 놈은 바람으로 변해 숨어버렸소."

그러자 사오정이 말했어요.

"사형, 그러면 어떻게 하지요?"

"머뭇거릴 필요 없다. 너희 둘은 함께 절로 돌아가 말과 봇짐을 지켜라. 손 어르신이 이 바람을 타고 쫓아갈 테니까."

멋진 제천대성! 그는 급히 근두운에 올라타고 하늘에 서서 비릿한 바람의 냄새를 맡더니 바로 동북쪽으로 쫓아갔지요. 쫓아가다 보니 날이 밝고 센 바람도 잠잠해졌어요. 그때 커다란 산이 하

나 보였는데, 정말 험준하고 그야말로 삐죽삐죽했어요. 대단한
산이었지요!

구릉과 골짜기 첩첩 이어지고
샘물은 굽이굽이 흐르네.
등나무는 깎아지른 벼랑에 걸렸고
소나무 잣나무는 하늘로 솟은 바위에 섰네.
학은 새벽 안개 속에서 울고
기러기는 새벽 구름 사이에서 끼룩거리네.
우뚝 솟은 봉우리는 창을 벌여놓은 듯
울퉁불퉁 바위는 뒤얽혀 쌓여 있네.
산꼭대기는 만 길 높이이고
산줄기는 천 굽이 돌아가네.
들꽃과 어여쁜 나무들 봄을 알아 피고
두견새와 꾀꼬리 아름다운 경치에 어울리네.
정말 높고 웅장하며
실로 험준하니
괴상망측하게 울퉁불퉁 험하고 고생스럽네.
한참을 멈춰 노닐어도 아는 이 없고
호랑이와 표범의 포효만 들려오네.
사향노루 흰 사슴 지나다니고
옥토끼와 푸른 이리 왔다 갔다 하네.
깊은 계곡물은 천리만리 흐르고
급한 여울은 돌에 부딪쳐 졸졸 울리네.

重重丘壑　曲曲源泉

藤蘿懸峭壁　松栢挺虛巖

鶴鳴晨霧裡　　鴈唳曉雲間
嵯峨矗矗峰排戟　　突突磷磷石砌磐
頂巔高萬仞　　峻嶺疊千灣
野花佳木知春發　　杜宇黃鶯應景妍
能巍奕　實巉巖　　古怪崎嶇險又艱
停觀多時人不識　　只聽虎豹有聲軒
香獐白鹿隨來往　　玉兔青狼去復還
深澗水流千萬里　　回湍激石响潺潺

　제천대성이 벼랑 위에서 길을 찾고 있는데, 네 사람이 양 세 마리를 몰면서 서쪽 언덕에서 내려오며 일제히 "개태開泰!" 하고 소리치는 게 보였어요. 제천대성은 불같은 눈에 금빛 눈동자로 자세히 살펴보고, 년, 월, 일, 시의 네 사치공조四值功曹가 모습을 숨기고 오는 것임을 알았어요. 제천대성은 곧장 여의봉을 꺼내 두어 번 휘둘러 사발만 한 굵기에 한 길 두 자 길이로 늘이고 벼랑 아래로 풀쩍 뛰어 내려와 호통을 쳤어요.

　"너희들 모두 슬금슬금 어딜 가는 거냐!"

　손오공이 알아채고 말하자, 사치공조는 다급히 세 마리 양을 흩어지게 하고 본모습을 드러내 길옆으로 비켜서서 예를 올리며 말했어요.

　"제천대성님, 용서하십시오. 용서하세요."

　"한동안 너희들을 쓰지 않았더니만, 이 어르신이 좀 봐준다 싶으니까 하나같이 태만해졌구나. 찾아와 인사조차 하지 않다니 무슨 짓이냐! 그리고 너희들, 우리 사부님을 몰래 보호하지 않고 다들 어딜 가는 거냐?"

　"삼장법사께선 선을 닦는 마음이 느슨해지시고 금평부 자운사에서 노는 것만 탐하셨지요. 길함의 태괘泰卦도 지나치면 불길한 비괘否卦가 생겨나고 즐거움이 지나치면 슬픔이 생기는 법이라, 지금 요괴에게 잡혀가신 것입니다. 하지만 그분 주위에는 불법을 수호하는 가람신伽藍神들이 지켜주고 있습니다. 저희들은 대성님께서 밤새 찾아다니신 걸 알고, 산길을 모르실까 봐 이렇게 알려드리러 나온 것입니다."

"알려주겠다면 어째서 본래 모습을 숨긴 채 양 세 마리를 몰면서 뭐라고 소리치며 온 게냐?"

"양 세 마리를 준비하고 '개태'라는 말을 외쳐 '삼양개태三陽開泰'[7]가 되게 함으로써 제천대성님의 사부님의 막힌 운세를 풀어드리려 한 것입니다."

손오공은 그들을 호되게 때려주려 했지만, 이런 뜻이 있었음을 알고 용서해주었어요. 그는 여의봉을 거둬들이고 노여움을 풀고서 기쁜 기색을 지으며 물었지요.

"이 산이 요괴가 사는 곳이냐?"

"네, 그렇습니다. 이 산은 청룡산青龍山이라고 하고 여기에 현영동玄英洞이라는 동굴이 하나 있습니다. 그 동굴 안에 요괴 세 놈이 있어서, 첫째가 피한대왕辟寒大王, 둘째가 피서대왕辟暑大王, 셋째가 피진대왕辟塵大王이라고 하는데, 이 요괴들은 이곳에 자리 잡은 지 천 년이나 되었습니다.

이놈들은 어릴 때부터 양젖 기름을 좋아했는데, 이곳에서 요괴가 되고 나서는 가짜 부처로 둔갑해서 금평부 관원과 백성들을 속였던 것입니다. 금등을 세우게 하고 등의 기름을 양젖 기름으

---

7   삼양은 원래 세 개의 양효陽爻를 말하는 것이다. 양효가 세 개 모이면 길한 태괘가 되기 때문에 '삼양개태'라고 한 것인데, 여기서는 양羊과 양陽이 발음이 같기 때문에 말장난을 한 것이다.

로 쓰게 한 것이지요.

이놈들은 매년 정월 대보름이면 부처의 모습으로 변신하여 기름을 가지러 오는데, 올해는 대성님의 사부님을 보고 성승聖僧이란 걸 알아채고는 사부님까지 채어 간 것입니다. 얼마 안 있어 그분의 육신을 자르고 찢어 양젖 기름에 지져 먹을 겁니다. 그러니 어서 계책을 써서 구해드리십시오."

손오공은 이 말을 듣고 사치공조를 물러가도록 했어요. 그리고 산벼랑을 돌아 동굴을 찾기 시작했지요. 몇 리 가지 않아 계곡 옆에 있는 돌벼랑을 발견했는데, 그 아래 돌문 두 짝이 반쯤 열려 있는 바위 동굴이 하나 있었어요. 문 옆에는 '청룡산 현영동'이라고 씌어진 비석이 세워져 있었어요. 손오공은 함부로 들어가진 못하고 멈춰 서서 이렇게 소리를 질렀어요.

"요괴놈아! 얼른 우리 사부님을 내놓으라!"

그러자 드르륵하는 소리와 함께 문이 활짝 열리더니 쇠머리 요괴들이 뛰어나와 멍청하게 물었어요.

"웬놈이냐? 감히 여기서 떠들어대다니!"

"나는 본래 동녘 땅 위대한 당나라에서 불경을 가지러 가시는 성승 삼장법사의 큰제자다. 금평부를 지나는 길에 등 구경을 하다가 우리 사부님께서 너희 두목놈들에게 잡혀 왔으니, 어서 돌려보내 드려라! 그러면 목숨은 살려주마! 안 그러면 네놈들 소굴을 뒤집어놓고, 너희 요괴놈들을 모조리 피고름으로 만들어줄 테다!"

졸개 요괴들은 이 말을 듣고 급히 안으로 뛰어 들어가 아뢰었어요.

"대왕님, 큰일 났습니다! 큰일 났어요!"

세 요괴는 삼장법사를 동굴 깊숙한 곳에 잡아다놓고 이것저것

따질 것도 없이 잡아먹으려고 했어요. 졸개들에게 먼저 옷을 벗기고 흐르는 맑은 물을 길어다가 깨끗이 씻은 후 잘게 다져 양젖 기름에 지져 먹을 생각이었지요. 그런데 갑자기 큰일 났다는 소리를 듣고 첫째 요괴가 깜짝 놀라 무슨 일인지 물었어요. 졸개 요괴가 대답했어요.

"대문 앞에 털북숭이 얼굴에 벼락신의 주둥이를 한 중이 와서 떠들어대고 있습니다. 대왕님께서 자기 사부를 잡아갔다며 얼른 내놓으면 우리 목숨은 살려주겠다고 말입니다. 그렇지 않으면 동굴을 몽땅 뒤집어놓고 우리들을 모두 피고름으로 만들어놓겠답니다!"

요괴들은 이 말을 듣고 모두 덜컥 놀랐어요.

"이놈을 방금 잡아 와서 어떤 자인지 물어보지도 않았구나. 얘들아, 어서 그놈 옷을 다시 입히고 이리 데려와서, 대체 어떤 자이고 어디서 왔는지 심문하도록 해라."

졸개 요괴들은 우르르 몰려가 삼장법사의 오라를 풀고 옷을 입힌 후, 세 요괴 앞으로 끌고 왔어요. 삼장법사는 놀라 벌벌 떨면서 아래에 엎드려 이렇게 외칠 뿐이었어요.

"대왕님, 살려주십시오! 제발!"

세 요괴가 이구동성으로 물었어요.

"너는 어디서 온 중놈이냐? 어째서 부처를 보고도 숨지 않고 우리가 가는 길에 뛰어든 거냐?"

삼장법사는 머리를 조아리며 대답했어요.

"저는 동녘 땅 위대한 당나라의 황제 폐하께서 보내시어 천축국天竺國 대뇌음사大雷音寺로 부처님을 배알하고 불경을 가지러 가는 사람입니다. 공양을 하기 위해 금평부 자운사에 갔는데, 그곳 스님들이 보름날 등을 보고 가라고 붙잡더군요. 금등교 위에서 대왕님들께서 부처의 몸으로 현신하신 것을 보자, 저는 미천한 속인의 눈이라 부처님을 뵙자마자 바로 절을 올리다가 이렇게 대왕님들의 길을 가로막게 된 것입니다."

"너희 동녘 땅에서 여기까지는 매우 먼 길인데, 일행이 몇이나 되느냐? 이름들은 어떻게 되고? 사실대로 말하면 목숨은 살려 주마."

"제 속명은 진현장이고 어려서 금산사金山寺에서 승려가 됐습니다. 뒤에 당나라 황제의 어명으로 장안 홍복사洪福寺의 승관僧官이 되었지요. 또 승상 위징魏徵이 꿈에서 경하涇河의 용을 베는 바람에, 저희 황제께서 저승을 떠돌다가 다시 이승으로 돌아오신 후, 수륙대회水陸大會를 열어 저승의 혼들을 제도하셨습니다.

그때 황제께서는 은혜롭게도 저를 단주壇主로 뽑으시고 설교 하도록 하셨지요. 그날 영광스럽게도 관세음보살께서 현신하셔 서 저에게 서천 대뇌음사에 삼장三藏의 진경眞經이 있는데, 그것으로 죽은 이들이 하늘로 올라갈 수 있도록 제도할 수 있다고 일러주셨습니다.

그러자 황제께서 저더러 가서 불경을 가져오라 하시며 제게 삼장이라는 호를 내려주셨고, 나라 이름을 따라 당이란 성을 내려주셨기에, 모두들 저를 당 삼장이라고 부릅니다. 저에겐 제자가 셋이 있는데, 첫째는 손씨로 이름은 오공인데 손행자라고도 하며, 바로 불가에 귀의한 제천대성이지요."

요괴들은 손오공이라는 이름을 듣자 깜짝 놀라며 물었어요.

"이 제천대성이라는 게 오백 년 전 하늘궁전을 쑥대밭으로 만들었던 그놈인가?"

"맞습니다, 맞아요. 둘째는 저씨로 이름은 오능인데 저팔계라고도 하며 바로 속세로 내려온 천봉대원수입니다. 셋째는 성은 사 씨고 이름은 오정인데 사화상이라고도 하고 속세에 내려온 권렴대장군이지요."

세 요괴는 이 말을 듣고 모두 깜짝 놀랐어요.

"우선은 잡아먹지 말고 놔둬야겠다. 애들아, 당나라 중을 뒤뜰에 쇠사슬로 묶어놓고, 세 제자놈들도 다 잡은 뒤에 함께 잡아먹도록 하자."

그리고 들소 요괴, 물소 요괴, 황소 요괴 등의 무리를 불러 모아 각자 무기를 들고 동굴 문 밖으로 나갔어요. 나팔을 불어 병사들을 모은 후 깃발을 흔들고 북을 처대게 했지요.

세 요괴도 모두 갑옷을 갖춰 입고 동굴 밖으로 나가 고함쳤어요.

"누가 감히 여기에서 시끄럽게 구느냐!"

손오공이 돌벼랑 뒤에 숨어 자세히 살펴보니, 요괴들은 이렇게 생겼어요.

울긋불긋한 얼굴에 고리 같은 눈
두 뿔 우뚝 솟았네.
뾰족한 네 귀
영기 어린 구멍마다 빛을 내뿜네.
온몸에 그림 같은 얼룩무늬
온통 비단옷 걸치니 꽃이 날리는 듯
첫째 놈은
머리에 여우 가죽 화려한 방한모 썼으니
털이 곤추선 얼굴에선 더운 기운 후끈후끈
둘째 놈은
몸에는 불꽃이 날리는 듯한 가벼운 비단 걸쳤고

네 발굽엔 투명하고 눈부신 옥을 박았네.

셋째 놈은

우레 치는 듯한 표효로 위세를 돋우는데

송곳니는 은바늘보다 뾰족하네.

모두 다 용맹하니

손에 세 가지 무기를 들었네.

하나는 도끼를 놀리고

하나는 큰 칼에 능하며

셋째 놈을 보자면

어깨에 울퉁불퉁한 등나무 몽둥이를 가로로 멨네.

彩面環睛　二角嶸嶒

尖尖四隻耳　靈竅閃光明

一體花紋如彩畫　滿身錦綉若蜚英

第一箇　頭頂狐裘花帽煖　一臉昂毛熱氣騰

第二箇　身掛輕紗飛烈燄　四蹄花瑩玉玲玲

第三箇　威雄聲吼如雷振　賸牙尖利賽銀針

箇箇勇而猛　手持三樣兵

一箇使鉞斧　一箇大刀能

但看第三箇　肩上橫擔挖捷藤

　　그리고 키가 큰 요괴와 작은 요괴, 뚱뚱한 요괴와 마른 요괴 등은 모두 쇠머리 요괴로, 각기 창과 몽둥이를 들고 있었어요. 세 장의 커다란 깃발에는 '피한대왕', '피서대왕', '피진대왕'이라고 선명하게 씌어 있었지요. 손오공은 잠시 살펴보다가 참지 못하고 앞으로 쑥 나서며 호통을 쳤어요.

　　"못된 도둑 요괴놈들! 손 어르신을 알아보겠느냐?"

첫째 요괴가 맞받아 호통을 쳤지요.

"네가 하늘궁전을 시끄럽게 했던 그 손오공놈이렷다? 명성만 듣고 만나본 적은 없었는데 만나보니 하늘신이라기엔 정말 보잘것없는 놈이구나! 이제 보니 이런 원숭이놈이었군, 그래. 그런데도 큰소리는 잘 치는구나!"

손오공은 화가 치밀어 욕을 퍼부었어요.

"이 기름 도둑놈! 기름 번질번질한 주둥이만 나불대는 요괴놈아, 헛소리 말고, 어서 우리 사부님을 내놔라!"

그리고 요괴 앞으로 나서서 여의봉을 빙빙 돌리다가 곧장 내리쳤어요. 세 요괴는 세 가지 무기를 들고 급히 막아냈지요. 이번 싸움은 산의 움푹한 곳에서 벌어졌는데, 정말 살벌했어요.

도끼, 강철 칼, 울퉁불퉁한 등나무 지팡이를
원숭이 왕은 여의봉 하나로 막아내네.
피한, 피서, 피진 요괴들은
제천대성의 이름을 알고 있었지.
여의봉 들면 신선과 귀신도 두려워하고
도끼 내리치고 칼로 베며 마구 날뛰네.
훌륭한 천지 기운 타고난 진짜 불제자
세 가짜 부처 요괴를 대적하네.
저 세 요괴 올해도 빤질빤질 기름을 훔치다가
황제가 보낸 스님을 잡으려 애쓰네.
이쪽은 삼장법사 때문에 먼 산길도 두려워하지 않으며
저쪽은 먹을 욕심 때문에 매년 등불을 바치게 한다네.
쨍쨍 들리는 건 칼 소리와 도끼 소리요
탕탕 전해 오는 건 여의봉 소리뿐

삼 대 일로 맞부딪치고
막고 되받아치며 서로 재주를 보이네.
아침부터 저물녘까지 싸웠지만
누가 지고 누가 이겼는지 알 수 없네.

钺斧鋼刀抅捷藤　　猴王一棒敢相迎
辟寒辟暑辟塵怪　　認得齊天大聖名
棒起致令神鬼怕　　斧來刀砍亂飛騰
好一箇混元有法眞空像　　抵住三妖假佛形
那三箇偷油潤鼻今年犯　　務捉欽差駕下僧
這箇因師不懼山程遠　　那箇爲嘴常年設獻燈
乒乓只聽刀斧响　　劈朴惟聞棒有聲
衝衝撞撞三攢一　　架架遮遮各顯能
一朝鬪至天將晚　　不知那箇虧輸那箇贏

　손오공은 여의봉 한 자루를 들고 세 요괴와 백오십 합을 싸웠
지만 날이 저물 때까지 승부가 나지 않았어요. 그런데 피진대왕
이 울퉁불퉁한 등나무 몽둥이를 흔들며 진영 앞으로 뛰어가서
깃발을 휘휘 돌리자, 쇠머리 요괴들이 앞으로 모여들어 손오공을
둘러싸고 각자 무기를 휘두르며 마구 내리쳤어요.
　손오공은 일이 심상치 않게 돌아가자, 휙 근두운에 뛰어올라
달아났어요. 요괴들은 더 뒤쫓지 않고 졸개들을 불러들였고 저녁
상을 차려 모두 같이 먹었어요. 그리고 삼장법사에게도 한 그릇
갖다주게 했으니, 손오공 등을 잡아서 같이 잡아먹으려는 것이었
지요. 삼장법사는 워낙 채식만 하기도 하고 근심스럽기도 해서
훌쩍훌쩍 울기만 할 뿐, 음식에는 입도 대지 않았어요.

한편, 손오공은 구름을 타고 자운사로 돌아와 동생들을 불렀어요.

"애들아."

저팔계와 사오정은 손오공을 기다리며 앞으로의 일을 애기하던 터라, 자기들을 부르는 소리를 듣고 일제히 나가 맞이했어요.

"형님, 어쩌다가 하루가 꼬박 지나서야 돌아왔어요? 도대체 사부님은 어디 계신 건가요?"

손오공이 웃으며 대답했어요.

"어젯밤에 바람 냄새를 따라가 새벽녘에야 어느 산에 이르렀는데, 놈들은 보이지 않았지. 다행히 사치공조를 만나서 들으니, 그 산은 청룡산이라고 하고 그 안에 현영동이라는 동굴이 있다더군. 동굴에 세 요괴가 사는데 피한대왕, 피서대왕, 피진대왕이라고 하는 놈들이지. 알고 보니 여러 해 동안 여기서 기름을 훔쳐먹고, 가짜 부처로 변해 금평부 관리와 백성들을 속였더구나.

올해는 재수 없게 우리랑 딱 맞닥뜨렸는데, 놈들은 뭣도 모르고 우리 사부님까지 잡아간 거야. 이 몸은 이런 사정을 알고 사치공조 등에게 사부님을 몰래 보호하라고 하고, 나는 동굴 문 앞으로 가서 욕을 퍼부어줬지.

그랬더니 세 요괴놈들이 일제히 달려 나오는데 다 쇠머리 귀신처럼 생겼고, 첫째 놈은 도끼를, 둘째 놈은 큰 칼을, 셋째 놈은 울퉁불퉁한 등나무 몽둥이를 쓰더구나.

조금 후 쇠머리 귀신 한 떼를 끌고 나와 깃발을 흔들고 북을 치며 이 몸과 하루를 꼬박 싸웠지만 승부가 나지 않았지. 그 요괴놈이 깃발을 흔들자 졸개놈들이 모두 나한테 달려들더구나. 난 날이 저무는 걸 보고 지게 될까 봐 근두운을 몰고 돌아온 거란다."

저팔계가 말했어요.

"저승의 귀신 왕들이 거기서 야단법석을 떠는 게 아닐까요?"

그러자 사오정이 물었지요.

"그걸 어떻게 아시는데요?"

"헤헤, 형님이 쇠머리 귀신 요괴라고 하니 알았지, 뭐."

손오공이 참지 못하고 말했어요.

"그게 아니야! 아니라고! 이 몸이 보기에는 물소 세 마리가 요괴가 된 거야."

저팔계가 또 한마디 거들었지요.

"물소라면 잡아다 뿔을 자르면 은 몇 냥은 족히 되겠군요?"

이런 얘기를 하고 있는데 승려들이 다가와 물었어요.

"손 나리, 저녁을 드시겠습니까?"

"간단히 먹지요. 안 먹어도 그만이고요."

"나리께선 오늘 하루 종일 싸우셨는데, 시장하지 않으십니까?"

그러자 손오공이 웃으며 말했어요.

"하루 정도에 배가 고파지다니! 이 몸은 오백 년 동안 음식을 먹지 않은 적도 있다오!"

승려들은 그 말을 농담으로만 여겼어요. 곧 공양을 마친 후 손오공도 말했어요.

"그만 정리하고 자자. 내일은 우리 전부 가서 싸워 요괴를 잡고 사부님을 구해야지."

사오정이 옆에서 말했어요.

"형님, 그게 무슨 말씀이세요! '시간을 주면 꾀만 는다(停留長智)'라는 말도 있지 않습니까? 요괴들이 혹시 오늘 밤 잠을 자지 않고 사부님을 해치면 어떻게 합니까? 지금 바로 가서 놈들이 손을 못 쓰게 정신없이 혼을 빼놔야 사부님을 구할 수 있지요. 조금만 늦어도 일이 틀어질지 몰라요."

저팔계는 이 말을 듣고 호기를 부리며 나서서 말했어요.

"동생 말이 맞아. 우리 모두 달빛을 틈타 요괴를 치러 갑시다."

손오공도 동생들의 의견에 따라 자운사의 승려들에게 이렇게 말했어요.

"봇짐과 말을 간수해주시오. 우리들이 요괴를 잡아와 금평부 자사에게 가짜 부처였음을 밝히고, 등의 기름을 대는 부역을 없애 이곳 백성들의 어려움을 덜어주면, 그 또한 좋은 일이 아니겠소?"

승려들은 그 말에 따르며 칭송해 마지않았어요. 세 제자는 상서로운 구름에 올라타고 성을 나섰지요.

나태한 생활하며 단속하지 않아 불심佛心이 어지러워지니
응분의 재앙이 닥쳐와 도를 향한 마음 흐려지네.

懶散無拘禪性亂　災危有分道心蒙

결국 이 승부가 어떻게 될지는 알 수 없으니, 이에 대해서는 다음 회를 들어보시라.

제92회
청룡산에서 코뿔소 요괴를 잡다

한편, 손오공은 두 동생을 데리고 바람을 일으켜 구름을 몰아 동북쪽으로 향했지요. 순식간에 청룡산 현영동 입구에 이르러 구름에서 내렸어요. 저팔계가 문을 부수려 하자 손오공이 말렸어요.

"잠깐만! 내가 들어가 사부님이 어떤지 보고 와서 싸우는 게 좋겠다."

사오정이 물었어요.

"문이 이렇게 굳게 닫혀 있는데 어떻게 들어가려고 그래요?"

"이럴 때 쓰는 법력이 있지."

멋진 제천대성! 그가 여의봉을 집어넣고 손가락을 구부려 결을 맺고 중얼중얼 주문을 외우며 "변해랏!" 하고 외치니 곧 반딧불이로 변했어요. 어쩜 그렇게 민첩할까!

활짝 편 날개 유성처럼 반짝이니
썩은 풀에서 반딧불이가 나온다는 옛말도 있지.
신통한 둔갑술로 가벼워졌으니

윙윙 날아 맴도는 걸 좋아하네.
돌문으로 날아가 매달려 보니
그 곁에 실낱 같은 바람구멍 있다네.
씽 몸을 날려 정원으로 들어가
요괴의 동정을 살피는구나.

展翅星流光燦　古云腐草爲螢
神通變化不非輕　自有徘徊之性
飛近石門懸看　傍邊瑕縫穿風
將身一縱到幽庭　打探妖魔動靜

　손오공이 동굴 안으로 날아 들어가 보니, 쇠머리 요괴 몇 마리가 아무렇게나 드러누워 드르렁드르렁 코를 골며 곯아떨어져 있었어요. 다시 대청 안으로 가보았으나 삼장법사의 모습은 어디에도 보이지 않고, 사방의 문은 꽉 닫혀 있어서 세 요괴가 어디서 자고 있는지도 알 수 없었어요.

　대청을 돌아 뒤편으로 가 보니 흐느끼는 소리가 들렸는데, 바로 삼장법사가 뒷방 처마 아래 기둥에 묶인 채 울고 있었던 것이지요. 그가 울며 중얼거리는 소리를 가만히 들어보니, 이런 내용이었지요.

　장안을 떠난 지 십여 년
　산 넘고 물 건너 고생도 많았다네.
　다행히 서역에 이르러 명절을 맞았는데
　금평부에 이르니 정월 대보름이라네.
　등불 밝은 데서도 가짜 부처를 알아채지 못했으니
　이 모두가 내 운명이 기구한 탓

착한 제자들아, 어서 쫓아와 위세를 떨쳐
용감한 너희들의 훌륭한 능력 보여주렴.

一別長安十數年　登山涉水苦熬煎
幸來西域逢佳節　喜到金平遇上元
不識燈中假佛像　槪因命里有災愆
賢徒追襲施威武　但愿英雄展大權

손오공이 듣고 기쁨에 겨워 날개를 좍 펼쳐 삼장법사에게 가까이 다가갔어요. 삼장법사는 눈물을 훔치며 말했어요.

"아! 서역은 계절도 다르구나. 지금은 정월이라 겨울잠 자던 벌레들이 깨어나기 시작할 때이거늘, 어찌 이런 반딧불이가 날아다닌단 말이냐?"

손오공이 참지 못하고 말했지요.

"사부님, 제가 왔어요."

"아이고, 오공아. 정월에 웬 반딧불이인가 했더니, 바로 너였구나!"

손오공은 즉시 원래 모습으로 돌아왔어요.

"사부님! 사부님이 진짜와 가짜를 구분하지 못하셔서 길이 많이 지체되었습니다. 또 고생은 얼마나 많은지요? 그놈이 나쁜 놈이라고 그렇게 말씀드려도 꿇어앉아 절하시더군요. 요괴놈은 등불을 어둡게 하고 양젖으로 만든 기름을 훔친 뒤, 사부님마저 납치해 왔습니다. 저는 저팔계와 사오정더러 절로 돌아가 짐과 말을 잘 간수하라 해놓고, 바람 냄새를 따라 여기까지 왔어요.

여기가 어딘지도 몰랐는데 다행히 사치공조가 청룡산 현영동이라고 알려주더군요. 그 요괴놈들이랑 한바탕 붙다가 날이 저물어서 돌아가 동생들에게 자세한 사정을 들려주고는 잠도 자지 않고 셋이 함께 다시 왔습니다. 그런데 밤이 깊어서 다시 싸우기도 그렇고 또 사부님 계신 데도 몰라서, 제가 변신해 들어와서 염탐하던 중이었습니다."

"그러면 팔계와 오정은 지금 밖에 있느냐?"

"예. 이 몸이 들어와 보니 요괴들은 모두 곯아떨어졌어요. 제가 자물쇠를 풀고 문을 열어 모시고 나가겠습니다."

삼장법사가 고개를 끄덕이며 고마워했어요.

손오공이 자물쇠를 푸는 해쇄법解鎖法을 써서 손으로 쓰윽 만지자, 자물쇠는 단번에 풀어졌어요. 그리고 삼장법사를 모시고 막 앞으로 가는데, 갑자기 대청 중간 방에서 요괴의 목소리가 들려왔어요.

"애들아! 문은 잘 잠갔느냐? 촛불도 잘 단속하고! 어째서 불침번을 서지 않는 게냐? 방울 소리와 딱따기 소리가 들리지 않는구나!"

졸개 요괴들은 온종일 전투에 지쳐 고단히 자고 있다가 요괴의 목소리에 눈을 번쩍 떴어요. 그러자 딱따기 소리와 방울 소리가 들리며 몇 놈이 무기를 들고 징을 치면서 뒤쪽에서 걸어오다, 그만 손오공 일행과 딱 맞닥뜨렸어요. 졸개 요괴들이 일제히 외쳤어요.

"이 중놈, 대단한데! 자물쇠를 비틀어 열고 어디 가는 거야?"

손오공은 다짜고짜 여의봉을 꺼내 한 번 흔들어 사발만 한 굵기로 만들더니, 바로 휘두르기 시작했어요. 여의봉이 번쩍하자 두 놈이 맞아 죽었어요. 그걸 본 나머지 놈들은 무기를 버리고 대청으로 달려가 문을 두드리며 외쳤어요.

"대왕님! 큰일 났습니다! 큰일 났어요! 털북숭이 중놈이 여기 들어와 닥치는 대로 때려죽이고 있어요!"

그 말을 들은 세 요괴가 후다닥 일어나 "잡아라! 잡아!" 하고 소리쳤어요.

놀란 삼장법사는 온몸에 힘이 풀렸고, 손오공도 삼장법사를 돌볼 겨를 없이 여의봉으로 길을 뚫으며 앞으로 돌진했어요. 졸개 요괴들은 그를 막아낼 수가 없어서 몇 놈은 나가떨어지고 몇 놈은 밀려 넘어졌지요. 손오공은 몇 겹의 문을 부수고 밖으로 나와 동생들을 불렀어요.

"동생들, 어디 있어?"

저팔계와 사오정이 쇠스랑과 항요장을 들고 기다리고 있었지요.

"형님, 어떻게 됐어요?"

손오공은 변신해서 잠입한 일이며, 삼장법사를 풀어주고 함께 나오려다 요괴들에게 들켜 삼장법사를 돌볼 틈도 없이 여의봉을 휘두르며 나온 일들을 한바탕 들려주었어요.

요괴는 삼장법사를 붙들어 전처럼 쇠줄에 묶어두었어요. 그리고 칼을 잡고 도끼를 휘두르며 등불을 환하게 밝히고 물었지요.

"네 이놈, 어떻게 자물쇠를 열었지? 그 원숭이놈은 어떻게 들어올 수 있었지? 어서 불어라! 목숨이 아깝거든 빨리 말해! 그렇지 않으면 한 칼에 결단날 줄 알아라!"

기겁을 한 삼장법사가 바들바들 떨며 무릎을 꿇었어요.

"대왕마마! 제 제자 손오공은 일흔두 가지 변신술을 쓸 줄 알기에, 반딧불이로 변해 날아 들어와 저를 구하려고 했습니다. 그러나 뜻밖에 대왕님이 깨어나신 바람에 작은 대왕님들에게 들킨 것이지요. 제 제자가 물불을 가리지 않고 두 분을 때려눕히자 모두 와하고 소리 지르며 무기를 들고 횃불을 밝혔습니다. 그러자 제 제자는 저를 돌볼 겨를도 없이 달아나버렸습니다."

"으하하, 우리가 때마침 잠을 깨서 도망치지 못한 게로군. 애들아! 앞뒷문을 잘 잠가라. 시끄럽게 떠들지도 말고."

그때, 밖에 있던 사오정이 말했어요.

"문을 닫고 조용해진 걸 보니, 사부님을 몰래 해치우려나봅니다. 어서 손을 씁시다."

"그래, 네 말이 옳다! 어서 문을 부숴버리자."

그 말이 끝나기 무섭게 저팔계가 신통력을 써서 쇠스랑을 들어 힘껏 돌문을 내리쳐 산산조각 내고 사납게 호통을 쳤어요.

"기름 도둑놈들아! 어서 우리 사부님을 내놓아라!"

놀란 졸개 요괴들이 구르듯 달려 들어가 보고했어요.

"대왕님! 크, 크, 큰일 났습니다! 중놈들이 앞문을 부쉈어요!"

세 요괴는 버럭 성을 냈어요.

"이런 버릇없는 놈들!"

그러고는 갑옷과 투구를 가져오게 해서 차려입고, 각자 무기를 들고 졸개들을 통솔해 문밖으로 나가서 적을 맞았지요. 때는 자정 무렵이라 달이 중천中天에 떠올라 대낮같이 환했어요. 요괴들은 문을 나서자마자 거두절미하고 달려들었지요. 손오공은 쇠도끼를 휘두르는 첫째 요괴를, 저팔계는 큰 칼을 휘두르는 둘째를, 사오정은 긴 몽둥이를 쓰는 셋째를 맞아 각자 싸우는데, 그 싸움은 정말 살벌했어요.

세 스님
여의봉, 항요장, 쇠스랑 들었고
세 요괴는 기세 등등
도끼, 큰 칼, 등나무 몽둥이에

바람 소리 들리더니 모래 먼지 일어나네.
처음 몇 합을 겨루자 참담한 안개 내뿜고
그런 다음 날아올라 오색 노을 흩뿌리네.
쇠스랑은 수법 펼치니 몸을 따라 휘몰아치고
여의봉 빼어난 위세 더욱 자랑할 만하네.
항요장은 세상에서 보기 드문 것이나
요괴들은 미련하게도 양보하려 하지 않네.
쇠도끼 날 번쩍번쩍 예리하기 그지없으며
등나무 몽둥이 울퉁불퉁한 마디 온통 꽃무늬 같네.
큰 칼 번쩍이는 날은 문짝만 하고
스님들의 신통술도 요괴들에 필적하는구나.
이편은
사부님 구하려고 매섭게 몰아치고
저편은
삼장법사 뺏기지 않으려고 얼굴 향해 내리치네.
도끼로 내리찍으면 여의봉으로 받아내며 승부를 겨루고
쇠스랑을 힘껏 휘두르면 큰 칼로 쳐내며 서로 주거니 받
거니.
등나무 몽둥이와 항요장은
엎치락뒤치락 용감하고 멋진 모습 자랑하네.

僧三眾	棍杖鈀	三個妖魔膽氣加
鉞斧鋼刀藤紇縫	只聞風响并塵沙
初交幾合噴愁霧	次後飛騰散彩霞
釘鈀解數隨身滾	鐵棒英豪更可誇
降妖實杖人間少	妖怪頑心不讓他
鐵斧口明尖鐏利	藤條節懭一身花

大刀幌亮如門扇　和尚神通徧賽他

這壁廂　因師性命發狠打

那壁廂　不放唐僧劈臉撾

斧剁棒迎爭勝負　鈀輪刀砍兩交搭

紇縫藤條降怪杖　翻翻覆覆逞豪華

스님 셋과 요괴 셋은 한참을 싸웠지만 좀처럼 승부가 나지 않았어요. 그러자 피한대왕이 호령했어요.

"얘들아, 어서 쳐라!"

졸개들이 각자 무기를 들고 우우 하고 덤벼들어 저팔계의 발을 걸어 땅에 넘어뜨렸어요. 그리고 물소 요괴 몇 놈이 그를 질질 끌어 동굴 안으로 데려가 꽁꽁 묶어버렸어요. 사오정은 저팔계가 없어진 데다 여기저기서 음메 하는 소 떼 소리가 들려오자, 항요장을 들어 피한대왕을 향해 찌르는 척하다 달아나려 했어요. 그러나 졸개들이 일제히 달려들어 발을 잡아 넘어뜨리자 꼼짝달싹 못하고 잡혀가 묶여버렸어요.

손오공은 일이 어렵게 되었음을 깨닫고 근두운을 몰아 몸을 빼내 달아나버렸어요. 이때 저팔계와 사오정이 끌려오자, 삼장법사가 그들을 보고는 주르륵 눈물을 흘렸어요.

"불쌍한 것들! 너희 둘도 놈들에게 당했구나! 오공은 어디 있느냐?"

"사형은 우리가 붙잡히는 것을 보고 도망쳤어요."

사오정의 대답에 삼장법사가 말했지요.

"빠져나갔다니 분명 어디든 가서 구원을 요청하겠지. 그래도 우리가 언제나 이 그물에서 놓여날지 모르겠구나."

삼장법사와 두 제자들의 처량한 신세에 대해서는 더 이상 애기하지 않겠어요.

한편 손오공은 근두운을 몰아 다시 자운사로 돌아갔어요. 승려들이 나와 맞으며 물었어요.

"삼장법사님을 구하셨나요?"

"어려워요, 어려워. 그 요괴들의 신통력이 대단해서 우리 셋이 그 세 놈들과 한참을 싸웠지요. 그러나 놈들이 졸개들을 끌어들이는 바람에 팔계가 먼저 잡히고 오정이도 붙잡히고 말았소. 이 몸은 간신히 도망쳐 나왔다오."

그 말을 들은 중들은 가슴이 덜컥 내려앉았어요.

"이렇게 구름과 안개를 부릴 줄 아는 어르신께서도 잡지 못한다면, 삼장법사님께서는 해를 당하시고 말겠네요."

"걱정 마시오, 괜찮아요. 우리 사부님은 암암리에 가람과 게체偈諦, 육정육갑六丁六甲 등 신들의 보호를 받고 있고 초환단草還丹을 잡수신 적이 있으니, 목숨을 잃는 일은 없을 거요. 그저 저 요괴놈들이 솜씨가 있어 좀 어려워진 것뿐이오. 여러분 이 말과 짐을 좀 봐주시면, 이 몸이 하늘에 올라가 구원병을 청해 오겠소."

승려들은 겁을 집어먹고 말했어요.

"어르신께서는 하늘에도 오르실 수 있나요?"

"하하하, 하늘궁전이 원래 내 옛집이오. 예전에 내가 제천대성이란 벼슬을 할 때 반도대회를 망쳐버리고 부처님께 붙잡혔소. 해서 지금은 하는 수 없이 불경을 가지러 가는 삼장법사를 보호해드리며 속죄하고 있는 중이오. 그래서 오는 길 내내 바른 것은 일으켜 세우고 사악한 것은 없애버렸지요. 스님들은 잘 모르시겠지만, 이런 고난은 우리 사부님이 마땅히 겪으셔야 할 것이라오."

승려들은 머리를 조아리며 절을 올릴 뿐이었어요. 손오공은 산문을 나서 "휙" 하는 휘파람 소리와 함께 금방 사라져버렸어요.

멋진 제천대성! 그가 서천문西天門 밖에 이르니, 태백금성太白金星과 증장천왕增長天王, 그리고 은殷, 주朱, 도陶, 허許, 사대영관四大靈官이 얘기를 나누고 있었어요. 그들은 손오공을 보자 허겁지겁 나와 인사했지요.

"제천대성님, 어디를 가시는지요?"

"삼장법사를 모시고 천축국 동쪽의 금평부 민천현에 닿았는데, 그곳 자운사의 승려들이 정월 대보름을 지내고 가라고 만류하는 바람에 거기 머무르게 되었소. 대보름날 금등교에 갔는데 거기에는 금으로 만든 등 세 개가 있고 양젖으로 만든 기름으로 불을 켜고 있었소. 그런데 그 기름은 백금 오만 냥이 넘는 귀한 것으로, 매년 여러 부처들이 내려와 쓴다고 하더군요.

우리가 보고 있자니 정말 부처 셋이 내려옵디다. 사부님은 좋은 것과 나쁜 것을 분별하지 못하시고 다리 위에 올라가서 덥석 절을 올렸지요. 저놈들은 좋은 사람들이 아니라고 내가 말씀드리고 있는데, 그놈들이 어느새 등불을 캄캄하게 만들어놓고 기름을 가져간 것은 물론 우리 사부님까지 바람결에 데리고 사라져버렸소.

바람을 쫓아 뒤를 밟아가서 날이 밝을 무렵 어느 산에 이르렀소. 다행히도 사치공조가 '여기는 청룡산이고 현영동이란 동굴이 있는데 피한대왕, 피서대왕, 피진대왕이라고 하는 세 요괴가 삽니다' 하고 알려줍디다. 이 손 어르신이 잽싸게 들어가 사부님의 행방을 찾다 놈들과 한판 붙었지만 이기지 못했지요.

다시 변신을 하고 숨어들어 별 큰일 없이 묶여 있는 사부님을 발견했지요. 그런데 그분을 풀어드리고 막 나오려던 차에 그놈들에게 들켜서 나만 도망쳐 나왔소. 다시 저팔계, 사오정을 데리고 가서 어렵게 싸웠지만 그들도 붙잡히고 말았소. 그래서 그놈들 내력을 조사해 항복시켜달라고 옥황상제께 부탁드리려고 온 것이오."

태백금성이 껄껄 웃으며 말했어요.

"제천대성은 요괴들을 상대하면서 어떤 놈들인지 알아보지도 못했단 말이오?"

"알아보긴 했지! 소 요괴들이더군. 하지만 그놈들의 신통력이 아주 대단해서 금방 굴복시킬 수는 없었소."

"그 셋은 모두 코뿔소 요괴들이오. 그들은 천문지상天文之象을 타고났고 여러 해 동안 수행을 쌓아 도를 이루었는지라, 역시 구름과 안개를 탈 수 있소. 또한 정결한 것을 아주 좋아하고, 늘 자신의 더러운 몸을 싫어해서 매일 물에 들어가 목욕을 한답니다.

그들은 이름도 많아서 외코뿔소[兒犀], 숫코뿔소[雄犀], 암코뿔소[牯犀], 얼룩 코뿔소[班犀], 또 머리에 털이 난 코뿔소[胡冒犀], 남해 바다 타화나국墮和羅國[1]의 코뿔소[墮羅犀], 정수리에 꽃무늬가 있는 코뿔소[通天花文犀]라고도 하지요. 모두 콧구멍은 하나에, 세 가지 색의 털, 뿔은 두 개이며, 강이나 바다를 건널 때 물길을 낼 수 있소. 피한, 피서, 피진 그 셋은 모두 뿔에 그런 힘을 가진 상서로운 기운이 어려 있어 그렇게 이름을 짓고 대왕이라 칭한 것이오. 그들을 잡으려면 사목금성四木禽星을 만나야만 할 거요."

손오공은 얼른 고맙다는 인사를 하고 물었어요.

"그런데 어떤 사목금성 말씀이오? 좀 분명히 알려주시오."

---

1 고대 중국 문헌에서 타라발저墮羅鉢底 또는 두화頭和, 두화발저두杜和鉢底, 두화라和羅, 투화投和 등등 다양하게 표기된 지명으로 범어梵語 '드바라바티Dvāravati'를 음역音譯한 것이다. 일반적으로 지금의 태국 메남Menam강 아류를 가리킨다고 여기지만, 일설에는 아유타야Ayuthaya 또는 나콘빠톰Nakhon Pathom을 가리킨다고 여기기도 한다.

"허허허, 그들은 두우궁斗牛宮 밖 하늘과 땅 사이를 뒤덮고 있소. 옥황상제께 상소를 올리면 자세히 알 수 있을 것이오."

손오공은 두 손을 모아 감사를 표하고 곧장 하늘 문으로 들어갔어요.

잠시 후 통명전에 이르자 갈葛, 구丘, 장張, 허許, 사대천사가 손오공에게 물었어요.

"어디로 가십니까?"

"최근 금평부란 곳에 이르렀는데 우리 사부님의 선심禪心이 흐려져서 정월 보름날 등 구경을 갔다가 요괴에게 납치되셨소. 그런데 이 몸이 그놈들을 항복시킬 수가 없어서 옥황상제께 이렇게 도움을 청하러 왔소."

사대천사는 손오공을 데리고 영소보전靈霄寶殿으로 가 아뢰었어요. 손오공이 예를 올리고 도움을 청하러 온 일을 아뢰자 옥황상제께서 물었어요.

"구원병으로 어느 하늘 병사를 보내주면 좋겠느냐?"

"이 몸이 서천문에서 태백금성을 만났는데, 그 요괴는 코뿔소 요괴라 사목금성이 아니면 안 된다고 하였습니다."

옥황상제는 곧 허 천사에게 손오공과 함께 두우궁으로 가서 사목금성으로 하여금 아래 세상으로 가서 요괴들을 항복시키라고 어명을 내렸어요. 둘이 두우궁 밖에 이르자 일찌감치 이십팔수二十八宿 별신들이 모두 나와 맞았어요.

"나는 옥황상제의 명을 받들어 왔나니, 사목금성은 제천대성과 함께 아래 세상으로 내려가 요괴를 항복시키도록 하라."

허 천사의 말이 떨어지자 옆에서 교룡 자리의 각목교角木蛟, 삽살개 자리의 두목해斗木獬, 이리 자리의 규목랑奎木狼, 들개 자리의 정목안井木犴이 나오며 큰 소리로 물었어요.

"제천대성님, 어디로 가면 되나요?"

"하하하, 알고 보니 당신들이었군. 태백금성 노인장이 본명을 알려주지 않아서 누군가 했더니. 진작 이십팔수 중 사목四木이라고 했으면 이 몸이 바로 여기로 와서 부탁했을 텐데, 괜히 옥황상제만 번거롭게 해드렸군."

"제천대성님, 무슨 말씀이십니까! 우리는 옥황상제의 어명 없이는 누구도 맘대로 이곳을 떠날 수 없습니다. 대체 어딥니까? 어서 갑시다!"

"금평부 동북쪽의 청룡산에 현영동이란 동굴이 있는데, 거기 사는 코뿔소 요괴들일세."

"코뿔소 요괴라면 우리가 다 갈 필요 없이 정목안만 가면 되겠네. 이 양반은 산에선 호랑이를 먹고 바다에선 코뿔소를 잡아먹으니 말이오."

"그놈들은 달을 바라보며 콧김이나 내뿜는 보통 코뿔소가 아니오. 수행을 쌓아 도를 깨쳐서 천 년이나 된 영물들이니, 네 분이 모두 가야지 절대 한 분에게 미루면 안 되오. 만일 한 분이 가서 단번에 잡아들이지 못한다면 번거롭게 되지 않겠소?"

허 천사가 말했어요.

"무슨 말을 하는 거요! 당신들 넷이 가라는 어명이 있었는데, 왜 안 간다는 게요? 어서 떠나시오. 나는 돌아가서 보고하겠소."

허 천사가 손오공과 작별하고 돌아가자 사목금성이 말했어요.

"제천대성님, 지체할 필요 없습니다. 먼저 돌아가서 싸움을 걸어 그들을 끌어 내시면 저희가 뒤따라가 손을 쓰겠습니다."

손오공은 곧 현영동으로 돌아가 문 앞에서 욕을 해댔어요.

"기름 도둑놈들아! 우리 사부님을 내놔라!"

동굴의 문은 저팔계가 지난밤에 부숴버렸기 때문에 졸개 요괴 몇 놈이 널빤지로 막아놓은 상태였어요. 안에서 손오공의 욕지거리를 들은 졸개들이 급히 달려 들어가 보고를 올렸어요.

"대왕님! 손가 중놈이 문밖에서 욕을 퍼붓고 있습니다."

그러자 피진대왕이 말했어요.

"싸움에 지고 나서 하루 종일 조용하더니 왜 또 온 게야? 어디 가서 구원병이라도 데려온 모양이지?"

피한과 피서대왕이 대꾸했어요.

"구원병이 뭐 무섭겠어! 어서 투구와 갑옷을 가져오너라! 얘들아, 모두 정신 바짝 차리고 놈을 포위해서 도망치지 못하도록 해라!"

요괴들은 목숨이 경각에 달려 있는지도 모르고, 각각 칼을 쥐고 깃발을 흔들고 북을 울리면서 동굴 밖으로 나와 손오공을 향해 고함쳤어요.

"겁대가리 없는 원숭이놈아! 또 찾아왔단 말이냐!"

손오공이 제일 싫어하는 말이 '원숭이'인지라, 빠득빠득 이를 갈고 발끈 성을 내며 여의봉을 들고 곧장 달려들었어요. 세 요괴 왕은 졸개들을 풀어 포위망을 만들고 손오공을 그 안에 가두어 버렸어요. 그러자 사목금성이 칼을 휘두르며 소리쳤지요.

"이 못된 짐승! 그만두지 못할까!"

세 요괴 왕은 사목금성을 보자 더럭 겁이 났어요.

"큰일 났다! 큰일 났어! 저놈이 정말 요괴 잡는 선수를 데려왔구나! 얘들아, 어서 도망쳐라!"

그러자 "푸푸 혁혁" 하는 소리가 들리면서 졸개 요괴들이 제 모습을 드러냈는데, 알고 보니 그 산의 들소, 물소, 황소의 정령들이었어요. 그놈들은 온 산을 정신없이 달려 달아났지요. 세 요괴 왕도 본모습을 드러내고 손을 늘어뜨려 네발짐승으로 변해 포탄처

네 별신들의 도움으로 요괴들을 물리치다

럼 곧장 동북쪽으로 달아났어요.

손오공은 정목안과 각목교를 데리고 쏜살같이 쫓아가며 틈을 주지 않았어요. 두목해와 규목랑은 동쪽 산골짜기와 산꼭대기, 계곡, 산기슭을 샅샅이 뒤지며 소의 정령들을 때려죽이고 생포하여 깨끗이 처리했어요. 그리고 현영동으로 들어가 삼장법사와 저팔계 그리고 사오정을 풀어주었어요. 사오정은 두목해와 규목랑을 알아보고 함께 고맙다고 인사하며 물었어요.

"두 분은 어떻게 알고 도우려 오셨습니까?"

"제천대성께서 옥황상제께 아뢰어 요괴들을 잡아들이고 여러분들을 구하라는 어명을 받고 이렇게 왔습니다."

이 말을 들은 삼장법사가 또 주르륵 눈물을 흘리며 물었어요.

"그런데 우리 오공이는 왜 보이지 않나요?"

"그 세 요괴는 세 마리 코뿔소입니다. 우리를 보더니 걸음아 날 살려라 제각기 동북쪽으로 도망을 쳤지요. 제천대성은 정목안과 각목교를 이끌고 급히 쫓아갔고, 저희 둘은 이곳에서 남은 졸개들을 소탕하고 이렇게 성승님을 구하러 온 것이지요."

삼장법사는 고개를 숙이며 감사 인사를 하고 하늘을 향해 절했어요. 저팔계가 삼장법사를 일으켜 세우며 말했어요.

"사부님, 지나친 예의는 겉치레가 됩니다. 뭘 그렇게 절을 하세요. 사목금성은 옥황상제의 어명을 받기도 했고 형님과의 정리를 생각하기도 해서 온 것입니다. 졸개 요괴들은 이미 소탕했지만 두목들은 어찌 되었는지 모르지요. 우리는 값진 물건들을 좀 챙겨서 나가고 이 동굴을 허물어 요괴들의 근거지를 없앤 다음, 절로 돌아가 형님을 기다리지요."

"천봉원수의 말이 맞습니다. 천봉원수와 권렴대장은 법사님을 모시고 절로 돌아가 편히 쉬십시오. 저희는 다시 동북쪽으로 가서 협공을 하겠습니다."

규목랑의 말에 저팔계가 맞장구를 쳤어요.

"그래요, 그럽시다. 두 분이 함께 가셔서 두 분도 잡는 데에 협력해서 반드시 소탕해야 보고하기에 좋겠습니다."

둘은 곧 요괴 두목들을 쫓아갔어요.

한편 저팔계와 사오정은 동굴 안의 값진 보물들, 즉 산호, 마노, 진주, 호박, 거거車渠,[2] 조개, 옥, 금 등을 한 섬이나 찾아서 밖으로 내갔어요. 그리고 삼장법사를 언덕 위로 모셔가 앉히고, 다시 동굴로 들어가 불을 질러 그곳을 잿더미로 만들어버렸어요. 그런 후 삼장법사를 모시고 금평부 자운사로 돌아갔지요.

'행운이 극에 이르면 다시 액운이 생겨난다'는 『역경易經』의 말이 있듯이
좋은 일 끝에 나쁜 일 만나는 경우 정말 있구나.
꽃등 보기를 좋아해 선심이 어지러워지고
아름다운 경치 즐기니 도심이 옅어지네.
자고로 대단大丹*은 길이 지켜야 하나니
한 번 잃어버리면 철저히 손상되는 법
단단히 지키며 방탕하지 말아야 하느니
잠깐이라도 태만하면 어그러지는 것을.

경云泰極還生否　好處逢凶實有之
愛賞花燈禪性亂　喜游美景道心漓
大丹自古宜長守　一失原來到底虧
緊閉牢拴休曠蕩　須臾懈怠見參差

---

2 거거珤瑉 또는 거거硨磲라고도 쓴다. 커다란 조개껍데기의 일종이다.

셋이 절로 돌아온 일은 더 이상 이야기하지 않겠어요.

한편, 두목해와 규목랑, 두 성관星官은 구름을 타고 동북쪽으로 요괴를 쫓아갔어요. 그런데 공중에서 아무리 찾아보아도 요괴는 보이지 않았어요. 그러다 서쪽 큰 바다까지 이르렀을 때, 멀리 바닷가에서 손오공이 소리치고 있는 것이 보였어요. 둘은 구름을 낮추고 물었어요.

"제천대성님, 요괴는 어디 있나요?"

손오공이 책망하며 말했어요.

"왜 요괴를 쫓아오지 않았소? 그러곤 이제 와서 칠칠치 못하게 그런 걸 묻다니."

"제천대성께서 정목안, 각목교와 함께 요괴를 잡으러 쫓아가시기에 틀림없이 잡을 수 있으려니 했습니다. 그래서 우리는 나머지 조무래기들을 소탕하고 현영동으로 들어가 삼장법사와 두 아우님을 구해냈습니다. 그리고 산을 수색하고 동굴을 불태운 후, 사부님을 자운사로 모셔다드리라고 두 아우님께 부탁했지요. 그런데 한참을 기다려도 세 분이 돌아오시지 않기에 이렇게 찾으러 온 것입니다."

두목해의 말을 들은 손오공은 그제야 기뻐하며 인사했어요.

"그렇다면 공을 세운 셈이구려. 정말 고생 많았소. 그 세 요괴놈들은 나한테 쫓겨 여기까지 오자 바다로 뛰어들고 말았소. 정목안과 각목교는 그놈들을 바짝 뒤쫓으며, 이 몸더러는 여기서 지키고 있으라고 했소. 두 분이 이렇게 오셨으니 여기서 지키고 계시면 이 몸도 내려가보겠소."

멋진 제천대성! 그는 여의봉을 휘두르며 손가락을 구부려 결을 맺고 주문을 외워 물길을 열더니, 곧장 바다 깊숙이 들어갔어요. 바다 밑에서는 세 요괴가 정목안, 각목교와 죽기 살기로 싸우고 있었지요. 손오공은 펄쩍 뛰어들며 고함을 쳤어요.

"손 어르신이 오셨다!"

요괴들은 두 별신을 막아내느라 쩔쩔매던 차에 갑자기 손오공의 목소리까지 들려오자, 걸음아 날 살려라 머리를 돌려 바다 밑으로 재빨리 줄행랑쳤어요. 본디 이 요괴들의 머리에 난 뿔은 물길을 여는 용한 능력이 있는지라 "쏴" 하는 소리와 함께 길이 뚫렸어요. 두 별신과 손오공도 힘껏 그 뒤를 쫓았지요.

한편 서해를 순찰하던 야차夜叉와 병사는 저 멀리서 코뿔소가 물길을 헤쳐오는데, 그 뒤를 쫓는 것이 손오공과 두 별신이라는 것을 알아보고, 즉시 수정궁水晶宮으로 달려가 급히 용왕에게 보고했어요.

"대왕님! 코뿔소 세 마리가 제천대성과 두 별신에게 쫓겨 이리로 오고 있습니다!"

용왕 오순敖順은 그 말을 듣자마자 태자 마앙摩昻을 불렀어요.

"빨리 바다 병사들을 소집해라! 코뿔소 요괴 피한, 피서, 피진이 손오공의 성질을 건드린 모양이다. 우리 바다로 들어왔으니, 얼른 무기를 들고 나가 도와라."

태자는 명을 받들어 황급히 병사들을 소집했어요. 순식간에 거북이, 작은 자라, 큰 자라, 악어, 방어[鱴], 돌잉어, 쏘가리, 잉어, 새우와 게 병사 등이 각각 무기를 들고 일제히 고함을 지르며 수정궁에서 나와 코뿔소 요괴들을 막아섰지요.

코뿔소 요괴들은 더 이상 앞으로 갈 수가 없자 급히 후퇴하려 했어요. 그러나 또한 뒤에는 정목안, 각목교와 제천대성이 가로막고 있었지요. 당황한 그들은 각기 살길을 찾아 뿔뿔이 흩어져 도망치기 시작했어요. 그러나 피진대왕은 순식간에 용왕의 군사들에게 포위되고 말았어요. 손오공이 보고 좋아하면서 소리쳤지요.

"잠깐! 잠깐! 사로잡아라! 죽이면 안 돼!"

마앙태자가 그 말을 듣고 앞으로 나가 피진대왕을 바닥에 둘러메친 후, 쇠갈고리로 코를 꿰고 네 발을 꽁꽁 묶었어요. 용왕은 다시 명령을 내려 병사를 나누어 두 요괴를 쫓는 두 별신을 돕게 했어요. 태자가 병사들을 거느리고 가 보니 정목안이 들개의 본모습을 드러내고 피한대왕을 누른 채 덥석덥석 뜯어 먹고 있었지요.

"정목안! 정목안! 깨물어 죽이면 안 되오! 제천대성께서 생포하라셨소. 죽이면 안 된다고 하셨소."

마앙태자가 소리 높여 여러 차례 외쳤지만, 정목안은 이미 이빨로 피한대왕의 목을 끊어놓은 뒤였지요. 마앙태자는 새우와 게 병사들에게 죽은 피한대왕을 수정궁으로 옮기게 하고, 다시 정목안과 함께 피서대왕을 추격했어요. 그때 피서대왕은 각목교에게 쫓겨 달려오다 정목안과 맞닥뜨렸지요. 마앙태자는 거북이, 작은 자라, 큰 자라, 악어를 통솔해 키 모양의 진[簸箕陣]을 짜 둘러쌌어요. 피서대왕은 "살려주세요! 목숨만 살려주세요!" 하고 애원할 뿐이었어요. 정목안이 가까이 다가가 귀를 잡아당기며 칼을 뺏고 말했어요.

"안 죽인다! 목숨은 살려주지! 제천대성께 처리하라고 넘겨드릴 거야."

병사들은 곧 수정궁으로 돌아와 보고했어요.

"모두 잡아들였습니다."

손오공이 보아하니 한 놈은 목이 잘려 온 땅에 피를 뿌리고 있고, 한 놈은 정목안에게 귀를 잡힌 채 땅에 꿇어앉아 있었어요. 그는 목이 잘린 놈 앞으로 다가가 자세히 보았지요.

"이놈 목은 칼로 잘린 게 아닌데?"

마앙태자가 웃으며 말했어요.

"하하하, 제가 급히 말리지 않았으면 몸뚱이마저 정목안에게 먹혀버렸을 겁니다."

"이렇게 돼버렸으니 할 수 없지. 톱을 가져와라. 톱으로 이놈의 두 뿔을 자르고 가죽을 벗겨 가지고 가야겠다. 이놈의 고기는 남겨둘 테니 용왕 부자께서 드시구려."

그리고 각목교에게 피한대왕의 코를 뚫어 코뚜레를 끌게 하고, 피서대왕의 코도 뚫어서 정목안에게 끌게 했어요.

"그놈들을 금평부로 데려가 그곳 자사刺史에게 보이고 진상을 규명한 다음, 여러 해 동안 부처로 둔갑해 백성들을 괴롭힌 죄를 물어 처형합시다."

모두들 그 말에 따라 용왕 부자와 작별한 후 서해를 나왔지요. 두 코뿔소를 끌고 나오다 규목랑과 두목해를 만나 함께 구름을 타고 금평부로 돌아왔어요. 손오공은 구름을 밟고 서서 공중에서 외쳤지요.

"금평부 자사를 비롯해 모든 벼슬아치들, 그리고 성 안팎의 백성들은 듣거라. 나는 동녘 땅 위대한 당나라의 사신으로 서역에 불경을 가지러 가는 성승이다. 너희 나라에서는 매년 집집마다 금등을 바쳤으나, 부처로 둔갑해 내려온 놈들은 바로 이 코뿔소 요괴들이다. 우리는 이곳을 지나던 중 정월 대보름 밤에 등 구경을 하러 나갔다. 그러나 이놈들이 기름을 훔치고 우리 사부님마저 납치해 가는 바람에 하늘신들을 청해 이놈들을 잡아들였다. 이제 요괴 동굴을 모조리 불태워버리고 요괴들도 모두 소탕했으니, 더 이상 해를 입지 않을 것이다. 앞으로 너희 나라에서는 금등을 바치느라 백성을 힘들게 하고 재물을 낭비하는 일이 다시는 없도록 하라."

이때 자운사에서는 저팔계와 사오정이 삼장법사를 모시고 산문을 들어서다 공중에서 들려오는 손오공의 말소리를 들었어요. 그들은 삼장법사를 내버려두고 짐도 내팽개친 채, 바람과 구름을 몰아 공중으로 올라가 손오공에게 요괴를 처치한 일에 대해 물었어요.

"한 놈은 정목안이 물어 죽였기에 뿔을 자르고 가죽을 벗겨 가지고 왔고, 두 놈은 산 채로 이렇게 잡아 왔지."

저팔계가 말했어요.

"그럼, 내친 김에 이놈들을 땅으로 데려가 관리들과 백성들에게 보여서 우리들이 성인이고 신神임을 알려줍시다. 옆에 계신 사목금성들도 구름을 거두고 함께 땅으로 내려가 금평부 관아로 가셔서 이 요괴놈들을 처단합시다. 이미 죄상이 분명하니, 무슨 군소리가 필요하겠소!"

사목금성이 말했어요.

"요즘 천봉원수가 사리를 깨치고 법률에도 훤해지셨구려. 그렇게 하지요!"

"몇 년 동안 중노릇을 하다 보니, 좀 배운 바가 있지요."

그리하여 신들은 코뿔소를 땅에 떨어뜨린 후, 오색구름을 타고 금평부 관아로 내려갔어요. 놀란 관리들과 성 안팎의 백성들이 모두 집집마다 향을 피우며 하늘신들께 절을 올렸어요. 잠시 후 자운사의 승려들이 삼장법사를 가마에 태워서 관아로 들어왔어요. 삼장법사는 손오공을 보자 연신 고맙다고 말하며 이렇게 말했어요.

"별신들 덕분에 우리가 살아났구나. 착한 네가 보이지 않아 내내 맘에 걸렸는데, 이렇게 저놈들을 붙잡아 돌아왔구나. 그런데 이 요괴들을 어디까지 가서 잡아 온 게냐?"

"그때 존경하는 사부님과 작별하고 이 몸은 요괴들이 어떤 놈들인지 알아보러 하늘에 올라갔습니다. 마침 태백금성이 저놈들이 코뿔소 요괴라고 하면서, 사목금성을 찾아가라 일러주었지요. 그래서 옥황상제께 상소를 올렸더니 옥황상제께서 사목금성을 파견하라는 어명을 내려주시어, 곧장 현영동으로 와서 싸움을 벌였답니다. 두목해, 규목랑은 사부님을 구했으며, 저는 정목안, 각목교와 함께 도망가는 요괴들을 뒤쫓아 서쪽 큰 바다까지 갔지요. 다행히도 그곳의 용왕과 마앙태자가 군사들을 이끌고 나와 도와주었기에 붙잡아 데려와서 이렇게 심문하게 된 것입니다."

삼장법사는 입에 침이 마르도록 칭찬했어요.

금평부의 지부知府와 보좌관들은 모두 촛불을 환하게 밝히고 향로 가득 향을 피우면서 하늘을 향해 절을 올렸어요.

얼마 후 저팔계는 불끈 화가 치밀어 올라 계도戒刀를 뽑아 피진대왕의 머리를 한 칼에 날려버리고 또 피서대왕의 머리도 베어버렸어요. 그리고 톱으로 네 개의 뿔을 잘라냈지요. 제천대성은 달리 생각해둔 바가 있었는지라 이렇게 말했어요.

"사목금성들은 이 뿔 네 개를 가지고 가서 옥황상제께 바치고 보고하시오."

그리고 자신이 가지고 있는 뿔 두 개에 대해서는 이렇게 말했어요.

"하나는 금평부 창고에 남겨서 향후 등불 밝힐 기름을 백성들에게 거두지 않겠다는 징표로 삼겠소. 나머지 하나는 영취산의 부처님께 바치기로 하지요."

사목금성은 몹시 기뻐하며 즉시 제천대성에게 작별 인사를 하고, 오색구름을 몰아 옥황상제께 보고하러 갔어요.

금평부의 벼슬아치들은 삼장법사 일행을 붙들어 머물게 하여 성대한 잔치를 벌이고 마을 유지들까지 모두 불러들였어요. 그러는 한편 방을 내걸어 백성들에게 알렸어요. 그 내용인즉, 다음 해부터 금등을 만들지 못하게 하고 기름을 바치던 거부들의 공납도 영원히 없앤다는 것이었어요. 또한 백정에게 코뿔소 요괴의 가죽을 벗겨 잘 무두질해 말려 갑옷을 만들게 했어요. 그 고기는 벼슬아치들에게 고루 나누어주었지요.

또 이미 거둬들인 돈과 곡식으로는 노는 땅을 사서 요괴를 퇴치한 사목금성과 삼장법사 일행을 위해 사당과 비석을 세워 그 공적을 오래도록 기리며 은혜에 보답하기로 했어요. 삼장법사 일행은 차라리 느긋한 마음으로 환대를 받았지요. 게다가 등유를 공납했던 이백마흔 채의 부잣집들이 이 집에서 대접하는가 하면 또 저 집에서 모신다고 해서 쉴 틈이 없었어요.

저팔계는 그들의 대접에 몹시 흡족해서, 요괴 동굴에서 가져온 보물들을 조금씩 소매 속에 넣어두었다가 초대해준 집마다 사례했어요. 그렇게 한 달 넘게 머물렀지만 도저히 길을 떠날 수가 없었어요. 어느 날 삼장법사가 분부했어요.

"오공아, 남은 보물들은 자운사 승려들에게 사례로 주어라. 그리고 우리를 대접하려는 부잣집들 모르게 새벽에 길을 떠나자꾸나. 이렇게 향락에 빠져 있다 불경을 가지러 가는 일을 그르쳐, 부처님의 노여움을 사게 되면 또 재앙이 생길 테니, 무척 곤란하지 않겠느냐?"

손오공은 삼장법사의 말대로 하나하나 처리했어요. 다음 날 일찌감치 새벽 네 시경에 일어나 저팔계에게 말을 준비시키자, 이 멍텅구리는 술과 밥을 실컷 먹고 곯아떨어져 있다가 얼떨떨한 상태로 손오공에게 물었지요.

"이런 꼭두새벽에 말은 준비해서 뭐하게요?"

"이놈아! 사부님이 길을 떠나자고 하신다!"

멍텅구리가 얼굴을 비비면서 투덜댔어요.

"이 스님이 또 주책을 부리시는군! 이백마흔 군데 부잣집에서 모두 초대했는데, 이제 겨우 서른 번 남짓 대접받았을 뿐이라고. 왜 또 이 몸을 굶주리게 하냐고!"

삼장법사가 이 말을 듣고 야단을 쳤어요.

"이 밥만 축내는 멍청아! 쓸데없는 소리 말고 어서 일어나거라! 또 주둥이를 함부로 놀렸다간 오공이더러 여의봉으로 때려주라고 할 테니!"

멍텅구리는 때린다는 말을 듣자 이리저리 허둥댔어요.

"사부님은 이제 변했어요! 늘 저를 아끼고 사랑하시고 제 어리석음을 염려하며 감싸주셨어요. 형님이 저를 때릴라치면 말려주셨고요. 그런데 오늘은 어째서 성을 내시며 오히려 저를 때리라고 하시나요?"

이 말을 받아 손오공이 말했어요.

"사부님은 네 주둥이 때문에 길이 늦어진다고 꾸짖으신 거야. 얻어터지지 않으려면 어서 짐을 꾸리고 말을 대령해라."

멍텅구리는 맞는 게 정말 겁나서 벌떡 일어나 옷을 입고 큰 소리로 사오정을 깨웠어요.

"빨랑 일어나! 몽둥이 날아온다!"

사오정도 벌떡 일어나 짐을 챙기고 떠날 준비를 마쳤어요.

"가만가만 나가자. 절의 스님들 깨지 않게."

삼장법사는 손을 내저으며 말하고, 급히 말에 올라 산문을 열고 큰길을 찾아 떠났지요. 바로 이런 격이었어요.

옥 조롱 몰래 열어 오색 봉황을 날아가고
금 자물쇠 가만히 따고 교룡 도망치네.

暗放玉籠飛彩鳳　私開金鎖走蛟龍

결국 날이 밝으면 이들을 초대했던 집들이 어떻게 할지는 알수 없으니, 이에 대해서는 다음 회를 들어보시라.

제93회
삼장법사가 요괴 공주의 배필로 낙점되다

상념이 일어나면 기필코 사랑이 생겨나고
정을 남기면 반드시 재앙이 닥친다네.
영혼이 밝다면 어찌 관직을 논하리?
여정이 끝나면 절로 자비의 바다로 돌아갈 것을.
신선 되네 부처 되네 논하지 말고
모름지기 마음에 따라 안배해야 하리라.
맑고 깨끗하게 세속 먼지 떨어버리고
정과를 이루어 드높은 경계境界로 날아가리니.

起念斷然有愛　留情必定生災
靈明何事辨三臺　行滿自歸元海
不論成仙成佛　須從個裡安排
清清淨淨絕塵埃　果正飛昇上界

　자운사의 스님들은 날이 밝아 삼장법사 일행이 보이지 않자
모두 이렇게 말했어요.

　"더 붙들어두지도 못하고 전송도 못 하고 청도 올리지 못했는

데, 살아 계신 부처님을 속절없이 보내고 말았구나."

그때 남쪽 관문에 사는 부자 몇 명이 삼장법사를 초대하러 오자, 승려들이 손바닥을 치며 말했지요.

"저물녘에 잠시 소홀했더니 밤중에 구름을 타고 가버리셨습니다."

그리고는 모두 하늘을 우러러 감사 인사를 올렸어요. 이 이야기는 성안에 퍼져 벼슬아치들까지 모두 알게 되었어요. 그래서 부자들을 불러 소, 양, 돼지, 개, 닭의 다섯 가지 제물과 갖가지 과일을 차리게 해서 삼장법사의 사당으로 가 제사를 지내며 그 은혜를 기렸으니, 그 이야기는 이쯤 하기로 하지요.

한편, 삼장법사 일행은 찬바람 속에 노숙을 해가며 별 탈 없이 보름 남짓 길을 갔어요. 그러다 어느 날 높은 산을 만나자, 삼장법사는 또 두려움에 떨었어요.

"얘들아, 앞에 있는 산이 저렇게 높고 험하니 조심해야겠다!"

"하하하, 이곳은 부처님 계시는 곳과 가까우니 무슨 요괴 같은 건 분명 없을 겁니다. 사부님, 걱정 붙들어 매세요."

"오공아, 비록 부처님 계신 곳이 멀지 않다 해도 저번에 그 절 스님들 말로는 천축국까지 이천 리라고 하였다. 그러니 아직 얼마나 남았는지 모르겠구나."

"사부님, 오소 선사烏巢禪師의 『반야바라밀다심경』을 또 잊어버리셨나 보군요."

"『반야바라밀다심경』은 내가 걸치고 다니는 가사나 지니고 다니는 바리때와 같다. 오소 선사님께 사사받은 후 하루라도 읊지 않은 날이 없어! 그러니 한시라도 잊을 수 있겠느냐? 거꾸로라도 욀 수 있는데 어째서 잊어먹었다는 게냐?"

"사부님은 외기만 했지 오소 선사님께 뜻을 풀어달라고 하지는 않은 모양이군요?"

"원숭이놈! 또 어째서 내가 뜻을 이해하지 못했다는 게냐? 그러는 너는 이해한단 말이냐?"

"전 알지요. 환히 알고 말고요."

그때부터 삼장법사와 손오공은 입을 꾹 다물고 있었어요. 곁에 있던 저팔계가 깔깔대고, 사오정도 빙그레 웃었지요.

"주둥이하곤! 형님이나 나나 다 같은 요괴 출신이고, 또 어디 잘 아는 수행자에게 불경 강의를 들어본 적이 있소? 또 어느 스님이 설법하는 것을 본 적이 있소? 그런데도 허풍이나 치며 거드름을 피우고, '알아요, 환히 알고 말고요'라고요? 그런데 왜 아무 소리도 안 하는 거요? 좀 들려주시구려! 알아듣게 강의를 해보란 말이오!"

저팔계가 이렇게 말하자 사오정도 거들었어요.

"둘째 형님, 큰형님 말씀을 그대로 믿나 보네요? 큰형님이 실없는 소리를 해서 사부님더러 길을 계속 가시도록 만들었잖소? 큰형님은 여의봉이나 잘 다룰 줄 알지 무슨 불경 강의를 할 줄 알겠소?"

"오능아, 오정아, 쓸데없는 소리 그만해라. 오공이가 이해했다고 한 것은 말로는 설명할 수 없는 진정한 깨달음이다."

삼장법사 일행은 이렇게 이야기를 나누는 사이에 또 한참을 가서 야트막한 구릉을 몇 개나 넘었어요. 그러다 보니 길옆에 큰 절이 하나 보였지요.

"오공아, 앞에 절이 있구나! 저 절은 정말,"

　　크지도 작지도 않은데

푸른 유리기와를 얹었구나.
새로 지은 듯 낡은 것인 듯한데
팔 자 모양의 붉은 벽이 있구나.
지붕 위로 기운 푸른 잣나무 아련히 보이는데
얼마나 오래전부터 살아온 고목인지 모르겠구나.
졸졸 흐르는 물소리 현악기를 울리는 듯한데
그 어느 때부터 지금껏 산을 타고 흘러내리는지 모르겠구나.
산문에는
크게 '포금선사'라고 씌어 있고
현판에는
'상고유적'이라고 적혀 있구나.

不小不大　　却也是琉璃碧瓦

半新半舊　　却也是八字紅牆

隱隱見蒼松偃蓋　也不知是幾千百年間故物到于今

潺潺流水鳴絃　也不道是那朝代時分開山留得在

山門上　　大書著　　布金禪寺

懸圖上　　留題著　　上古遺跡

손오공도 '포금선사'라고 적힌 걸 볼 수 있었고, 저팔계도 "포, 금, 선, 사" 하며 읽었어요. 삼장법사는 말 위에서 깊은 생각에 잠겼다가 이렇게 말했어요.

"포금, 포금이라…… 여기가 사위국舍衛國의 영토가 아닐까?"

저팔계가 말했어요.

"사부님, 이렇게 신기한 일이! 제가 사부님과 같이 다닌 지 몇 년이 됩니다만, 길을 알아보신 적이 한 번도 없으셨어요. 그런데 오늘은 길을 다 알아보시네요!"

"그게 아니다. 내가 늘 암송하는 불경에 이르기를 '부처님은 사위국의 기수급고원祇樹給孤園에 계시다'고 하였느니라. 이 동산은 급고독장자給孤獨長者*가 부처님을 모셔다 강론을 들으려고 태자에게 사들이려 했던 곳이니라. 그러나 태자는 '이 동산은 팔지 않는다. 꼭 사들이고 싶다면 온 동산을 황금으로 뒤덮어라' 하고 말했지. 그러자 급고독장자는 황금 벽돌을 만들어 온 동산 바닥에 깔고 나서야 이곳을 사들이고 부처님을 모셔다 강론을 들었단다. 이 포금사라는 절이 바로 이 이야기 속에 나오는 동산이 아닐까?"

"킥킥킥, 운수 대통이네! 만일 그게 사실이라면 우리도 그 황금 벽돌을 좀 집어다 사람들에게 나눠 줍시다"

저팔계의 말에 모두가 한바탕 웃었어요. 삼장법사는 말에서 내려 산문으로 들어섰어요. 산문 아래에는 멜대를 맨 사람, 짐을 짊어진 사람, 수레를 미는 사람이 있는가 하면 수레를 세워놓고 앉아 있는 사람, 잠을 자는 사람, 떠드는 사람도 있었어요.

그러던 차에 그들은 갑자기 삼장법사 일행을 보았는데, 잘생긴 삼장법사에 흉악하게 생긴 제자들이 섞여 있는지라 모두 두려워하며 길을 터주었어요. 삼장법사는 제자들이 말썽을 일으킬까 걱정스러워 "점잖게 굴어라! 점잖게 행동해!" 하면서 계속 주의를 주었으므로, 모두 조심했지요. 금강전金剛殿 뒤로 돌아가니 선승 한 명이 걸어 나오는데, 범상치 않은 모습이었어요.

얼굴은 보름달같이 빛나고
몸은 보리수 같구나.
석장 짚고 바람에 소매 나부끼며
짚신 신고 돌길을 걸어오네.

面如滿月光　身似菩提樹

擁錫袖飄風　芒鞋石頭路

　　삼장법사가 합장을 하자 그 스님도 급히 인사하며 물었어요.

"어디서 오셨습니까?"

"저는 진현장이라 하며 동녘 땅 위대한 당나라 황제의 어명을 받아 부처님을 배알하고 불경을 구하러 서역으로 가는 중입니다. 길을 가다 이곳을 지나게 되어 인사나 여쭐까 찾아왔는데, 하룻밤 묵게 해주시면 내일 바로 떠나겠습니다."

"여기는 각처에서 오는 분들이 들러 참배하고 가는 절이니, 누구든지 배례할 수 있습니다. 하물며 대사님은 동녘 땅에서 온 신승神僧이시니 오히려 공양을 받아주신다면 이 절의 영광이지요!"

　　삼장법사는 감사하고, 곧 세 제자들을 불러 향이 가득 쌓인 회랑을 지나 방장으로 들어갔어요. 서로 인사가 끝나자 각기 자리를 정해 앉았지요. 손오공을 비롯한 제자들도 얌전히 자리에 앉았어요.

　　이때 동녘 땅 위대한 당나라에서 불경을 가지러 가는 스님이 왔다는 말을 들은 절 안의 승려들은 나이 많은 스님이나 어린 스님이나, 오래 붙어살던 스님이나 잠시 머무는 스님, 장로나 사미 할 것 없이 모두 와서 인사를 했어요.

　　차를 다 마시자 공양이 차려졌지요. 삼장법사가 공양 전에 드리는 게偈를 읊고 있는데, 저팔계는 벌써부터 참을 수가 없는지 만두며 밥이며 당면을 넣어 끓인 탕을 허겁지겁 입으로 가져갔어요. 마침 그 방장에는 많은 승려들이 있었는데, 좀 아는 사람들은 삼장법사의 위엄 있는 모습을 칭찬했고, 짓궂은 이들은 저팔계의 먹는 모습을 지켜보았지요. 사오정이 눈치채고 저팔계를 슬쩍 꼬집었어요.

"점잖게 좀 굴어요!"

저팔계는 다급했던지라 소리를 빽 내질렀어요.

"무슨 점잔 타령이야! 배 속이 텅 비었단 말이야!"[1]

사오정이 웃으며 타일렀어요.

"둘째 형님, 잘 모르는 모양이구려. 천하에 하고많은 점잖은 사람들도 배고픈 걸로 치자면 우리와 마찬가지지만, 그래도 점잖게 굴지 않소!"

그제야 저팔계가 손을 멈추었어요.

식사를 마치고 삼장법사가 공양을 마치는 게를 읊자 좌우의 사람들이 상을 치우니, 그는 다시 고맙다고 인사했어요.

그 절의 승려들이 동녘 땅에서 여기까지 오게 된 경위를 묻자, 삼장법사는 그간의 일을 죽 들려주고 포금사라는 절 이름의 유래를 물어보았어요.

"이 절의 이름은 원래 사위국 급고독원사給孤獨園寺로 기원祇園이라고도 합니다. 급고독장자가 부처님을 모셔 강론을 들으려고 황금 벽돌을 바닥에 깐 일 때문에 지금의 이름으로 바뀌었습니다. 이 절 일대가 바로 사위국입니다. 그 당시 급고독장자는 사위국에 살고 있었고, 저희 절은 그분의 기원이었답니다. 그 때문에 급고포금사給孤布金寺라고도 하지요. 지금도 절 뒤편에는 기원의 옛터가 남아 있습니다. 근자에도 큰비가 내리면 금은보석들이 씻겨 나오기도 해서 운 좋은 사람들이 주워 가곤 한답니다."

"허튼 소문이 아니었군요. 정말 그런 일이 있었군요. 그런데 이

---

1 이 부분의 원문은 "사문사문두리공공斯文斯文肚裏空空"인데, 이 구절은 끊어읽기[句讀]에 따라 여러 가지 의미를 나타내도록 교묘하게 만들어져 있다. 먼저 "사문! 사문! 두리공공!"이라고 끊어 읽으면 본문의 번역처럼 해석할 수 있다. 하지만 "사문? 사문, 두리공공!"이라고 끊어 읽으면 "점잖게 굴라고? 점잖아봤자 배만 곯지!"라는 뜻이 된다.

곳을 들어서다 보니 산문 아래 양쪽 회랑에 말이며 노새며 수레며 짐을 멘 행상들이 꽤 많던데, 그들은 무슨 일로 이곳에 묵고 있습니까?"

"이 산은 백각산百脚山이라고 합니다. 예전에는 태평한 곳이었으나, 요즘 들어 무슨 까닭인지 하늘의 기운이 바뀌어 지네 요괴가 몇 마리 나타나서 길 가는 사람들을 해친답니다. 아직 죽은 사람은 없지만 무서워서 감히 지나갈 수가 없답니다. 이 산 아래에 계명관鷄鳴關이라고 부르는 관문이 하나 있습니다만, 첫닭이 울어야 비로소 그곳을 통과할 수 있답니다. 아까 보신 손님들은 날 저물어 길을 떠났다 혹시 변을 당할까 싶어 하룻밤 이곳에 머무는 분들입니다. 첫닭이 울기를 기다렸다 떠나려는 분들이지요."

그 말을 듣고 삼장법사가 말했어요.

"그럼, 우리들도 닭이 운 다음 떠나야겠군요."

스승과 제자들은 한참 이야기를 나누다가 또 공양이 들어오자 함께 먹었어요. 공양을 먹고 나니 상현달이 환하게 걸려 있었어요. 삼장법사와 손오공이 달빛을 받으며 천천히 산책하고 있는데, 불목하니 하나가 와서 이렇게 아뢰었지요.

"우리 노스님께서 중국에서 오신 손님을 뵙자고 하십니다."

삼장법사가 곧 몸을 돌려 바라보니, 대지팡이를 짚은 노승이 인사하는 것이었어요.

"중국에서 오신 큰스님이십니까?"

"허, 과분한 호칭입니다."

노승은 한동안 칭찬을 늘어놓고 이렇게 물었어요.

"연세가 어떻게 되십니까?"

"헛되이 마흔다섯 해를 보냈습니다. 큰스님께선 춘추가 어떻게 되십니까?"

"허허허, 스님보다 예순 해를 더 살았나봅니다."

그러자 손오공이 말했어요.

"그럼 올해 백다섯이시군요. 저는 몇 살이나 돼 보입니까?"

"이분은 용모가 신기한 데다 달빛 아래라 어릿어릿해서 잘 모르겠습니다."

이렇게 두런두런 이야기를 나누며 모두들 뒤편 회랑으로 걸음을 옮겼어요. 다시 삼장법사가 물었어요.

"아까 급고원의 옛터에 대해 말씀하셨는데, 그것이 어디 있는지요?"

"뒷문 바깥에 있지요."

그리고 문을 열게 했는데, 그곳은 텅 빈 땅으로 돌로 쌓아올렸던 벽의 흔적만 조금 남아 있었어요. 그것을 본 삼장법사가 합장하고 이렇게 탄식했어요.

그 옛날 수다타 시주를 생각하나니
금은보화로 가난한 자 구제했다지.
기원은 오래도록 그 이름 남았으나
그대는 어디에서 나한들과 벗하여 계시는가?

憶昔檀那須達多　曾將金寶濟貧痾
祇園千古留名在　長者何方伴覺羅

그들은 달을 감상하며 느긋하게 걸어서 후문 밖 누대에 올라 잠시 앉아 있었어요. 그런데 어디선가 흐느끼는 소리가 들려왔어요. 삼장법사가 가만히 귀를 기울여보니 어머니 아버지를 부르며 우는 것 같은데, 무엇 때문에 슬퍼하는지 알 수가 없었어요. 그는 그 울음소리에 마음이 아파 저도 모르게 주르르 눈물을 흘렸어요. 그래서 노승에게 물었지요.

"누가 어디서 이렇게 슬프게 울고 있습니까?"

이 말을 들은 노승은 차를 끓여오라고 해서 다른 스님들을 내보내고, 아무도 없게 되자 비로소 삼장법사와 손오공 앞에 무릎을 꿇었어요. 당황한 삼장법사가 그를 부축해 일으켰어요.

"큰스님, 왜 이러십니까?"

"제가 백 살이 넘도록 살아서 세상 물정을 좀 압니다. 또 참선하고 수행하면서 몇 번 경지에도 이르러 봤지요. 그래서 스님과 제자분에 대해 조금은 알아볼 수 있겠는데, 보통 분들이 아닌 듯합니다. 구슬픈 울음소리에 얽힌 일은 여러분이 아니면 밝혀내지 못할 듯합니다."

손오공이 재촉했어요.

"말씀해보시지요. 대체 무슨 일입니까?"

"작년 오늘 밤의 일이지요. 제가 참선 수행을 하고 있는데, 갑자기 바람이 휙 불더니 구슬픈 울음소리가 들려오지 않겠습니까? 그래서 걸상에서 내려와 옛 기원 터로 가보았더니 아름다운 여자 하나가 있었습니다. 제가 물었지요. '뉘 댁 규수요? 무슨 일로 여기까지 왔소?' 그 여자가 대답하더군요. '저는 천축국의 공주입니다. 달 아래서 꽃구경을 하다 별안간 바람에 쓸려 왔습니다.'

저는 그 여자를 별채의 빈방에 넣고 자물쇠를 채우고 돌로 담을 쌓아 감옥처럼 만들어놓았습니다. 그리고 밥그릇이 겨우 들어갈 만한 조그만 구멍을 문에 내었지요. 다른 승려들에게는 '내가 요괴를 잡았다. 그러나 우리는 출가한 사람들이라 자비심을 갖고 생명을 해칠 수는 없으니, 하루에 두 번 간단한 식사를 주어 생명을 부지하게 해라' 하고 말해두었습니다.

똑똑한 그 여인도 제 뜻을 이해하고, 다른 승려들에게 해를 입을까 염려하여 미치광이로 가장하고 똥오줌더미에서 잠을 자더군요. 낮이면 헛소리를 하고 멍하니 바보 흉내를 내지만, 깊은 밤이면 부모 생각에 저렇게 통곡을 하는군요.

몇 번이나 성안에 들어가 탁발하며 공주님의 일을 알아보았지만, 아무 일도 없다는 겁니다. 그래서 단단히 가두어놓고 도망가지 못하게 하고 있습니다. 다행히 지금 스님께서 이렇게 오셨으니, 아무쪼록 성안에 들어가시면 널리 법력을 베풀어 이 일을 밝혀주십시오. 이는 착한 사람을 구하는 일이요, 신통력을 드러내는 일이 될 것입니다."

삼장법사와 손오공은 큰스님의 말을 깊이깊이 가슴에 새겼어요. 그때 동자스님 둘이 차 준비가 끝났다고 알려와 방장으로 돌아갔지요.

저팔계와 사오정은 방장에서 퉁퉁거리며 볼멘소리를 했어요.

"내일 닭이 울면 길을 떠나자면서 사부님과 형님은 왜 여태껏 안 오는 거야!"

그때 손오공이 돌아와서 말했어요.

"멍청이가 또 뭐라고 하나?"

"잠이나 잡시다! 이렇게 야심한데 무슨 경치 구경을 다녀요!"

그리하여 노승도 돌아가고 삼장법사도 잠자리에 들었으니, 바로 이런 밤이었어요.

고요히 달빛 깊어가는데 봄 꿈은 애달프고
따스한 바람 비단 창으로 살며시 스며드네.
물시계에 똑똑 물 떨어져 열두 시를 알리는데
은하수 환하게 온 세상을 비추네.

人靜月沉花夢悄　　暖風微透壁窓紗

銅壺點點看三汲　　銀漢明明照九華

그날 밤 잠깐 눈을 붙이는가 싶었더니 닭 우는 소리가 들려왔어요. 절 앞에서는 행상들이 웅성웅성 일어나서 등불을 켜고 밥을 지었어요. 삼장법사도 저팔계와 사오정을 깨워 말에 고삐를 채우고 짐을 꾸리게 했어요. 손오공은 등불을 가져오라고 했는데, 절의 승려들은 벌써 일어나 차와 간단한 식사를 준비해놓고 기다리고 있었어요. 저팔계는 좋아라 하며 찐빵 한 쟁반을 다 먹어치우고 짐과 말을 끌고 나왔어요. 삼장법사와 손오공이 승려들에게 작별 인사를 하자 노스님은 손오공에게 또 신신당부했어요.

"그 일을 부탁합니다, 잊지 마세요!"

"하하하, 알겠습니다. 걱정 마십시오. 성에 들어가서 얘기를 들어보고 요모조모 따져서 판별해보겠습니다."

행상들도 시끌벅적하게 삼장법사 일행과 함께 길을 떠났어요. 그들은 새벽 다섯 시쯤 계명관을 지났는데, 아홉 시쯤이 되자 성벽이 보이기 시작했어요. 그곳은 그야말로 철옹금성鐵甕金城으로, 신주神州의 왕이 사는 성다웠지요.

호랑이 버텨 앉고 용이 서려 있듯 형세는 드높고

봉황 누대, 기린 전각 찬란하게 빛나는구나.

성을 감싸며 흐르는 물 띠를 두른 듯한데

산을 등지고 선 축복받은 땅은 비단 깃발 꽂은 듯하네.

떠오르는 햇살 아래 늘어선 깃발

황제의 수레 길 밝히고

봄바람에 실려 오는 퉁소 소리 북소리

개울에 걸린 다리 위에 가득 찼도다.

덕 있는 국왕에 벼슬아치들은 뛰어나고

풍성한 오곡에 등용되는 인재도 많아라.

$$虎踞龍蟠形勢高\quad 鳳樓麟閣彩光搖$$
$$御溝流水如環帶\quad 福地依山插錦標$$
$$曉日旌旗明輦路\quad 春風簫鼓徧溪橋$$
$$國王有道衣冠勝\quad 五穀豐登顯俊豪$$

그날 행상들은 성 밖의 동쪽 저잣거리로 들어가서 각기 여관을 찾아들었어요. 삼장법사 일행은 성안으로 들어가 한참 걷다 보니 회동관역會同館驛이 있어서 거기로 들어갔지요. 그곳의 관리들이 역승驛丞에게 보고했어요.

"밖에 이상한 중 네 명이 백마 한 마리를 끌고 찾아왔습니다."

역승은 말이 있다는 소리를 듣고 출장 온 관리려니 생각하고 대청을 나와 맞이했어요. 삼장법사도 인사를 했지요.

"소승은 동녘 땅 위대한 당나라의 사신으로 영취산 대뇌음사의 부처님을 뵙고 불경을 구하러 가는 중입니다. 통행증명서를 가지고 국왕 폐하를 알현하여 도장을 받을까 하오니, 귀 역에서 하룻밤 묵게 해주시면 일을 마치는 대로 떠나겠습니다."

역승이 답례하며 말했어요.

"이곳은 원래 사신들을 접대하는 곳이니 마땅히 정성껏 대접해드려야지요. 어서 오십시오. 안으로 드세요."

삼장법사가 기뻐하며 제자들을 불러들였어요. 역승은 험상궂고 못생긴 그들의 용모를 보고 은근히 겁이 났어요. 이게 사람인지 요괴인지 싶어 전전긍긍하며 차와 공양 준비를 시켰지요. 삼장법사가 눈치를 채고 이렇게 말했어요.

"나리, 너무 두려워 마십시오. 제 제자들이 생긴 것은 저렇지만 심성은 아주 곱답니다. '산은 험해도 사람은 선하다(山惡人善)'는 말도 있지 않습니까? 겁내지 마십시오."

그제야 마음을 진정시킨 역승이 물었어요.

"그런데 국사國師님, 당나라는 어디에 있습니까?"

"남섬부주南贍部洲의 중화 땅에 있지요."

"그곳을 떠난 지는 얼마나 되셨나요?"

"정관貞觀 십삼년에 출발했으니, 올해로 십사 년이 지났네요. 산 넘고 물 건너 갖은 고생 끝에 겨우 여기에 이른 것이지요."

"신승이십니다! 신승이세요!"

"귀국은 언제 세워졌습니까?"

"우리나라는 대천축국으로, 시조이신 태조太祖와 태종太宗으로부터 지금까지 오백 년 남짓 흘렀습니다. 지금 왕위에 계신 국왕 폐하는 산수山水와 꽃을 좋아하시어 이종怡宗 황제라는 호를 가지고 계시며, 정연靖宴이라 연호를 바꾼 뒤 올해로 이십팔 년째입니다."

"제가 지금 입궐해 통행증명서에 도장을 받을까 하는데 괜찮을까요?"

"그럼요, 그럼요, 시간을 잘 맞추셨습니다! 국왕 폐하께는 올해 스무 살 된 공주님이 한 분 계십니다. 그런데 네거리에 높은 누대를 꾸며놓고, 이제 막 거기서 수놓은 공을 던져 부마를 맞이하는 의식을 치르려고 합니다. 오늘이 마침 그 축제일이니, 국왕 폐하는 아직 조정에 계실 겁니다. 통행증명서에 도장을 받으실 거면 지금 가시는 게 좋을 겁니다."

삼장법사가 기뻐하며 가려는데 공양이 차려졌다기에 역승, 그리고 제자들과 함께 밥을 먹었어요. 그러다 보니 어느새 한낮이 지났지요.

"가봐야겠다."

삼장법사의 말에 손오공이 나섰어요.

"제가 모시고 가지요."

저팔계가 말했어요.

"제가 갈게요."

그러자 사오정이 말렸어요.

"둘째 형님은 여기 계시지. 잘나지도 못한 상판으로 궁궐 문 앞에서 거들먹거리지 마시고, 큰형님더러 가시게 하는 게 좋겠소."

"오정이 말이 옳다. 멍충이는 좀 뚱뚱하고 둔하지만 오공이는 그래도 좀 날씬하고 꼼꼼하지."

멍텅구리가 입을 한 발이나 쭉 내밀었어요.

"사부님을 빼면 생긴 건 우리 셋이야 다 거기서 거기지, 뭐."

삼장법사는 가사를 꺼내 입고 손오공은 서류봉투를 들고 함께 문을 나섰어요. 거리엔 글 좀 짓는 선비들이며 일반 백성들 할 것 없이 모두 나와 웅성거렸어요.

"신랑 고르기 구경 가자!"

삼장법사는 길가에 서서 손오공을 돌아봤어요.

"이 사람들 생김새나 차림새, 가옥과 살림살이, 그리고 말씨까지 우리와 꼭 같구나. 돌아가신 우리 어머님도 공을 던져 인연을 맺어 혼인을 하셨다던데, 이곳에도 그런 풍속이 있구나."

"우리도 구경 갈까요?"

"안 된다, 안 돼. 너나 나나 승복을 입고 있으니 오해를 살 것이야."

"사부님은 급고포금사의 노승이 한 말을 잊으셨나요? 누대 구경도 하고 공주가 진짜인지 가짜인지도 보자는 것이지요. 이렇게 모두 분주한 판에 황제도 공주의 기쁜 소식을 기다리고 있을 터이니, 무슨 국사를 볼 마음이나 있겠어요? 가서 구경해요."

삼장법사는 그 말을 듣고 손오공을 따라갔어요. 온갖 사람들이 모두 거기서 공 던지는 걸 구경하고 있었어요. 그러나 아! 누가 알았겠어요? '어부가 낚시를 던져 이제부터 시비를 낚아 올리는 (漁翁拋下鉤和線 從今釣出是非來)' 격이 될 줄이야!

산수와 꽃을 좋아하는 천축국 왕은 재작년에 후비后妃와 공주를 데리고 어화원御花園에서 달구경을 한 적이 있었어요. 그런데 그 틈에 요괴 하나가 공주를 납치해버리고 자신이 진짜 공주인 양 들어앉고 말았지요. 그 요괴는 삼장법사가 올해 오늘 지금 시간에 이곳에 오는 것을 알고, 나랏돈을 들여 화려하고 높은 누대를 짓게 했어요. 그리고 삼장법사를 배필로 맞아 그의 원양元陽을 빼앗아 태을상선太乙上仙이 될 속셈이었지요.

열두 시 사십오 분쯤 되어 삼장법사와 손오공은 무수한 인파를 헤치며 누대 근처까지 갔어요. 그때 공주는 향을 살라 천지에 기원을 올리고 있었어요. 좌우에는 육칠십 명의 미녀들이 있었고, 시녀가 공을 받쳐 들고 있었어요. 누대 위에는 사방으로 난 창이 아름답게 빛나고 있었는데, 공주는 이리저리 살펴보다 삼장법사가 누대 밑에 이르자 공을 넘겨받아 삼장법사의 머리를 향해 던졌어요. 깜짝 놀란 삼장법사가 비뚤어진 비로모毘盧帽를 바로 쓸 겨를도 없이 허겁지겁 두 손으로 공을 받으려 했지만, 공은 데굴데굴 굴러 그의 소매 속으로 쏙 들어가버렸어요. 누대 위의 사람들이 일제히 함성을 질렀어요.

"스님에게 맞았다! 스님을 맞혔어!"

그런데 어라? 네거리에 있던 수많은 사람들이 와 하고 모두 달려들어 공을 빼앗으려 했어요. 그러나 손오공이 냅다 소리를 지르고, 손을 휘두르며 허리를 굽혔다 펴서 몸을 세 길로 만들어 신위神威를 떨쳐 그 험상궂은 모습을 드러내자, 사람들은 기겁하여 넘어지고 벌벌 기며 감히 근접하지 못했어요. 삽시간에 사람들은 흩어지고 손오공은 본래 모습으로 돌아왔어요. 누대 위에 있던 아리따운 궁녀들과 크고 작은 태감太監들이 모두 내려와 삼장법사에게 절했어요.

"귀한 분이시여, 궁궐에 드시어 축하를 받으시지요."

삼장법사는 얼른 답례하며 사람들을 일으켜 세우고는, 고개를 돌려 손오공에게 원망을 퍼부었어요.

"이 원숭이 녀석! 또 나를 골탕 먹이는구나!"

그러나 손오공은 싱글벙글 웃었지요.

"공이 사부님 머리 위로 떨어졌다가 절로 옷소매로 굴러 들어간 것이지, 제가 뭘 어쨌다고 그러세요? 누굴 원망하시나요?"

"일이 이렇게 되었으니 어쩌면 좋으냐?"

"사부님, 걱정 마시고 궁궐에 들어가 국왕을 알현하세요. 저는 회동관역으로 돌아가 팔계와 오정에게 알려주고 거기서 기다리겠습니다. 공주가 사부님을 맞지 않겠다면 그만이니, 통행증명서에 도장을 받아 길을 떠나면 되지요. 만일 꼭 사부님과 혼인을 해야겠다면, 국왕에게 '제자들에게 할 말이 있으니 그들을 불러주십시오' 하고 아뢰세요. 그러면 저희 셋이 입궐하게 될 것이고, 그 틈에 제가 공주가 진짜인지 가짜인지 판별해보겠습니다. 이것이 바로 '혼인을 핑계로 요괴를 잡는(倚婚降怪)' 계책입니다."

삼장법사도 어쩔 수 없이 그 말을 따르기로 했어요. 손오공은 몸을 돌려 회동관역으로 돌아왔지요.

삼장법사가 궁녀들에게 둘러싸여 누대 앞으로 가자, 공주가 내려와서 섬섬옥수를 내밀어 손을 잡았어요. 그리고 둘은 함께 가마에 올라 호위병을 도열한 채 궁궐로 돌아갔지요.

궁궐 문을 지키는 관리가 일찌감치 국왕에게 보고했어요.

"폐하! 공주마마께서 스님 한 분을 모시고 오는데, 공주마마가 던진 공에 맞은 분인 것 같습니다. 지금 오문午門² 밖에서 어명을 기다리고 있습니다."

그 말을 들은 국왕은 속이 상해서 얼른 물리쳐버리고 싶었지만, 공주의 의향이 어떤지 몰라 하는 수 없이 들어오라고 했어요. 공주와 삼장법사가 금란전金鑾殿 아래에서 인사를 올리니 이는 바로,

한 쌍의 부부가 국왕을 알현하니
마귀와 부처가 왕에게 절을 올리는 격일세.

一對夫妻呼萬歲　　兩門邪正拜千秋

라는 것이었지요. 국왕은 인사가 끝나자 둘은 금란전 위로 올라오게 한 후 물었어요.

"그대는 어디서 온 승려인가? 어쩌다 짐의 여식이 던진 공에 맞았는고?"

삼장법사가 엎드려 아뢰었지요.

"소승은 남섬부주의 위대한 당나라 황제의 명을 받아 서역의 대뇌음사에 계신 부처님을 배례하고 불경을 구하러 가는 칙사입니다. 오는 길 내내 갖고 다니던 통행증명서에 도장을 받으러 입궐하는 길에 네거리의 누대 밑을 지나는데, 뜻밖에도 공주님이

2　원래 북경에 있는 자금성紫禁城의 정문을 가리키는 말인데, 여기서는 왕궁의 정문이라는 뜻으로 쓰였다.

삼장법사가 천축국에서 공주로 변신한 요괴의 짝으로 낙점되다

던지신 공이 제 머리에 떨어졌습니다. 저는 출가한 몸이니 어찌 감히 금지옥엽이신 공주님의 배필이 될 수 있겠습니까? 바라옵건대 제 죄를 용서하시고 통행증명서에 도장을 찍어주십시오. 그러면 지체 없이 영취산으로 가서 부처님을 뵙고 불경을 구한 뒤, 고국으로 돌아가 폐하의 은혜를 영원히 기리겠나이다."

"그대가 바로 동녘 땅의 그 성승이었구려. 이것이 곧 '천리만리 떨어져 있어도 인연의 실에 묶여 있다(千里姻緣使線牽)'는 격이구려. 과인의 공주는 금년에 스무 살로 아직 혼인을 하지 않았소. 그래서 길일吉日인 올해 오늘 그 시간을 택해 그 누대에서 공을 던져 배필을 구하고자 한 것이오. 그런데 그것이 공교롭게도 그대를 맞혔구려. 짐은 썩 내키지 않는데, 공주의 의향은 어떠한고?"

공주가 고개를 조아리며 아뢰었어요.

"아바마마, '닭에게 시집가면 닭을 따르고 개에게 시집가면 개를 따르라(嫁鷄逐鷄 嫁犬逐犬)'는 말도 있지요. 저는 이 공을 던져 낭군을 찾겠다고 맹세한 바 있습니다. 그래서 이 공을 엮어서 천지신명께 고하고 배필을 골라주십사 공을 던진 것입니다. 그런데 오늘 그 공이 성승께 떨어졌으니 이는 전세의 인연으로 이생에 이렇게 만나게 된 것일진대, 어찌 함부로 바꿀 수 있겠어요? 부디 이분을 부마로 삼아주세요."

국왕은 그제야 기뻐하며 흠천감欽天監의 정대관正臺官에게 날을 잡으라고 명했어요. 그리고 공주의 혼수를 준비시키는 한편, 어지御旨를 내려 이 사실을 천하에 공포하게 했지요. 이를 들은 삼장법사는 감사 인사를 올리기는커녕 "아니 되옵니다. 보내주십시오" 하면서 자꾸 애원했어요. 그러자 국왕이 버럭 화를 내었어요.

"저놈의 중이 사리를 분별할 줄 모르는구나! 짐이 한 나라를 예물로 삼아 부마로 삼겠다는데, 어째서 이를 마다하고 그저 불경을 가지러 가겠다는 소리만 하는 거냐! 더 사양하면 금의관錦衣官에게 네 목을 치라 하겠노라!"

깜짝 놀란 삼장법사가 얼이 빠져 부들부들 떨면서 머리를 조아렸어요.

"폐하의 은혜 백골난망입니다. 그런데 제 일행은 넷으로, 제자 셋이 밖에서 저를 기다리고 있습니다. 지금 제가 어명을 받잡게 되었는데, 그들에게 미처 당부하지 못한 말이 있습니다. 바라옵건대 그들을 이리로 불러 통행증명서에 도장을 찍고 일찌감치 길을 떠나보내 여행의 목적을 이루게 해주십시오."

국왕은 이를 승낙하고 물었어요.

"제자들은 지금 어디에 있는고?"

"모두 회동관역에 있습니다."

국왕은 즉시 관리를 보내 삼장법사의 제자들을 불러들였어요. 통행증명서에 도장을 찍어 제자들을 서쪽으로 떠나보내고, 삼장법사는 그곳에 남겨 부마로 삼으려 했던 것이지요. 삼장법사는 하는 수 없이 몸을 일으켜 국왕의 곁에 가 섰어요. 이를 증명하는 시가 있지요.

대단이 새지 않으려면 세 가지가 온전해야 한다네.
고행은 이루기 어려우니 악연이 한스러울 따름일세.
도를 전하는 것은 성인에게 달려 있으나 수행은 자신이 할 탓이라.
선은 인간이 쌓는 것이지만 복은 하늘이 내려주어야 하는 것
육근의 탐욕 드러내지 않으면
일성의 본원을 문득 깨닫게 되리라.
애착 없고 생각 없으면 절로 깨끗해지고

반드시 해탈하여 초월하게 되리라.

大丹不漏要三全　　苦行難成恨惡緣
道在聖傳修在己　　善由人積福由天
休遲六根多貪欲　　頓開一性本來原
無愛無思自淸淨　　管敎解脫得超然

이때 국왕의 사자가 어명을 받아 삼장법사의 제자들을 부르러 회동관역으로 간 일은 여기까지만 말하지요.

한편, 손오공은 누대 밑에서 삼장법사와 헤어진 뒤 키득거리며 희희낙낙 회동관역으로 돌아왔지요. 저팔계와 사오정이 맞으며 물었어요.

"형님, 뭐가 그렇게 재미있소? 사부님은 왜 보이지 않습니까?"

"사부님께 경사가 났어."

"아직 뇌음사에 가지도 못했고 또 부처님도 뵙지 못했고 불경을 얻지도 못했는데, 무슨 경사래요?"

저팔계의 물음에 손오공이 깔깔거리며 대답했어요.

"하하하, 내가 사부님을 모시고 네거리의 화려한 누대 밑에 이르렀을 때, 공교롭게도 이 나라 공주가 던진 공이 사부님을 맞혔단 말이지. 사부님은 궁녀들과 미녀들, 태감들에게 둘러싸여 누대 앞으로 가서 공주와 함께 가마를 타고 입궐하셨어. 사부님은 부마가 되실 테니 경사가 아니고 뭐겠니?"

이 말을 들은 저팔계는 발을 동동 구르고 가슴을 쳤어요.

"아이고, 그럴 줄 알았으면 내가 가는 건데. 모두 저 못된 사오정 때문이야! 네가 나를 막지만 않았어도 내가 그 누대 밑을 지나다 그 공에 맞았을 것이고, 그러면 공주가 나를 배필로 삼았을 텐데. 그럼 얼마나 멋진 일이냐 말이야! 잘생긴 나와 미녀 공주라면 딱 좋은 배필이니, 둘이서 신나게 즐기면 얼마나 재미있겠어!"

그러자 사오정이 저팔계에게 다가가 그의 얼굴을 쓰윽 쓰다듬으며 말했지요.

"부끄러운 줄 아시오, 부끄러운 줄! 이 잘난 상판으로 그런 소리를 하다니! '은 세 푼에 늙은 노새를 사서 우쭐대며 타고 다닌다(三錢銀子買個老驢 自夸騎得)'더니. 만일 공이 형님을 맞혔다면 밤새 역신을 쫓는 부적(退送紙)을 사르면서 '재수 없다'고 투덜거릴 텐데,[3] 형님처럼 재수 없는 종자를 집안에 들이려 하겠소!"

"이 검둥이가 뭘 모르는군. 못생기면 못생긴 대로 그 멋이 있는 거야. 자고로 '피부와 살결이 거칠면 골격이 건장하니 각기 취할 만한 구석이 하나씩 있다(皮肉粗糙 骨格堅强 各有一得可取)'고 했어."

손오공이 말했어요.

"멍청아, 쓸데없는 소리 좀 작작하고 어서 짐이나 꾸려라. 사부님이 안달하실까 걱정이다. 우리를 부르시면 쌩하니 입궐해서 보호해드려야지."

"형님, 또 이상한 소리 하시네. 사부님은 부마가 되어 궁중에서 황제의 따님과 재미를 보실 테니, 이젠 산을 넘고 발이 퉁퉁 붓도록 걸으면서 요괴를 만나고 하는 일도 없을 거 아니오? 그런데 사부님이 왜 보호해달라고 하신단 말씀이오? 사부님이 그 나이에 남녀가 한 이불 속에서 벌이는 일을 모르실 리도 없을 텐데, 형님더러 거들어달라고 하실 것 같소?"

손오공은 저팔계의 귀를 움켜잡고 주먹을 휘두르며 욕을 퍼부었어요.

---

3 이 부분의 원문은 "야환도지료야還道遲了"이다. 즉, 재수 없는 일을 액땜하기 위해 부적을 사르지만, 벌써 늦은 감이 있다고 한탄한다는 뜻이다.

"음탕한 생각만 하는 저질 같으니라고! 그런 말도 안 되는 소리를 지껄이다니!"

그렇게 막 티격태격하고 있는데 역승이 찾아왔어요.

"조정에서 나온 관리가 세 분 성승을 모시러 왔습니다."

저팔계가 물었어요.

"대체 우릴 뭐하러 부르신대요?"

"신승님이 운 좋게도 공주마마께서 던진 공에 맞아 부마가 되셨으니 이렇게 사신을 보내 여러분을 부르러 온 것이겠지요."

손오공이 말했어요.

"그 관리는 어디 있소? 들어오라고 하시지요."

그 관리가 들어와 손오공에게 인사했어요. 그러나 인사가 끝나고도 고개를 들어 쳐다볼 엄두도 못 내고 혼자 중얼거렸어요.

"이게 귀신이야, 요괴야? 벼락신인가 아니면 야차인가?"

"어이, 이봐! 할 말 있으면 하지, 뭘 그렇게 중얼거려?"

손오공의 이 말에 화들짝 놀란 관리가 벌벌 떨리는 두 손으로 교지를 받쳐 든 채 정신없이 말했어요.

"우리 공주님께서 결혼 후에 하는 양가 상견례를 하자고…… 아니, 그, 그게 아니라, 우리 공주님께서 혼사를 의논하게 친척분들을 모셔 오라고 하셨습니다."[4]

그러자 저팔계가 말했어요.

"여기에는 형구刑具가 없어서 때릴 수도 없으니, 천천히 말해보셔. 겁내지 말고."

손오공이 대꾸했어요.

---

4 이 부분은 판본에 따라 내용이 약간 다르다. 예를 들어서 상해고적출판사上海古籍出版社 판본에는 관리가 손오공 일행을 청한 사람이 '공주'였다고 했다가, 다시 말을 바꿔서 '주공主公' 즉 국왕이 불렀다고 말한 것으로 되어 있다.

"설마 너한테 맞을까 봐 겁이 났겠어? 험상궂은 네 얼굴이 무서운 게지! 자, 어서 짐을 메고 말을 끌고 입궐하자. 사부님을 뵙고 의논해야겠다."

이것이 바로,

> 좁은 길에서 만나면 피하기 어렵고
> 사랑을 맺으려 하다가 도리어 원수가 된다.
>
> 路逢狹道難廻避　定教恩愛反爲仇

라는 것이지요.

결국 이들이 국왕을 알현하고 무슨 일이 생길지는 알 수 없으니, 이에 대해서는 다음 회를 들어보시라.

제94회
삼장법사, 어화원에서 잔치를 즐기다

한편, 손오공 삼 형제가 자신들을 국왕에게 안내하는 선소관宣召官을 따라 오문 밖에 이르니, 궁궐 문을 지키는 관리가 즉시 안에다 보고했어요. 삼 형제는 나란히 선 채 절도 올리지 않았어요. 국왕이 물었어요.

"세 분은 부마가 된 성승의 제자들인가? 성명은 무엇인가? 사는 데는 어디인가? 무슨 일로 출가했으며, 무슨 경전을 가지러 간다는 것인가?"

손오공이 즉시 나아가 대전에 오르려 하니, 국왕을 호위하는 관리가 옆에서 호통을 쳤어요.

"게 서라! 할 말이 있으면 아래에 서서 아뢰어라."

"하하, 우리처럼 출가한 사람들은 한 걸음 나아갈 수 있으면 바로 나아간다오."

뒤이어 저팔계와 사오정도 모두 다가왔어요. 삼장법사는 그들이 무식하게 국왕을 놀라게 할까 걱정스러워서 몸을 일으키며 호통을 쳤어요.

"애들아, 폐하께서 너희들이 찾아온 까닭을 물으시니 얼른 아뢰어라."

손오공은 삼장법사가 국왕 옆에 시립해 있는 것을 보고 참지 못해 큰 소리를 내질렀어요.

"폐하께선 자신만 중히 여기시고 다른 사람은 가벼이 여기시는군요! 우리 사부님을 부마로 삼은 마당에, 어째서 옆에 시립해 있게 하시는 것입니까? 세간에서는 흔히 딸의 지아비를 '귀한 분[貴人]'이라 부르는데, 어떻게 귀인이 앉지도 못할 수가 있단 말씀입니까?"

국왕은 그 말을 듣고 깜짝 놀라 안색이 변했어요. 대전에서 물러나버리려 했지만 체통을 잃을 것 같아서, 마음을 단단히 먹고 근처의 환관에게 자수 덮개를 씌운 도자기 걸상을 가져와 삼장법사를 앉히게 했어요. 그제야 손오공이 아뢰었어요.

"이 몸은 예부터 동승신주東勝神洲 오래국傲來國 화과산花果山 수렴동水簾洞에 살았습니다. 하늘과 땅을 부모로 삼아, 돌이 갈라져서 이 몸이 태어나게 되었지요. 일찍이 지극한 도를 이룬 신선을 스승으로 모시고 큰 도를 배워 터득했습니다. 고향으로 돌아가 무리를 모아 신령하고 복된 땅에 살면서, 바다로 내려가 용을 항복시키고 산에 올라가 짐승들을 잡았습니다. 저승의 명부에서 이름을 지워버리고 살아 있는 자들의 명부에 이름을 올렸고, 하늘에서 제천대성이라는 벼슬도 받았습니다.

신선들의 세계에서 아름다운 누각들을 감상하며 즐기고, 하늘나라 신선들과 만나 매일 노래하며 즐겼고, 성스러운 땅에 살면서 날마다 즐겁기 그지없었지요. 다만 반도대회를 어지럽히고 하늘나라에 큰 반역을 저지르는 바람에 부처님께 붙잡혀 오행산 아래 눌려 있으면서, 배고프면 쇠구슬을 먹고 목마르면 구리물을 마시며 오백 년 동안 차와 밥을 먹어본 적이 없습니다.

다행히 우리 사부님께서 동녘 땅을 나와 서방의 부처님을 뵈러 가시게 되자, 관음보살께서 저를 하늘이 내린 큰 재앙과 고난에서 벗어나 불교에 귀의하게 하셨습니다. 오래전에 오공이라는 이름을 갖게 되었고, 또 행자行者라고 부릅니다."

국왕은 이렇게 거창한 이름을 듣자 황급히 용상에서 내려와 달려가더니 친히 삼장법사를 붙들고 말했어요.

"부마, 짐에게 하늘이 내린 인연이 있어서 그대 같은 신선을 사위로 맞게 되었구려."

삼장법사는 장황하게 은혜에 감사한다는 말을 늘어놓으며 국왕에게 용상으로 올라가길 청했어요. 국왕이 다시 물었어요.

"둘째 제자는 누구인가?"

저팔계가 주둥이를 내밀고 거들먹거리며 말했어요.

"이 몸은 전생에 사람이었으나 쾌락을 탐하고 게을러 평생 삶이 뒤죽박죽이었으며, 성품이 어지럽고 마음이 흐렸습니다. 하늘 높고 땅 두터운 줄 모르고, 바다 넓고 산 먼 줄도 모른 채, 하릴없이 지내다가 어느 날 참된 도를 터득한 신선을 만났습니다. 그분의 반 마디 말씀을 듣고 죄업의 그물에서 벗어났고, 두세 마디 말씀에 재앙의 문을 깨버렸습니다. 그때 깨달음이 있어 당장 그분을 스승으로 모셨지요.

무한하고 온전한 수행을 성실히 갈고닦았고 불사불멸不死不滅의 길을 향해 경건히 단련했습니다. 수행을 마치자 공중으로 날아올라 하늘나라에 이를 수 있었습니다. 옥황상제의 두터운 은혜를 입어 천봉원수라는 벼슬을 받고 은하수의 병사들을 관장하며 은하수 궁전에서 유유자적 지냈습니다.

다만 반도대회에서 술에 취해 항아姮娥를 희롱하는 바람에 벼슬이 깎이고 인간 세상으로 내쫓겼습니다. 그리고 태를 잘못 들어가는 바람에 돼지의 모양으로 태어났습니다.

복릉산福陵山에 살며 못된 짓도 무수히 저질렀지요. 그러다가 관음보살님을 만나 선한 길에 대한 깨우침을 받고 불교에 귀의하여, 삼장법사님을 보호해 서천으로 가서 부처님을 뵙고 오묘한 경전을 구하려는 참입니다. 법호는 오능이라 하고, 보통 팔계라고 부릅니다."

국왕은 그 말을 듣고 간담이 떨려 감히 쳐다보지도 못했어요. 이 멍텅구리는 목에 더욱 힘을 주고 고개를 저으며, 주둥이를 내밀고, 귀를 쫑긋 세우며 껄껄 웃었어요. 삼장법사는 또 국왕을 놀라게 할까 걱정하여 꾸짖었어요.

"팔계야, 언행을 삼가거라!"

그제야 저팔계는 두 손을 모으고 서서 점잖은 체했어요. 국왕이 또 물었어요.

"셋째 제자분께선 어떻게 귀의하시게 되었는지요?"

사오정이 합장하며 대답했어요.

"이 몸은 원래 평범한 인간이었으나 생사의 윤회를 두려워하여 도를 찾아다녔습니다. 구름처럼 바다 모퉁이를 찾아가고 물결처럼 하늘 끝까지 떠돌았는데, 항상 옷과 바리때를 지니고 다니며 마음과 정신을 마땅히 있어야 할 곳[舍]에 두도록 수련했습니다. 이렇게 경건하고 성실히 수행하여 신선을 만났습니다.

어린아이, 즉 단丹을 기르고, 차녀姹女, 즉 수은과 짝을 이루어, 삼천의 공덕을 채우고 금, 목, 수, 화의 사상四相(사상四象)을 화합하여 하늘나라에 올라 옥황상제를 배알하고 권렴대장의 벼슬을 제수받아 그분의 수레를 모시며 장군이라는 칭호를 받았습니다.

그런데 저도 반도대회에서 실수로 유리잔을 깨뜨리는 바람에 유사하流沙河로 내쫓겨, 얼굴을 바꾸고 못된 짓을 일삼으며 생명을 해쳤습니다.

다행히 선하신 관음보살님께서 멀리 동녘 땅으로 가시다가 제게 불교에 귀의하라 권하시며, 서천으로 경전을 구하고 정과를 이루러 가는 당나라의 승려를 기다리라고 했습니다. 일이 이루어지면 저절로 새로운 몸으로 우뚝 서서 다시 큰 깨달음을 위해 수행할 수 있을 거라 하셨습니다. 유사하에서 성을 따오고 법호를 오정이라 했는데, 보통 화상和尙이라고 부릅니다."

국왕은 그 말을 듣고 너무 놀라고 기뻐했어요. 기뻐한 것은 딸이 살아 있는 부처를 사위로 맞이했기 때문이요, 놀란 것은 세 제자가 실은 요사한 신선[妖神]이었기 때문이지요. 그가 그렇게 놀라고 기뻐하고 있을 때, 문득 조정에서 천문과 별점을 관장하는 음양관陰陽官이 아뢰었어요.

"혼례 날짜는 이달 십이일, 즉 임자壬子날 새벽으로 정했습니다. 그날이 혼례를 치르기에는 더없이 좋은 길일입니다."

국왕이 말했어요.

"오늘은 며칠인가?"

"오늘은 초여드레 무신戊申날이니 원숭이들이 과일을 바치는 때라, 현명한 이들에게 벼슬을 주고 신하들의 의견을 받아들이기에 좋은 날입니다."

국왕은 무척 기뻐하며 즉시 내관들에게 어화원御花園의 건물들과 정자들을 청소하고 부마와 세 제자를 모셔다 쉬게 했어요. 그리고 나중에 정식 혼례 잔치를 마련하여 공주와 짝을 지워주기로 했지요. 신하들이 명을 받들자 국왕은 조정을 나가고 벼슬아치들도 모두 흩어진 이야기는 더 이상 하지 않겠어요.

한편, 삼장법사와 제자들이 모두 어화원에 도착하니 날이 저물어가고 있었고, 정갈한 음식들이 차려져 있었어요. 저팔계가 기뻐하며 말했어요.

"오늘 하루도 밥을 먹게 되었군!"

식탁을 담당하는 관리가 즉시 흰쌀밥과 국수 등을 가지런하게 날라 오자, 저팔계는 다 먹고 더 달라 해서 또 먹으며, 배가 잔뜩 불러 더 이상 먹을 수 없게 되어서야 손을 놓았어요. 잠시 후에는 등불을 켜고 자리를 마련하여 각기 잠자리에 들었지요. 삼장법사는 주위에 아무도 없게 되자 손오공을 원망하며 화난 목소리로 꾸짖었어요.

"오공이, 이 못된 원숭이놈! 번번이 나를 괴롭히는구나. 난 그냥 통행증명서에 도장만 받고 화려한 누대 앞으로는 가지 않으려 했는데, 넌 어째서 굳이 나를 끌고 구경하러 갔느냐? 이제 꼴좋게 되었구나! 이런 일이 생겼으니 어쩌면 좋단 말이냐?"

손오공이 빙글빙글 웃으며 말했어요.

"사부님 말씀이 '돌아가신 모친께서도 수놓은 공을 던져 짝을 만나 부부가 되었다'고 하시며 옛일을 부러워하시는 것 같아, 제가 모시고 간 것입니다. 또 저 급고포금사 스님의 말씀이 생각나 이곳에 와서 진짜와 가짜를 탐색해보려 한 것입니다. 아까 보니, 국왕의 얼굴에 조금 어두운 기색이 있던데, 공주는 어떤지는 아직 보지 못해서 모르겠군요."

"공주를 보면 어쩔 셈이냐?"

"이 몸의 불같은 눈의 금빛 눈동자는 얼굴만 보면 바로 진짜인지 가짜인지, 선한 사람인지 악한 사람인지, 부귀한 사람인지 가난하고 궁색한 사람인지 알아볼 수 있으니, 요괴인지 진짜인지를 판명하겠습니다."

사오정과 저팔계가 웃으며 말했어요.

"형님, 요즘 또 관상 보는 법을 배우신 모양이구려."

"관상쟁이야 내 손자뻘이지."

삼장법사가 호통을 쳤어요.

"쓸데없는 소리 하지 마라! 저 국왕이 이제 나를 데릴사위로 들이려 할 게 분명한데, 어떻게 대처할 셈이냐?"

"십이일에 혼례를 올리면 분명 공주가 나와 부모님께 절을 할 테니, 이 몸이 옆에서 살펴보겠습니다. 만약 진짜 공주라면 사부님은 부마가 되어 이 나라에서 영화를 누리시면 그만 아닙니까?"

삼장법사가 그 말을 듣고 더욱 성을 내며 욕을 퍼부었어요.

"얼씨구, 이 원숭이놈이 아직도 나를 망치려 하는구나! 팔계 얘기처럼 우리는 이미 목적지까지 백 분의 구십칠팔은 왔는데, 네 놈이 그 잘난 혀를 놀려 나를 해치려 하느냐? 얼른 닥쳐라! 그 냄새나는 주둥이는 열지도 마! 또 무례하게 굴면 내 당장 주문을 외워 모진 꼴을 당하도록 해주겠다!"

손오공은 주문을 왼다는 말을 듣자 황급히 삼장법사 앞에 무릎을 꿇고 말했어요.

"제발, 제발 외지 마십시오. 진짜 공주라면 혼례를 올릴 때 저희가 일제히 황궁에서 소란을 피워 사부님을 모시고 떠나겠습니다."

스승과 제자들이 그렇게 이야기를 나누고 있노라니 어느새 밤이 깊었어요.

궁궐의 밤은 깊어가고
어둠 속에 꽃향기 짙게 풍기네.
비단 창에는 주렴이 드리워지고
조용한 정원에 불빛도 꺼졌네.

그네는 쓸쓸히 허공에 그림자 남기고
오랑캐의 피리 소리도 스러져 사방은 고요하네.
집을 둘러싼 꽃들 달빛 아래 찬란하고
궁궐 너머에는 나무도 없어 별빛 휘황히 보이네.
소쩍새 울음소리 그치고
나비의 꿈은 기네.
은하수는 하늘에 비스듬히 걸리고
흰 구름도 고향으로 돌아가네.
이는 바로 이별한 사람들 가슴 애절할 때라
바람에 흔들리는 여린 버들가지 더욱 처량하네.

沉沉宮漏　靡靡花香

繡戶垂珠箔　閑庭絕火光

鞦韆索冷空留影　羌笛聲殘靜四方

繞屋有花籠月燦　隔宮無樹顯星芒

杜鵑啼歇　蝴蝶夢長

銀漢橫天宇　白雲歸故鄉

正是離人情切處　風搖嫩柳更凄涼

저팔계가 말했어요.

"사부님, 밤이 깊었으니 일이 있거든 내일 아침에 다시 의논하시고 일단 주무십시오. 그만 자자고요."

삼장법사 일행은 편히 쉬었어요. 밤사이 풍경은 말할 필요 없겠고, 어느새 다시 날이 밝았어요. 다섯 시 무렵이 되자 국왕은 대전에 올라 조회를 열었어요. 그 모습은 이러했지요.

궁전 문 열리니 자줏빛 기운 높이 치솟고

바람 불어 음악 소리 푸른 하늘로 스미네.

구름 걷히니 표범 꼬리 같은 수실 장식한 깃발 휘날리고

교룡 모양 깃봉 햇빛에 반짝일 때 옥패도 짤랑짤랑

향긋한 안개 살짝 덮인 채 궁전의 버드나무 푸르고

작은 이슬 방울 반짝이니 정원의 꽃들 아름답구나.

산호무도의 예 올리며 수많은 벼슬아치들 늘어서니

바다는 평안하고 강도 맑은 이 나라 통일 왕조일세.

宮殿開軒紫氣高　　風吹御樂透靑霄

雲移豹尾旌旗動　　日射螭頭玉佩搖

香霧細添宮柳綠　　露珠微潤苑花嬌

山呼舞蹈千官列　　海晏河淸一統朝

　문무백관들이 조회를 마치자 국왕은 또 광록시光祿寺에 명을 내려 십이일의 결혼식 잔치를 준비하게 했어요. 오늘은 봄에 술을 담근 술동이를 내와 상을 차리고 부마를 불러 어화원에서 편안히 놀기로 했어요. 결혼식을 주관한 의제사儀制司에 분부하여 세 친척들(제자들)을 회동관에 보내 잠시 있게 하고, 광록시에 명해 정갈한 요리로 세 상을 차려 그곳으로 가져가 바치게 했어요.

　두 곳 모두 교방사教坊司의 악단을 시켜 음악을 연주하게 하여, 봄날 경치를 감상하며 한가롭게 하루를 보내도록 모시게 했어요. 저팔계가 그 말을 듣고 말했어요.

　"폐하, 저희들은 만난 이래로 잠시라도 떨어진 적이 없습니다. 오늘 어화원에 잔치 자리를 마련해두셨다니, 저희도 함께 가서 한 이틀 놀게 해주십시오. 그래야 사부님이 편히 부마가 될 것입니다. 그렇지 않으면 이 일은 이루어지지 않을 것입니다."

　국왕은 그가 얼굴도 못생긴 데다 하는 말까지 거칠고 천박하

고, 또 고개를 이리저리 꼬며 주둥이를 내밀고 귀를 흔들어대는 품이 약간 정신 나간 것도 같은지라, 혼사를 망칠까 걱정스러웠어요. 그래서 그저 그 말대로 따르는 수밖에 없어서 이렇게 분부를 내렸어요.

"영진화이각永鎭華夷閣에 짐과 부마가 앉도록 두 자리를 마련하고, 또 세 분이 앉도록 유춘정留春亭에 따로 세 자리를 마련하라. 스승과 제자가 한자리에 앉으면 불편할 듯하구나."

멍텅구리는 그제야 국왕을 향해 인사를 올리며 외쳤어요.

"감사합니다!"

그들이 각기 물러가자 국왕은 또 교지를 내려 내관에게 잔치를 준비하게 하고, 삼궁三宮 육원六院의 비빈들더러 공주의 머리를 올리고 신부 장식을 달아주어 십이일의 혼례를 기다리게 했어요. 오전 열 시 무렵이 지나자 국왕은 수레를 준비하여 삼장법사 일행을 모두 어화원 안으로 데려가 구경을 시켜주었어요. 그곳은 정말 멋진 곳이었지요.

오색 돌 깔린 길
곱게 조각한 울타리와 난간
오색 돌 깔린 길
이어지는 바위 옆에는 기이한 화초가 자라고
곱게 조각한 울타리와 난간
안팎으로 기이한 풀들 돋아 있네
파란 복숭아는 비취인 듯하고
휘영청 버들가지 사이로 꾀꼬리 오락가락
걷노라니 소매 안에 그윽한 향기 가득 스미고
지나노니 옷 위에 맑은 풍취 젖어드네.

봉황처럼 처마 펼친 누대와 용처럼 굽은 못

대숲에 둘러싸인 전각과 소나무 숲 속의 건물들

봉황처럼 처마 펼친 누대 위에선

퉁소 소리 봉황을 불러 잔치에 참여케 하고

용처럼 굽은 못에서

기르던 물고기들 용이 되어 떠나네.

대숲에 둘러싸인 전각엔 시정詩情이 담겨 있으니

수없이 퇴고하여 눈처럼 하얀 종이에 적고

소나무 숲 속의 건물들에 문인들 모여

주옥같은 문장 찾아 서책書冊에 해설을 붙이네.

인공 산 울퉁불퉁 돌들에 푸른 이끼 끼었고

굽은 물줄기에는 푸른 물결 깊이 일렁이네.

모란꽃 핀 정자

장미꽃 화사한 시렁

비단을 포개놓은 듯 융단을 펼쳐놓은 듯

재스민 향긋한 꽃밭

해당화 우거진 밭 두둑

노을 무더기인 듯 옥을 쌓아놓은 듯

작약은 기이한 향기 풍기고

접시꽃 모양도 신기하구나.

하얀 배꽃 붉은 살구꽃 향기 다투고

자줏빛 혜초 황금빛 원추리 눈부신 빛깔 다투네.

개양귀비, 모란, 진달래 화려하게 피어 있고

함소화, 봉선화, 옥잠화 가녀린 모습

곳곳에 피어나는 붉은빛 연지처럼 매끄럽고

꽃 무더기마다 진한 향기 능수 비단 두른 듯하네.

더욱이 봄바람 불어오며 햇볕도 따스하니
온 정원의 아름다운 꽃들 눈부시게 빛나네.

徑鋪彩石　檻鑿雕欄

徑鋪彩石　徑達石畔長奇葩

檻鑿雕欄　檻外欄中生異卉

夭桃迷翡翠　嫩柳閃黃鸝

步覺幽香來袖滿　行沾清味上衣多

鳳臺龍沼　竹閣松軒

鳳臺之上　吹蕭引鳳來儀

龍沼之間　養魚化龍而去

竹閣有詩　費盡推敲裁白雪

松軒文集　考成珠玉注青編

假山拳石翠　曲水碧波深

牡丹亭　薔薇架　迭錦鋪絨

茉莉檻　海棠畦　堆霞砌玉

芍藥異香　蜀葵奇豔

白梨紅杏鬪芳菲　紫蕙金萱爭爛熳

麗春花　木筆花　杜鵑花　夭夭灼灼

含笑花　鳳仙花　玉簪花　戰戰巍巍

一處處紅透煙脂潤　一叢叢芳濃錦繡圍

更喜東風回煖日　滿園嬌媚逞光輝

　국왕과 일행 몇이서 한참 동안 구경하고 있을 때, 의제사의 관리가 손오공 삼 형제를 유춘정으로 모셔 왔어요. 국왕은 삼장법사의 손을 잡고 영진화이각으로 올라가 각자 잔칫상을 받았어요. 그때 춤추고 노래하는 모습과 음식들이 차려진 모습은 정말 이와 같았지요.

　　높다란 건물들에선 밝은 빛 피어나고
　　봉황 누각 용 누대엔 상서로운 기운 걸렸네.
　　봄기운 잔잔히 퍼져 꽃과 풀은 비단 같고
　　하늘빛 멀리 비추니 비단 도포 반짝이네.
　　피리 소리 노랫소리 은은히 울려 신선의 잔치인 듯
　　나는 듯 돌아가는 술잔에 귀한 술 맑구나.
　　군주도 신하도 기뻐하며 함께 감상하니
　　영원히 오랑캐의 침범 없이[1] 대대로 평안하리라.

　　　　　崢嶸閶闔曙光生　　鳳閣龍樓瑞靄橫

　　　　　春色細鋪花草繡　　天光遙射錦袍明

　　　　　笙歌繚繞如仙宴　　杯斝飛傳玉液淸

　　　　　君悅臣懽同玩賞　　華夷永鎭世康寧

　이때 삼장법사는 국왕이 자신을 극진히 공경하자 어찌할 바를
몰라 억지로 즐거워하는 척할 수밖에 없었으니, 정말 겉으로는
웃어도 속으로는 근심하는 상황이었지요. 그렇게 앉아 사방을 둘
러보니, 벽에 걸린 황금 병풍에 사계절의 풍경이 그려져 있고 각
기 그에 맞는 시들이 적혀 있었는데, 모두가 유명한 문인들이 지
은 시였어요.
　봄의 경치를 노래한 시는 다음과 같았지요.

　온 하늘의 공기 조물주가 정한 길 따라 도니
　대지는 온화하고 만물은 새로워지네.

1　누각의 이름이 '영진화이각永鎭華夷閣'임을 이용한 중의적 표현이다.

복사꽃 살구꽃 아름다움 다투며 흐드러지게 피었고
제비 찾아오는 고운 들보엔 향 먼지가 쌓이네.

周天一氣轉洪鈞　大地熙熙萬象新

桃李爭姸花爛熳　燕來畫棟疊香塵

여름의 경치를 노래한 시는 다음과 같았어요.

훈풍은 산들산들 기분은 나른한데
궁궐 뜰의 석류와 해바라기 햇빛에 반짝이네.
옥피리 소리에 놀라 낮잠에서 깨어나니
마름꽃 연꽃 향기 정원의 장막 안으로 스며드네.

薰風拂拂思遲遲　宮院榴葵映日輝

玉笛音調驚午夢　芰荷香散到庭幃

가을을 노래한 시는 이러했지요.

뜰 앞 오동나무 잎새 다 시들고
주렴 걷지 않았는데 밤이면 서리가 들어오네.
제비는 철 바뀌는 사일을 알아 둥지를 떠나고
기러기는 갈대꽃 꺾으며 다른 고을로 떠나가네.

金井梧桐一葉黃　珠簾不捲夜來霜

燕知社日辭巢去　雁折蘆花過別鄕

그리고 겨울을 노래한 시는 이러했어요.

하늘에선 비 내리고 구름 날아 어둑하게 쌀쌀한데

북풍이 눈을 불어와 온 산에 쌓이네.
깊은 궁궐에는 따뜻한 난로가 있어서 따뜻한데
매화 피었다는 소식 전할 때 난간엔 옥 같은 눈 가득 덮였네.

天雨飛雲暗淡寒　朔風吹雪積千山

深宮自有紅爐煖　報道梅開玉滿欄

국왕은 삼장법사가 시를 보는 데 빠져 있자 이렇게 말했어요.

"부마가 시를 음미하는 걸 보니, 분명 읊기도 잘하겠구려. 훌륭한 솜씨 아끼지 말고 운에 맞춰 한 수 화답해보는 게 어떻겠소?"

삼장법사는 경치를 보고 시름을 잊은 채 마음이 밝아지고 깨달음이 보이는 듯하던 차에, 국왕이 지엄한 명을 내려 그 시들의 운에 맞춰 읊어보라고 하자 자기도 모르게 한 구절을 읊었어요.

"햇살 따스하여 얼음 녹으니 대지는 평안하고……."

국왕은 무척 기뻐하며 시중들던 관리를 불러 명령했어요.

"종이와 먹, 붓과 벼루 등 문방사보文房四寶를 가져와 부마에게 시를 마저 읊게 하라. 나중에 짐이 천천히 음미하겠노라."

삼장법사는 기꺼이 붓을 들어 화창和唱하는 시를 썼어요.

먼저 봄날의 경치를 노래한 시에 대해서는 이렇게 화창했지요.

햇살 따스하여 얼음 녹으니 대지는 평안하고
황궁 뜰의 화초들도 다시 새로워지네.
따스한 바람에 윤택한 비 내리니 백성들은 국왕의 은택에 젖고
바다는 평안하고 강물은 맑아 속세의 먼지 없다네.

日煖冰消大地鈞　御園花卉又更新

和風膏雨民沾澤　海晏河淸絕俗塵

여름의 경치를 노래한 시에는 이렇게 화창했어요.

    북두칠성 남쪽을 가리키고 낮이 길어지니
    홰나무는 구름처럼 무성해지고 석류꽃은 타는 듯 빛을 다
투네.
    노란 꾀꼬리 자줏빛 제비 궁궐 버드나무에서 울어대고
    나란히 지저귀는 소리 비단 장막 안으로 들어오네.

斗指南方白晝遲　槐雲榴火鬪光輝

黃鸝紫燕啼宮柳　巧囀雙聲入絳幃

가을의 경치를 노래한 시에는 이렇게 화창했어요.

    향기 풍기는 초록빛 귤과 노란 등자
    푸른 소나무와 잣나무는 서리 내리자 더 기뻐하네.
    울타리에 반쯤 핀 국화는 수놓은 비단 같고
    피리 소리 노랫소리 강물 위로 구름 떠가는 고을에 퍼지네.

香飄橘綠與橙黃　松柏靑靑喜降霜

籬菊半開攢錦繡　笙歌韻徹水雲鄕

그리고 겨울의 경치를 노래한 시에는 이렇게 화창했지요.

    상서로운 눈 막 개이니 공기는 쌀쌀하고
    기이한 봉우리 교묘한 돌들 옥 덩어리 같은 산
    짐승 무늬 조각된 난로에 숯이 타오르면 치즈를 굽고
    소매에 손 넣은 채 푸른 난간에 기대 큰 소리로 노래하네.

瑞雪初晴氣味寒　奇峰巧石玉圍山

삼장법사 일행은 어화원에서 잔치를 즐기고, 요괴는 정욕을 품다

국왕은 그것을 보고 무척 기뻐하며 칭송했어요.

"특히 '소매에 손 넣은 채 푸른 난간에 기대 큰 소리로 노래한다'는 구절이 훌륭하구려."

그리고 교방사에 명하여 새로운 시에 맞춰 음악을 연주하게 했으니, 이렇게 종일 놀다가 헤어졌어요.

손오공 삼 형제도 유춘정에서 실컷 먹고 각기 술을 몇 잔씩 마셔서 모두 술기운이 약간 오른 상태였어요. 그들이 막 삼장법사를 찾아가니 삼장법사는 국왕과 함께 영진화이각에 있었어요. 저팔계는 미련한 성미가 발동해서 말했어요.

"정말 신난다! 뿌듯하군! 오늘도 종일 먹었으니, 배부를 때 잠이나 자러 갑시다!"

사오정이 웃으며 말했어요.

"둘째 형님은 수양이 한참 부족하군요. 이렇게 배가 부른데 어떻게 잠을 잔단 말이오?"

"너 뭘 모르는구나. 속담에도 '밥을 먹고도 죽은 듯이 누워 있지 않으면 배에 기름이 오르지 않는다(吃了飯兒不挺屍 肚裡沒板脂)'고 했잖아?"

삼장법사는 국왕과 헤어지면서 그저 말을 조심하고 또 조심했어요. 그리고 정자에 와서 그들 셋을 꾸짖었어요.

"너희들은 갈수록 촌티를 내는구나! 여기가 어디라고 시끄럽게 떠들어대느냐! 그러다가 혹시 국왕의 심기를 거스르면 목숨을 잃을 수도 있지 않느냐?"

저팔계가 말했어요.

"괜찮아요. 아무 일 없어요. 우리는 국왕과 친척이 될 판이라 화를 내기는 어려울 겁니다. 속담에도 '때려도 끊어지지 않는 것이 친척관계요, 욕해도 없어지지 않는 것이 이웃 관계(打不斷的親 罵 不斷的鄰)'라 하지 않았습니까? 모두 잘 놀아보자고요. 국왕이 뭐 가 무서워요?"

삼장법사가 그를 꾸짖었어요.

"저 멍청이 좀 이리 잡아 와라. 이 지팡이로 스무 대만 때려줘야 겠다!"

손오공이 정말 저팔계를 덥석 잡아 넘어뜨리자 삼장법사가 지 팡이를 들어 때렸어요. 멍텅구리가 큰 소리로 말했어요.

"부마 나리! 제발 용서해주세요! 용서해주세요!"

그러자 곁에서 잔치 시중을 들던 벼슬아치가 말렸어요. 멍텅구 리는 미적미적 일어나더니 투덜투덜 쫑알거렸어요.

"진짜 '귀한 분'일세! 대단한 부마일세! 혼례도 올리기 전에 왕 가의 법을 행사하시는군!"

손오공이 그의 주둥이를 막으며 말했어요.

"헛소리 마라! 주둥이 닥치고 얼른 잠이나 자!"

그들은 또 유춘정에서 하룻밤을 자고 다음 날 아침에도 잔치 를 벌이며 즐겼어요.

사나흘을 즐겁게 지내다 보니, 어느새 혼례를 올리기로 한 십 이일이 되었어요. 광록시와 육부六部의 각 벼슬아치들이 국왕에 게 아뢰었어요.

"저희들이 팔일에 명을 받자온 이래 부마께서 거처하실 집을 다 지었고 실내장식만 남았습니다. 혼례 준비 또한 끝나서, 고기 요리와 정갈한 채소 요리를 합쳐 모두 오백 석 정도의 자리를 마 련했습니다."

국왕이 기뻐하며 부마를 데리고 잔치 자리에 가보려 하는데, 갑자기 내관이 어전에서 이렇게 아뢰는 것이었어요.

"폐하, 정궁正宮 마마께서 좀 모셔 오라고 하십니다."

국왕이 조정에서 나와 내궁으로 들어가니, 삼궁의 왕비들과 육원의 비빈들이 공주를 데려와서 모두 소양궁昭陽宮에서 담소를 나눴어요. 정말 화려하기 그지없는 모습이었지요. 그들의 부귀하고 화려한 모습은 하늘궁전이나 달 궁전[月殿]보다 낫고 신선 세계의 옥으로 만든 궁전[瑤宮]에 뒤지지 않았으니, 기쁨과 만남과 미녀와 혼인을 주제로 한 네 수의 노래가 그걸 증명하지요.

먼저 「기쁨의 노래(喜詞)」를 들어볼까요?

기쁘고 또 기쁘구나!
즐겁고 유쾌하여라!
혼인을 맺으니
둘의 사랑 아름답네.
교태 넘치는 장식은
항아인들 어찌 비하랴?
용 문양 봉황 문양 장식한 비녀
아름답게 금실같이 빛나네.
앵두 같은 입술에 하얀 이, 발그레한 얼굴
꽃처럼 나긋나긋하고 가벼운 몸매
겹겹이 비단 두르니 오색 광채에 묻힌 듯
국왕의 가족 모이니 향기가 솔솔 풍기네.

喜　喜　喜　欣然樂矣

結婚姻　恩愛美

巧樣宮粧　嫦娥怎比

　　　　　　龍釵與鳳釵　　豔豔飛金縷

　　　　　櫻唇皓齒朱顔　　嬝娜如花輕體

　　　　錦重重五彩叢中　　香拂拂千金隊裡

그리고 「만남의 노래(會詞)」는 이렇지요.

모였네! 모였구나!

아리따운 미녀들

모장²보다 낫고

초나라 미녀보다 아름답네.

나라도 성도 기울게 할 정도요

꽃인 듯 옥인 듯

치장은 더욱 새롭고 곱구나.

비녀와 팔찌도 곱게 빛나네.

난초의 심성처럼 맑고 고결하며

분처럼 흰 얼굴 얼음처럼 맑은 피부에 귀티가 흐르네.

짙은 남색 눈썹은 먼 산의 윤곽 같고

정숙한 마님들 모여 비단처럼 고운 무리 이루었네.

　　　　　　　會　會　會　妖嬈嬌媚

　　　　　　　賽毛嬙　欺楚妹

　　　　　　傾國傾城　比花比玉

　　　　　粧飾更鮮妍　釵環多豔麗

　　　　蘭心蕙性情高　粉臉冰肌榮貴

　　　黛眉一線遠山微　窈窕娘共媈攢錦隊

2 『장자莊子』「제물齊物」에서 여희麗姬와 더불어 미녀의 대명사로 거론된 여인이다.

이제 「미녀의 노래(佳詞)」를 들어볼까요?

아름답고 아름답구나!
옥으로 빚은 선녀인 듯
너무도 사랑스럽고
정말 자랑할 만하네.
기이한 향기 짙게 풍기며
연지와 분을 번갈아 바르네.
먼 천태산 신선의 땅이
어찌 국왕의 집안만 하랴?
미소 띤 채 말하니 교태 넘치고
피리 소리 노랫소리 사방에서 요란하네.
꽃더미에 비단 쌓인 듯 너무도 아름다우니
인간 세상 아무리 둘러봐도 저들에 비할 이 없네.

佳　佳　佳　玉女仙娃

深可愛　實堪誇

異香馥郁　脂粉交加

天台福地遠　怎似國王家

笑語紛然嬌態　笙歌繚繞喧嘩

花堆錦砌千般美　看遍人間怎若他

마지막으로 「혼인의 노래(姻詞)」를 들어보세요.

혼인하네! 혼인하네!
난초향 사향 풍겨오네.
선녀들이 진을 치고

미인들이 무리를 짓네.

비빈들은 치장을 바꾸고

공주는 새로 화장했네.

구름 같은 살쩍 까마귀 깃털 쌓아놓은 듯하고

선녀의 옷 같은 예상으로 봉황 무늬 치마 덮었네.

한 줄기 신선의 음악 맑게 울리고

두 줄기 붉은색 자주색 눈부시게 빛나네.

지난날 난가鸞駕 함께 타기로 약속했는데

오늘 마침 아름다운 혼인 맺게 되었네.

姻　姻　姻　蘭麝香噴

仙子陣　美人群

嬪妃換彩　公主粧新

雲鬢堆鴉壁　霓裳壓鳳裙

一派仙音嘹亮　兩行朱紫繽紛

當年曾結乘鸞信　今朝幸喜會佳姻

한편, 국왕의 수레가 도착하자 왕후와 비빈들은 공주와 궁녀들을 데리고 모두 나와 맞이했어요. 국왕이 무척 기뻐하며 소양궁으로 들어가 앉으니, 왕후와 비빈 등이 모두 절을 올렸어요. 국왕이 말했어요.

"착한 공주야, 초여드레에 공을 던져 짝을 찾다가 다행히 성승을 만났으니, 마음속의 바람을 이루었겠구나. 각 관청의 벼슬아치들도 짐의 마음을 헤아려 모든 일들을 다 준비해놓았단다. 오늘이 바로 혼례를 치르는 날이니 얼른 잔치 자리로 가자꾸나. 시간을 어기면 안 되지."

공주가 나아가 엎드려 절하며 말했어요.

"아바마마, 소녀의 더없이 큰 죄를 용서해주신다면 한 말씀 아뢰겠습니다. 요 며칠 동안 궁궐에서 떠도는 소문을 듣자오니, 당나라 성승에게 세 세자가 있는데 모두 무척 추악하게 생겼다고 하니, 소녀는 감히 그들을 볼 수 없사옵니다. 그들을 보면 분명 무서워질 테니까요. 제발 폐하께서 그들을 성 밖으로 내쫓아주시옵소서. 그렇지 않으면 이 여린 몸이 놀라서 도리어 재앙을 입을 것이옵니다."

"애야, 네가 그런 말을 하지 않았더라면 짐도 잊어버릴 뻔했구나. 과연 그자들이 좀 못생기긴 했더구나. 며칠 동안 어화원 유춘정에서 대접했으니, 오늘 대전에 올라갈 때 통행증명서에 도장을 찍어주고 그들을 성 밖으로 내보내 잔치를 제대로 치를 수 있도록 하마."

공주는 머리를 조아리며 감사했어요. 국왕은 즉시 궁전을 나와 대전에 오르더니, 교지를 내려 부마와 세 제자들을 불러오게 했어요.

원래 삼장법사는 손가락을 꼽으며 날짜를 헤아리다가, 드디어 십이일이 되자 세 제자와 계책을 논의했어요.

"오늘이 바로 십이일인데 이 일을 어쩌지?"

손오공이 말했어요.

"제가 보기에 국왕은 안색이 좀 안 좋긴 하지만, 아직 요괴의 기운에 완전히 젖은 것 같지는 않으니, 큰 해를 끼치진 않을 것입니다. 하지만 공주를 만나보진 못했는데, 나오기만 하면 이 몸이 척 보고 진짜인지 가짜인지 알게 될 테고, 그럼 바로 손을 쓰겠습니다. 사부님은 그저 안심하고 계십시오. 국왕이 이제 분명히 사람을 보내 저희들을 성 밖으로 내보낼 텐데, 사부님은 두려워 마시고 따르십시오. 제가 재빨리 몸을 숨기고 돌아와서 사부님을 단단히 보호해드릴 테니까요."

삼장법사와 제자들이 한창 얘기하고 있노라니, 과연 국왕을 모시는 내관이 의제사의 벼슬아치와 함께 그들을 데리러 왔어요. 손오공이 웃으며 말했어요.

"가봅시다. 가보자고요! 분명히 저희들을 내보내고 사부님만 남겨놓고 혼례를 올리자고 할 것입니다."

저팔계가 말했어요.

"내보낼 때는 반드시 수많은 황금과 백은을 예물로 내놓아야 할 거야. 우리도 선물을 사서 돌아가야 하거든. 장인 집에 가서 나도 마누라랑 만나 놀아야지!"

사오정이 말했어요.

"둘째 형님, 입 다물어요, 헛소리 말고! 그냥 큰형님 말씀대로 하십시다."

이리하여 그들은 봇짐과 말을 챙겨서 모두 그 벼슬아치들을 따라 조정의 붉은 섬돌 아래에 도착했어요. 국왕은 그들을 보더니 손오공 삼 형제에게 가까이 오라고 했어요.

"그대들은 통행증명서를 내놓으라. 짐이 도장을 찍고 서명해서 주겠노라. 밖에 그대들을 전송할 준비를 다 해놓았으니, 모두들 얼른 영취산으로 가서 부처를 뵙도록 하라. 경전을 얻어 돌아오면 또 후하게 사례하겠노라. 부마는 여기 남을 테니, 염려하지 마라."

손오공은 감사 인사를 하며 사오정더러 통행증명서를 꺼내 바치게 했어요. 국왕은 그걸 보더니 즉시 도장을 찍고 서명하고, 또 황금 열 덩어리와 백금 스무 덩어리를 혼례 예물로 주려 했어요. 저팔계는 본래 재물과 여색에 대한 욕심이 컸는지라 즉시 나아가 받았어요. 손오공은 국왕을 향해 크게 감사 인사를 올리며 말했어요.

"여러 가지로 폐를 많이 끼쳤습니다!"

그리고 몸을 돌려 가려 하자, 다급해진 삼장법사가 바퀴가 구르듯 허둥지둥 일어나 손오공을 붙들고 이를 갈며 말했어요.

"너희들 모두 날 버려두고 갈 참이냐?"

손오공은 삼장법사의 손을 꼬집고 눈짓을 하며 말했어요.

"여기서 마음 푹 놓고 즐겁게 혼례나 치르십시오. 저희는 경전을 얻어 돌아와 사부님을 뵙겠습니다."

삼장법사는 못 믿겠다는 듯이 손을 놓으려 하지 않았어요. 여러 벼슬아치들은 모두 그 모습을 보고 손오공 일행이 정말 삼장법사와 헤어져 떠나려는 줄 알았어요. 국왕은 부마더러 대전으로 올라오게 하고, 많은 벼슬아치들을 시켜 손오공 일행이 성을 나가는 것을 전송하게 했어요. 삼장법사는 어쩔 수 없이 손을 놓고 대전으로 올라갔어요.

손오공 삼 형제는 벼슬아치들과 조정을 나와 작별했어요. 저팔계가 말했어요.

"우리 정말 가는 거요?"

손오공은 아무 말 없이 그저 역관으로 걸어갔어요. 역관을 관리하는 역승이 그들을 맞아들이며 차를 내오고 공양을 차려주었어요. 손오공은 저팔계와 사오정에게 말했어요.

"너희 둘은 여기에 있으면서 절대 밖으로 나오지 마라. 역승이 무슨 사정을 묻거나 하면 대충 얼버무리고 절대 내게 말을 걸지 마라. 난 사부님을 보호하러 가야겠다."

멋진 제천대성! 그가 터럭 하나를 뽑아 신선의 기운을 불어 넣으며 "변해라!" 하고 소리치자, 터럭은 즉시 손오공의 모습으로 변해서 저팔계, 사오정과 함께 역관 안에 앉아 있었어요. 그의 진

짜 몸은 휙 허공으로 뛰어올라 한 마리 꿀벌로 변했는데, 그 모습
은 정말 조그맣고 귀여웠어요.

날개는 노랗고 입은 달콤하며 꼬리는 날카롭구나.
바람 따라 훨훨 춤추며 마음대로 날아다니네.
꽃술 따고 향기 훔치는 데는 선수요
버들가지 건너 꽃 사이를 유유히 노니네.

힘겹게 몇 번이나 꽃가루에 물들었던가?
부질없이 이리저리 바삐 날아다니네.
진하게 맛있는 꿀 만들어본들 어찌 먹어볼 수 있으랴?
그저 이름이나 남겨둘 뿐이지.

翅黃口甛尾利　隨風飄舞顚狂
最能搞蘂與偸香　度柳穿花搖蕩
辛苦幾番淘染　飛來飛去空忙
釀成濃美自何嘗　只好留存名狀

보세요. 그가 가볍게 날아 조정으로 들어가니, 멀리 삼장법사
가 근심에 잠겨 눈썹을 찌푸린 채 초조한 마음으로 국왕 왼쪽의
자수 덮개를 씌운 도자기 걸상 위에 앉아 있는 게 보였어요. 그는
삼장법사의 비로모 위로 가서 살금살금 귓가로 기어가 소곤거렸
어요.

"사부님, 제가 왔으니, 걱정하지 마세요."

이 말은 오직 삼장법사만 들을 수 있었을 뿐, 그 자리에 있던 다
른 사람들은 아무도 눈치채지 못했어요. 삼장법사는 그 말을 듣
고 비로소 마음이 느긋해졌는데, 잠시 후 궁전의 내관이 모시러

왔어요.

"폐하, 지작궁鵲鵲宮에다 혼례 잔치를 마련해두었습니다. 왕비 마마들과 공주마마도 모두 그곳에서 기다리고 계시면서, 폐하와 '귀한 분'을 식장으로 모셔 오라 하십니다."

국왕은 무척 기뻐하며 즉시 부마와 함께 지작궁으로 들어갔어요. 이야말로,

사악한 주군이 꽃[3]을 사랑하니 꽃은 재앙을 일으키고
삼장법사의 불심 흔들려 근심이 생겨나네.

邪主愛花花作禍　禪心動念念生愁

라는 것이었지요.

결국 삼장법사가 지작궁에서 어떻게 벗어나는지는 아직 알 수 없으니, 이에 대해서는 다음 회를 들어보시라.

---

3 보통 미녀를 가리키는데, 여기서는 공주를 암시한다.

공주로 변신한 옥토끼를 사로잡다

한편, 삼장법사는 근심에 잠긴 채 왕을 따라 후궁에 이르렀어요. 음악 소리가 하늘 가득 울려 퍼지고 기이한 향기가 코를 찔렀지만, 삼장법사는 고개를 숙인 채 감히 쳐다보지도 못했지요. 손오공은 속으로 기뻐하며 비로모 꼭대기에 앉아 불같은 눈에 금빛 눈동자를 크게 뜨고 신묘한 시력[神光]을 발휘하여 살펴보았어요. 양편으로 궁녀들이 늘어서 있는 것이 신선 세계인 예주궁蕊珠宮[1] 같았고, 따스한 봄바람에 비단 휘장이 나부끼는 것보다 아름다운 모습이었지요.

아름답고 매력적인 자태에
옥 같고 얼음 같은 피부
쌍쌍이 고운 여인들 초나라 미인을 무색하게 만들고
짝짝이 미녀들 서시보다 아름답네.
높이 말아 올린 구름머리 오색 봉황이 나는 듯
옅게 그린 예쁜 눈썹 먼 산이 낮게 드리워진 듯

---

1 도교의 전설에 의하면 대라천大羅天에 있는 신선들의 궁전이다.

생황 소리 요란하고

퉁소 소리 북소리 끊이지 않네.

궁상각치우 다섯 음조

높고 낮게 조화를 이루는구나.

맑은 노랫소리, 아름다운 춤은 언제나 사랑스럽고

꽃과 비단이 모여 있는 듯 아름다운 여인들 모두 즐거운 표
정이네.

> 婷婷嬝娜　玉質冰肌
>
> 一雙雙嬌欺楚女　一對對美賽西施
>
> 雲鬢高盤飛彩鳳　蛾眉微顯遠山低
>
> 笙簧雜奏　蕭鼓頻吹
>
> 宮商角徵羽　抑揚高下齊
>
> 清歌妙舞常堪愛　錦砌花圍色色怡

손오공은 삼장법사가 전혀 동요하지 않는 것을 보고 혼잣말로
찬탄했어요.

"훌륭한 스님이로군! 훌륭한 스님이야! 몸은 아름다운 비단에
파묻혀 있어도 마음은 거기에 뜻이 없고, 발은 옥 길을 걷고 있지
만 뜻은 흔들리지 않는구나."

잠시 후 황후와 비빈들이 공주를 둘러싸고 지작궁을 나오자,
일제히 영접하며 한목소리로 외쳤어요.

"대왕 전하 만세, 만만세!"

깜짝 놀란 삼장법사는 벌벌 떨며 몸둘 바를 몰랐지요. 손오공
은 공주의 정체를 벌써 알아챘어요. 공주의 머리 바로 위에 아주
사악한 것은 아니지만 약간의 요괴 기운이 희미하게 드러나 있
었거든요. 그는 급히 삼장법사의 귓가로 기어가 속삭였어요.

"사부님, 공주는 가짜입니다."

"가짜라면 어떻게 해야 본모습을 드러낼 수 있겠느냐?"

"법력을 써서 바로 붙잡겠습니다."

"폐하께서 놀라실 테니 그러면 안 된다, 안 돼. 왕과 왕비를 물러간 다음 법력을 쓰도록 해라."

하지만 성미 급한 손오공이 어찌 그럴 수 있겠어요? 그는 크게 고함을 치더니, 본래 모습을 드러내어 앞으로 달려가서는 공주를 붙들고 욕설을 퍼부었어요.

"이놈의 못된 짐승! 네가 여기서 공주 행세를 하며 그렇게 부귀영화를 누렸으면 됐지, 그래도 부족하여 다시 우리 사부님을 속여 그분의 동정을 깨뜨리고 너의 음란한 성정을 채우려 하느냐!"

깜짝 놀라 국왕은 넋이 나가고, 황후와 비빈들은 넘어져 허둥거리고, 궁녀들도 각자 살아보겠다고 이리저리 숨었어요.

봄바람 산들산들
가을 공기는 소슬하지.
봄바람 산들산들 정원을 스치니
온갖 꽃들 흔들리고
가을 공기 소슬하게 궁중 뜰에 들어오니
모든 나뭇잎들 팔랑팔랑 떨어지네.
바람에 꺾인 모란꽃 울타리 아래 걸려 있고
바람에 부러진 작약꽃 난간 주변에 나뒹구네.
연못가 부용꽃 이리저리 흔들리고
집터의 국화꽃 무더기로 쓰러지네.
해당화는 힘없이 땅바닥에 쓰러지고
장미는 향기를 지닌 채 들판에 깔리네.

봄바람은 마름과 연꽃, 문배나무 꺾어버리고
겨울눈은 매화의 어린 꽃술 짓누르네.
석류꽃잎
안뜰 여기저기에 어지럽게 떨어져 있고
언덕 버드나무 가지
궁궐 이곳저곳에 널려 있네.
아름다운 꽃에 밤새 비바람 몰아치니
무수히 떨어진 꽃들 땅을 비단처럼 뒤덮네.

春風蕩蕩　　秋氣瀟瀟

春風蕩蕩過園林　千花擺動

秋氣瀟瀟來徑苑　萬葉飄搖

刮折牡丹軟檻下　吹歪芍藥臥欄邊

沼岸芙蓉亂撼　臺基菊蕊鋪堆

海棠無力倒塵埃　玫瑰有香眠野境

春風吹折芰荷檸　冬雪壓歪梅嫩蕊

石榴花瓣　亂落在内院東西

岸柳枝條　斜睡在皇宮南北

好花風雨一宵狂　無數殘紅鋪地錦

삼장법사는 더욱 당황하여 벌벌 떨며 왕을 끌어안고 소리쳤
어요.
"폐하, 무서워하지 마세요. 무서워 마세요. 이것은 제 못난 제자
가 법력을 써서 진짜와 가짜를 가리는 것입니다."

한편 그 요괴는 일이 틀어진 것을 알고 필사적으로 벗어나려
했어요. 그는 위아래 옷을 벗어버리고 비녀와 팔찌, 머리 장식을

내동댕이치더니, 어화원의 토지묘 속으로 뛰어들었어요. 그러고는 절굿공이 모양의 짧은 방망이를 꺼내더니, 재빨리 몸을 돌려 손오공을 향해 마구 휘둘러댔어요. 손오공도 즉시 따라와 여의봉을 휘두르며 맞서 싸웠지요. 둘은 고래고래 고함을 지르며 어화원 안에서 싸우기 시작했어요. 그러다가 나중에는 크게 신통력을 보이며 각자 구름과 안개를 타고 공중에서 싸웠지요.

여의봉은 명성이 있지만
절굿공이 짧은 방망이는 아는 이 없다네.
하나는 경전을 가지러 이곳에 오게 된 것이고
하나는 아름다운 꽃을 사랑하여 발걸음을 멈춘 것이라네.
요괴는 오래전부터 당나라의 성승을 알아
동정을 가진 남자와 결혼하기를 바랐네.
작년에 진짜 공주를 납치하고
사람 모습으로 변해 왕의 사랑 받았지.
오늘 제천대성이 요괴임을 알아보고
산목숨 구하고 진짜와 가짜를 분별하려 하는구나.
짧은 방망이 사납게 휘두르며 정수리를 내리치니
여의봉도 세 떨쳐 맞서 싸우네.
고래고래 소리치며 둘이 서로 겨루니
하늘 가득한 구름과 안개 밝은 해를 가리네.

金箍鐵棒有名聲　　碓嘴短棍無人識
一個因取眞經到此方　一個爲愛奇花來住跡
那怪久知唐聖僧　　要求配合元精液
舊年攝去眞公主　　變做人身欽愛惜
今逢大聖認妖氛　　救援活命分虛實

短棍行兇着頂丟　鐵棒施威迎面擊

喧喧嚷嚷兩相持　雲霧滿天遮白日

　　둘이 공중에서 싸움을 벌이자 성안의 온 백성들과 궁궐 안의
여러 벼슬아치들은 놀라 당황하고 두려워했지요. 삼장법사는 왕
을 붙들고서 소리쳤어요.

　　"놀라지 마십시오. 왕비마마와 여러분들께 두려워하지 말라
하십시오. 공주님은 가짜입니다. 제 제자가 그를 붙잡으면 진상
을 알게 될 겁니다."

　　담력 있는 몇몇 비빈들이 공주가 벗어놓은 옷과 비녀, 팔찌 등
을 왕비에게 보여주며 말했어요.

　　"이것들은 공주님께서 입고 차고 계시던 것입니다. 지금 모두
벗어 던지고 알몸을 드러낸 채 저 스님과 공중에서 싸우고 있으
니, 요괴가 틀림없습니다."

　　그제야 왕과 왕비 및 비빈들도 정신을 차리고 고개를 들고 하
늘을 바라보았는데, 그 이야기는 더 이상 하지 않겠어요.

　　한편, 요괴와 제천대성은 한나절을 싸웠지만 승부를 가릴 수
없었어요. 손오공이 여의봉을 던지며 "변해라!" 하고 외치자 한
자루가 열 자루, 열 자루가 다시 백 자루, 백 자루가 다시 천 자루
로 변하여 공중에서 마치 뱀처럼 구렁이처럼 꿈틀거리며 요괴를
난타했어요. 당황한 요괴는 한 줄기 맑은 바람으로 변하여 곧바
로 하늘로 치솟아 달아났어요. 손오공은 주문을 외워 여의봉을
거두어 한 자루로 만들고, 상서로운 빛을 타고 곧장 뒤쫓았지요.
서천문 가까이 뒤쫓아가자 깃발들이 번뜩이는 것이 보였어요. 손
오공이 큰 소리로 외쳤어요.

"어이, 문지기, 요괴를 막아라! 놓쳐서는 안 돼!"

호국천왕護國天王이 방龐, 유劉, 구苟, 필畢, 네 원수元帥를 거느리고 각자 무기를 휘두르며 가로막았어요. 요괴는 더 이상 앞으로 갈 수 없자, 급히 고개를 돌려 죽자 사자 짧은 몽둥이를 휘두르다가 다시 손오공과 싸웠어요. 이쪽 제천대성도 전력을 다해 여의봉을 휘두르며 고개를 들고 자세히 살펴보니, 그 짧은 몽둥이의 한쪽은 굵고 한쪽은 가늘어 절굿공이 모양이었어요. 그가 소리를 버럭 질렀어요.

"못된 짐승아! 네가 가지고 있는 것은 무슨 무기냐? 감히 이 손 어르신께 대적하려 하다니! 이 여의봉이 네 대갈통을 박살 내기 전에 빨리 항복해라."

요괴는 이를 갈며 소리쳤어요.

"네가 이 무기를 모르나 본데, 내가 얘기해주마."

> 양지옥으로 된 신선 세계의 나무뿌리를
> 몇 년이나 갈고 다듬어 만들었던가!
> 혼돈이 열릴 때 내가 이미 얻었고
> 천지가 나뉠 때 내가 먼저 차지했지.
> 근원부터 속세의 물건에 비할 바 아니니
> 본성은 날 때부터 하늘의 것이었네.
> 온통 금빛으로 빛나니 사상*과 조화를 이루고
> 오행의 상서로운 기운은 삼원*에 부합한다.
> 나와 함께 오랫동안 두꺼비 궁전[2]에서 살았고

---

2 섬궁蟾宮은 달 궁전을 가리킨다. 전설에 의하면, 예羿가 서왕모西王母로부터 불로장생의 약을 구했는데 그의 부인인 항아가 훔쳐 먹고 달로 달아나 두꺼비가 되었다고 한다. 그래서 달 궁전을 섬궁이라고 한다. 『후한서後漢書』「천문지天文志」주에 보인다.

나를 따라 항상 계수나무 궁전³ 옆에서 살았지.

꽃을 사랑했기에 이 세상에 내려와

천축국의 가짜 공주가 되었다네.

낭군과 함께 즐기려 했을 뿐 다른 뜻은 없었으니

당나라 스님 배필로 맞아 오랜 인연을 이루려 했네.

너는 무슨 못된 마음으로 좋은 짝을 갈라놓고

죽어라 쫓아와 싸움 걸며 못되게 구는 것이냐?

이 무기의 큰 명성은

너의 여의봉보다도 앞서나니.

광한궁⁴에서 약을 찧던 절굿공이로

한 대 때리면 목숨은 황천길이지.

仙根是段羊脂玉	磨琢成形不計年
混沌開時吾已得	鴻濛判處我當先
源流非比凡間物	本性生來在上天
一體金光和四相	五行瑞氣合三元
隨吾久住蟾宮內	伴我常居桂殿邊
因爲愛花垂世境	故來天竺假嬋娟
與君共樂無他意	欲配唐僧了宿緣
你怎欺心破佳偶	死尋趕戰逞兇頑
這般器械名頭大	在你金箍棒子前
廣寒宮裡搗藥杵	打人一下命歸泉

---

3 계전桂殿도 달 궁전을 가리킨다. 전설에 의하면, 달에는 높이가 오백 길이나 되는 계수나무가 있다고 한다. 당나라 단성식段成式의 『유양잡조酉陽雜俎』에서 기록을 찾아볼 수 있다.

4 한나라 곽헌郭憲의 『동명기洞冥記』에 "동지가 지나면 달은 광한궁에서 백백을 기른다"는 구절이 있다. 당나라 유종원柳宗元의 『용성록龍城錄』에 들어 있는 「명황몽유광한궁明皇夢遊廣寒宮」이란 글에 "문득 큰 궁궐을 발견했는데 방문에 '광한청허지부廣寒淸虛之府'라고 적혀 있었다"는 구절이 보인다. 이는 본래 허구적으로 꾸며낸 것이었는데, 후에 달에 있는 신선들의 궁궐을 가리키는 말이 되었다.

손오공은 이 말을 듣더니 깔깔 비웃었어요.

"정말 못된 짐승이구나! 너는 달 궁전에 살았으면서도 이 손 어르신의 재주를 모른단 말이냐? 네가 감히 아직까지 버티려 들다니! 죽기 싫으면 빨리 본모습을 드러내고 항복해라!"

"나도 네가 오백 년 전 하늘궁전에서 크게 소란을 피웠던 필마온弼馬溫이란 걸 안다. 이치로 보면 마땅히 너에게 양보해야겠지. 하지만 남의 혼사를 망쳐버린 것은 부모를 죽인 원수와 같은 것이니, 어쩔 수 없이 하늘을 무시하는 너 필마온을 때려눕혀야겠다!"

제천대성이 제일 싫어하는 것이 바로 '필마온'이라는 세 글자였어요. 그는 이 말을 듣자 몹시 화가 나 여의봉을 들고 정면으로 내리쳤어요. 요괴도 절굿공이를 휘두르며 대적해서, 둘은 서천문 앞에서 사납게 겨루었어요.

여의봉과
약 찧는 절굿공이[搗藥杵]
두 가지 신선들의 무기는 정말 막상막하로세
저쪽은 혼인하기 위해 세상에 내려왔고
이쪽은 당나라 중을 보호하느라 이곳에 왔지.
알고 보니 왕이 올곧지 못해
꽃을 아껴 요괴를 끌어들이고 기뻐했구나.
이제 이렇게 힘겹게 싸우니
양쪽 모두 사나운 마음 일으키네.
치고받으며 승부를 겨루고
주거니 받거니 말싸움하네.
약 절굿공이의 뛰어난 능력 세상에 드물지만
여의봉의 신묘한 위엄은 더욱 뛰어나다네.

금빛 가득히 서천문에 번뜩이고
오색 안개 번쩍번쩍 땅까지 이어지네.
주고받으며 십여 합을 싸우자
요괴는 힘이 빠져 대적하기 어려워졌네.

金箍棒　搗藥杵　兩般仙器眞堪比
那個爲結婚姻降世間　這個因保唐僧到這裏
原來是國王沒正經　愛花引得妖邪喜
致使如今恨苦爭　兩家都把頑心起
一衝一撞賭輸贏　劅言劅語齊鬪嘴
藥杵英雄世罕稀　鐵棒神威還更美
金光湛湛幌天門　彩霧輝輝連地里
來往戰經十數回　妖邪力弱難搪抵

　요괴는 손오공과 다시 열 합 남짓을 싸웠어요. 그는 손오공의
봉을 다루는 자세에 빈틈이 없자 이기기 어렵겠다고 생각하여,
절굿공이를 한 번 헛치고 몸을 흔들어 만 줄기 금빛을 뿌리며 곧
장 정남쪽으로 달아났어요. 제천대성이 뒤쫓다 보니 문득 큰 산
에 이르렀어요.

　요괴는 금빛을 거두더니 산의 동굴 속으로 들어가 흔적도 보
이지 않았어요. 손오공은 요괴가 몸을 숨기고 천축국으로 돌아가
몰래 삼장법사를 해칠까 봐 두려웠어요. 그는 그 산의 모습을 잘
보아두고 구름을 돌려 곧장 천축국으로 돌아갔어요.

　그때 시간은 오후 네 시 무렵이었지요. 왕은 삼장법사를 붙들
고 벌벌 떨며 애원하고 있던 참이었어요.

　"성승, 구해주시오!"

　여러 비빈들과 황후도 어쩔 줄 몰라 하고 있는데, 제천대성이

구름에서 내려와 삼장법사를 부르는 것이었어요.

"사부님, 저 왔습니다."

"오공아, 거기 서 있어라. 폐하를 놀라게 하면 안 된다. 가짜 공주는 도대체 어떻게 되었느냐?"

손오공은 지작궁 밖에 서서 두 손을 맞잡아 가슴에 대고 인사하며 대답했어요.

"가짜 공주는 요괴였습니다. 처음에 그놈과 한나절을 싸웠는데, 그놈은 저를 당해낼 수 없었던지 맑은 바람으로 변하여 곧장 서천문으로 달아났습니다. 제가 하늘신들에게 막으라고 소리치자, 그놈은 본모습을 드러내고 다시 저와 열 합 남짓을 싸웠습니다. 그러더니 이번에는 금빛을 뿌리며 정남쪽에 있는 산으로 달아나기에, 제가 급히 쫓아갔지만 찾아내질 못했습니다. 저는 그가 이곳으로 돌아와 사부님을 해칠까 걱정스러워 돌아온 것입니다."

왕은 그 말을 듣더니 삼장법사를 잡아끌며 물었어요.

"가짜 공주가 요괴라면, 우리 진짜 공주는 어디에 있는 겁니까?"

손오공이 대답했어요.

"제가 가짜 공주를 붙잡으면 진짜 공주는 자연히 돌아오게 될 겁니다."

왕비와 비빈들은 그 말을 듣고 모두 두려움이 사라져, 앞으로 나와 절을 올리며 감사했어요.

"부디 성승께서 진짜 공주를 구해 돌아오게 해주십시오. 진실을 밝혀주신다면 반드시 후하게 사례하겠습니다."

"이곳은 이야기를 나눌 만한 곳이 아닙니다. 폐하께서는 저의 사부님과 함께 이곳에서 나가 대전에 오르시지요. 왕비마마와 비빈께서도 모두 돌아들 가십시오. 그리고 제 사제인 저팔계와 사오정을 불러다가 사부님을 보호하도록 해주십시오. 그래야 제가 마음놓고 요괴를 물리치러 갈 수 있으니까요. 이렇게 하면 남녀 간에 분별이 있게 되고, 제가 사부님 걱정을 덜 수가 있습니다. 반드시 최선을 다해서 낱낱이 밝혀내겠습니다."

왕은 그 말에 따르기로 하고 연신 감사 인사를 했어요. 그리고 마침내 삼장법사와 손을 잡고 후궁에서 나와 대전에 이르렀지요. 왕비와 비빈들도 각자의 궁궐로 돌아갔어요. 왕은 공양을 준비하도록 하는 한편 저팔계와 사오정을 불렀어요.

잠시 후 그 둘이 도착했지요. 손오공은 지금까지의 일을 자세히 얘기해주고, 그들에게 성심을 다해 삼장법사를 보호하도록 했어요. 그리고 제천대성은 근두운을 타고 공중으로 날아올라 떠났어요. 대전 앞에 있던 여러 벼슬아치들은 모두 하늘을 보고 예를 올렸는데, 그 이야기는 더 이상 하지 않겠어요.

제천대성은 바로 정남쪽에 있는 산에 도착해 요괴를 찾았어요. 원래 요괴는 싸움에 패해 이 산으로 도망친 후, 동굴 속으로 들어가 문을 돌로 막아놓은 채 겁을 집어먹고 숨어 있었어요. 손오공이 한참 찾아봤지만 아무런 낌새도 발견할 수 없었어요. 그는 마음이 조급해져서 손가락을 구부려 결을 맺고 진언을 외어 그 산의 토지신과 산신을 불러내어 심문해보려 했어요. 잠시 후 두 신이 이르러 머리를 땅에 박고 용서를 빌었어요.

"몰랐습니다. 몰랐어요. 오시는 줄 알았다면 멀리 나가 영접했을 겁니다. 부디 죄를 용서해주십시오."

"내 잠시 때리지는 않겠다. 너희들에게 좀 물어볼 것이 있는데, 이 산은 무슨 산이며 이곳에는 요괴가 몇 마리나 있느냐? 사실대로 얘기하면 죄를 용서해주마."

"제천대성님, 이 산은 모영산毛穎山이라고 합니다. 산속에는 토끼 굴이 세 개 있을 뿐, 예로부터 지금까지 요괴라고는 없는 다섯 겹 산으로 둘러싸인 별천지이지요. 제천대성께서 요괴를 찾으려 하신다면 역시 서천으로 가는 길에나 가보셔야 할 겁니다."

"이 손 어르신이 서천 천축국에 도착했는데, 그 나라 왕의 공주가 요괴에게 납치되어 들판에 버려졌다. 그 요괴는 공주의 모습으로 변하여 왕을 속인 채 누대를 오색 비단으로 꾸미고 수놓은 공을 던져 부마를 맞이하려 했지. 내가 삼장법사를 보호하여 그 누대 아래에 이르렀는데, 요괴는 그분을 공으로 맞추어 배우자로 삼아 원앙을 취하려 했어.

내가 요괴의 정체를 알아채고 궁궐에서 법신을 드러내어 붙잡으려고 하자, 놈은 옷과 머리 장식 등을 벗어 던지고 약 찧는 절굿공이를 휘두르며 나와 한참 싸우다가 바람으로 변하여 달아나버렸지. 이 어르신이 서천문까지 쫓아가 다시 열 합 남짓을 싸웠는데, 그놈은 이기지 못할 거라고 생각했는지 다시 금빛으로 변하여 이곳으로 도망쳤다. 그런데 어째서 보이지 않는 거지?"

두 신들은 이 말을 듣더니 즉시 손오공을 그 세 굴로 데리고 가서 찾아봤어요. 처음에 산기슭에 있는 굴로 가서 찾아보니 산토끼 몇 마리가 놀라서 달아났어요. 산꼭대기에 있는 굴을 찾아가 보니 두 개의 큰 바위가 동굴 문을 가로막고 있었어요. 토지신이 말했어요.

"요괴가 다급히 숨어든 곳이 여기임이 분명합니다."

손오공은 즉시 여의봉으로 돌을 치웠어요. 요괴는 정말 그 굴 속에 숨어 있다가, 휙 하는 소리와 함께 밖으로 뛰어나와 절굿공이를 휘두르며 공격했어요. 손오공은 여의봉을 들고 막았어요. 깜짝 놀란 산신이 뒤로 물러났고 토지신도 급히 달아났어요. 요괴는 산신과 토지신에게 고래고래 욕설을 퍼부었어요.

"누가 너희들에게 저놈을 여기로 데려오라고 하더냐?"

요괴는 가까스로 여의봉을 막아내며 뒤로 물러나더니 공중으로 뛰어올랐어요. 요괴가 막 위험에 처할 무렵이 되자, 날이 또 저물었어요. 손오공은 더욱 사나워져 독한 수법을 쓰면서 한 방에 때려죽이지 못해 안달했어요. 그때 갑자기 높은 하늘에서 누군가 부르는 소리가 들렸어요.

"제천대성, 멈추시오. 멈춰요! 여의봉에 사정을 좀 두시구려."

손오공이 고개를 돌려보니 태음성군太陰星君이었어요. 그는 항아선자姮娥仙子를 데리고 오색구름을 내려 손오공 앞에 이르렀어요. 깜짝 놀란 손오공이 여의봉을 거두고 몸을 굽혀 인사했어요.

"태음성군, 어디 가시오? 오시는 줄 몰라서 예를 차리지 못했구려."

"제천대성에게 대적하는 저 요괴는 우리 광한궁廣寒宮에서 신비로운 단약을 찧던 옥토끼라오. 저놈이 몰래 옥관玉關의 금 자물쇠를 열고 궁궐을 나간 지 지금 일 년이 지났소. 내가 따져 보니 저놈이 지금 목숨을 잃을 재난을 당하게 되었기에 구하러 온 것이라오. 부디 제천대성께서는 이 노인네를 봐서 저놈을 용서해주시구려."

손오공은 연신 고개를 끄덕이다가 이렇게 말했어요.

"무슨 그런 말씀을! 어쩐지 저놈이 약을 찧는 방망이를 휘두른다 했더니, 알고 보니 옥토끼였군요. 태음성군께서는 모르시겠지만 저놈이 천축국 왕의 공주를 납치하여 숨기고, 진짜 공주 모습으로 변장하여 성승인 우리 사부님의 원양을 깨뜨리려 했다오. 그 정황과 죄로 볼 때 어떻게 그냥 두고 볼 수 있겠소? 어떻게 쉽게 용서할 수 있겠소?"

"제천대성도 모르는 일이 있소. 그 천축국 왕의 공주도 평범한 사람이 아니라 원래는 달 궁전의 소아素娥 선녀였지요. 십팔 년 전에 그가 옥토끼를 한 대 때린 적이 있었소. 그러다 아래 세상을 그리워하여 한 줄기 신령한 빛으로 변해 천축국 정실 왕비의 태에 들어가 인간으로 태어나게 되었던 것이오. 그러자 옥토끼는 한 대 맞은 원수를 갚을 생각으로, 작년에 몰래 궁궐을 나와 소아 선녀를 납치하여 들판에 버렸던 것이오. 하지만 역시 삼장법사를 배우자로 삼으려 하지는 말았어야 했소. 그 죄는 정말 피할 수 없을 것이오. 다행히 제천대성께서 주의를 기울여 진짜와 가짜를 분별한 덕분에 아직 그대의 사부를 해치지는 않았으니, 부디 내 얼굴을 봐서 저놈의 죄를 용서해주시오. 내가 저놈을 거두어 가리다."

손오공이 웃으면서 허락했어요.

"그런 내력이 있었다니, 이 몸도 감히 더 이상 막지는 않겠소. 하지만 당신이 옥토끼를 데려가버리고 나면, 천축국 왕이 믿지 않을 것이오. 그러니 번거롭지만 태음성군께서 선녀들과 같이 옥토끼를 왕궁으로 데리고 가서 왕에게 증명해 보여주시오. 첫째는 이 손 어르신의 능력을 보여주기 위해서요, 둘째는 소아 선녀가 아래 세상에 내려온 사연을 얘기해주고 나서 저 왕에게 공주의 몸이 된 소아 선녀를 찾아주어 인과응보가 구현된 실제를 보여주자는 것이오."

태음성군은 그의 말대로 하기로 하고 요괴를 가리키며 소리쳤어요.

"이 못된 짐승아! 본래 모습으로 돌아와 나와 같이 가자."

그러자 옥토끼는 재주를 한번 넘어 본래 모습을 드러냈어요.

언청이 입술에 이빨은 뾰족하고
긴 귀에 수염 몇 가닥
온몸을 덮은 털은 옥 같고
다리를 뻗어 온 산을 나는 듯 뛰어다니네.
곧게 치솟은 코는 기름이 반질반질
정말 서리 빛이 나 분 바른 것보다 낫고
두 눈동자 붉게 빛나니
눈에 연지를 찍어놓은 듯하구나.
땅바닥에 엎드리니
하얀 것이 한 더미 흰 비단 같고
허리를 곧게 펴니
하얗게 시렁에 걸린 은실 같구나.
몇 번이나
신선 나라 새벽의 맑은 이슬 마시며
기이한 옥 절굿공이로 불로장생의 단약 찧었던가?

缺唇尖齒　　長耳稀鬚

圍身一塊毛如玉　　展足千山蹄若飛

直鼻垂酥　　果賽霜華塡粉膩

雙睛紅映　　猶欺雪上點胭脂

伏在地　　白穰穰一堆素練

伸開腰　　白鐸鐸一架銀絲

幾番家　　吸殘淸露瑤天曉　　搗藥長生玉杵奇

제천대성을 그 모습을 보고 기뻐 어쩔 줄 몰랐어요. 그는 구름과 빛을 타고 앞에서 길을 인도했어요. 태음성군은 여러 항아 선녀들과 옥토끼를 데리고 곧장 천축국으로 갔지요. 그때는 막 날이 저물고 달이 떠오르고 있을 때였어요.

성 근처까지 왔을 때 고루鼓樓에서 북을 치는 소리가 들려왔어요. 왕과 삼장법사는 아직 대전에 있었고 저팔계와 사오정, 그리고 벼슬아치들은 모두 계단 앞에 있었어요. 그들이 막 퇴궐할까 의논하던 차에 정남쪽에서 한 조각 오색 노을이 비치며 대낮처럼 밝아졌어요. 사람들이 고개를 들고 쳐다보자 제천대성이 크게 외치는 소리가 들려왔어요.

"천축국 폐하, 왕비마마와 비빈들을 모시고 나와 보십시오. 이 멋진 깃발 아래에 계신 분이 바로 달 궁전의 태음성군이고, 양쪽에 있는 이들은 달에 사는 선녀들입니다. 이 옥토끼가 바로 궁궐에 있던 가짜 공주인데, 지금 본래 모습을 드러낸 것입니다."

왕은 급히 황후와 비빈, 궁녀와 시녀들을 불러내어 하늘을 향해 절을 올리게 했어요. 그리고 왕도 삼장법사 및 여러 벼슬아치들과 같이 하늘을 향해 예를 올렸지요. 온 성안 집집마다 향탁을 차려놓고 머리를 조아리며 염불하지 않는 이가 없었어요. 이렇게 한참 구경하고 있을 때, 저팔계는 마음속에서 이는 욕정을 참을 수 없어 공중으로 뛰어올라 예상선자霓裳仙子를 끌어안고 말했어요.

"누이, 우리는 전부터 아는 사이잖아? 나하고 같이 놀러나 가자고."

손오공이 앞으로 달려가 저팔계의 멱살을 잡고 손바닥으로 두어 대 때리며 욕설을 퍼부었어요.

"이 못된 시골뜨기 멍청아! 지금 이곳이 어디라고 감히 음란한 마음을 품는 거냐?"

"심심해서 장난 한번 쳐봤을 뿐이란 말이오!"

태음성군은 깃발을 돌리라 명하고, 선녀들과 함께 옥토끼를 데리고 달 궁전으로 돌아갔어요. 손오공은 저팔계를 땅바닥에 내동

댕이쳤어요. 왕은 대전에서 손오공에게 감사하고, 또 그간의 사정에 관하여 물었어요.

"신승의 큰 법력 덕분에 가짜 공주를 붙잡게 되었습니다. 그런데 짐의 진짜 공주는 어디에 있는 겁니까?"

"폐하의 진짜 공주도 평범한 인간이 아닙니다. 바로 달 궁전에 살던 소아 선녀였지요. 십팔 년 전에 그가 옥토끼를 한 대 때린 적이 있었습니다. 그후 그는 아래 세상을 그리워하여 왕비마마의 태에 들어가 사람의 몸으로 태어나게 되었지요. 그러자 옥토끼도 이전의 원한을 품고서 작년에 옥관의 금 자물쇠를 몰래 열고 아래 세상으로 내려와, 공주가 된 소아 선녀를 납치해 들판에 버리고 공주의 모습으로 변하여 폐하를 속인 것입니다. 이런 전생의 인연은 태음성군이 직접 저한테 얘기해준 것입니다. 오늘 가짜를 없애버렸으니, 내일 폐하께서 진짜 공주를 찾아보십시오."

왕은 그 말을 듣고 속으로 놀랍기도 하고 부끄럽기도 했어요. 그는 뺨에 눈물을 하염없이 흘리면서 공주를 부르며 통곡했어요.

"애야, 내가 어려서 황제의 자리에 오른 뒤로는 성문 밖에는 나가본 적이 없으니, 어디 가서 너를 찾는단 말이냐?"

손오공이 웃으며 말했어요.

"걱정 마세요. 공주는 지금 급고포금사에서 미친 척하고 있습니다. 오늘은 그만 자리를 파하고, 날이 밝으면 제가 진짜 공주를 데려다드리겠습니다."

여러 관리들이 엎드려 절하며 아뢰었어요.

"폐하, 너무 조급해하지 마시옵소서. 이 신승들께서는 구름과 안개를 타고 다니는 부처님들이시니 반드시 과거와 미래의 인과를 알고 있을 겁니다. 내일 신승들을 모시고 가서 찾아보시면 바로 일의 전말을 알 수 있을 겁니다."

왕은 그 말에 따르기로 하고 즉시 삼장법사 일행을 유춘정에 모셔 공양을 대접하고 편히 쉬도록 했어요. 때는 이미 밤 열 시가 가까워지고 있었어요.

물시계 물방울 떨어지고 달빛은 밝은데
금 경쇠 쟁쟁 울리는 소리 바람에 전해오네.
두견새 우니 봄은 벌써 반쯤 지나갔고
떨어진 꽃들 길을 덮으니 자정이 가까워졌구나.
어화원 고요하여 그네 그림자만 보이고
하늘에는 쓸쓸히 은하수만 가로질러 있네.
시내 거리마다 나그네 발걸음 끊어지고
하늘에는 온통 별들만이 밝게 빛나네.

銅壺滴漏月華明　金鐸叮嚀風送聲

杜宇正啼春去半　落花無路近三更

御園寂寞鞦韆影　碧落空浮銀漢橫

三市六街無客走　一天星斗夜光晴

이날 밤에 각자 잠을 잔 이야기는 더 이상 하지 않겠어요.

그날 밤 왕은 요사스러운 기운이 사라지고 나자 갑자기 기운이 솟아났어요. 그래서 새벽 네 시 반에 다시 조회하러 나갔어요. 조회를 마치고 나자 왕은 삼장법사 일행을 불러와 공주를 찾는 일을 의논하고자 했어요. 삼장법사가 와서 왕에게 예를 올리자, 제천대성을 비롯한 삼 형제도 일제히 인사를 했어요. 왕은 몸을 굽혀 답례하며 말했어요.

"어제 말한 공주 아이 얘긴데, 귀찮으시겠지만 신승들께서 한 번 찾아서 구해주십시오."

삼장법사가 대답했어요.

"소승이 그저께 동쪽에서 이곳으로 오다가 날이 저물게 되었는데, 마침 급고포금사를 발견하여 들어가 묵기를 청하니 그 절의 스님들께서 잘 대접해줬습니다. 저녁 무렵 공양을 마치고 달빛 아래를 한가로이 거닐다가 포금사의 낡은 정원에 이르러 그 유적을 구경하게 되었지요. 그런데 문득 슬피 우는 소리가 들려 그 까닭을 물어보았습니다. 그랬더니 백 살도 더 된 그 절의 노스님이 주위 사람들을 물리치고 이렇게 얘기했습니다.

'슬피 우는 사람 얘기를 하자면, 작년 봄이 깊어갈 무렵으로 시간을 거슬러 올라가야 합니다. 그때 저는 맑은 달빛 아래에서 마음을 가다듬고 있었습니다. 그런데 갑자기 한차례 바람이 일더니 구슬프게 원망하는 소리가 들려왔습니다. 자리에서 내려와 기원의 옛터가 있는 곳에 가 보니 어떤 여자였습니다. 사연을 물어보니 그 여자는 자기가 천축국 왕의 공주인데, 어젯밤 달빛 아래서 꽃을 구경하고 있는데 바람에 이곳까지 휩쓸려 오게 되었다고 했습니다.'

그 노스님은 사람의 도리를 잘 아는 분이어서, 즉시 공주를 외지고 한적한 방에 가두어놓았습니다. 혹시 그 절의 짓궂은 승려들이 건드릴까 걱정스러워, 그저 '저 여자는 요괴라서 가두어놓았다'라고만 말했답니다.

공주는 스님의 의도를 알아채고, 낮에는 횡설수설 헛소리를 하며 차와 밥을 좀 달래서 먹고, 밤이 깊어 사람이 없을 때는 부모님 생각에 슬피 울곤 하였지요. 노스님도 몇 차례 궁궐로 찾아가 소식을 알아봤지만, 공주가 궁궐에서 아무 탈 없이 지내는 것을 보고 감히 아뢰지 못했답니다. 노스님은 제 제자가 신통력을 좀 가진 것을 보고, 저더러 이곳에 가서 조사해달라고 간절히 부탁했습니다.

그런데 뜻밖에도 요괴가 된 달 궁전의 옥토끼가 변신하여 공주 노릇을 하고 있었지요. 그는 또 저의 원양을 깨뜨리려고 했습니다. 다행히 제 제자가 위엄을 보이고 법력을 드러내어 진짜와 가짜를 분별하여, 지금은 이미 태음성군이 데려갔지요. 공주께서는 지금 포금사에서 미친 척하고 계십니다."

왕은 이런 상세한 사연을 듣고 나서 대성통곡했어요. 깜짝 놀란 삼궁의 왕비와 육원의 비빈들이 일제히 달려와 지금까지의 사연을 듣고 통곡하지 않는 이가 없었지요. 한참 있다가 왕이 다시 물었어요.

"포금사는 성에서 거리가 얼마나 되오?"

삼장법사가 대답했어요.

"겨우 육십 리 길입니다."

왕이 마침내 명을 내렸어요.

"동궁東宮과 서궁西宮은 내전을 지키고, 조정을 관장하는 태사는 왕궁을 호위하도록 하라. 짐은 황후와 여러 관리들을 거느리고 네 신승들과 함께 절로 가서 공주를 데려오겠노라."

그는 즉시 어가를 대령하도록 하여 일행이 함께 궁궐을 나섰어요. 손오공은 공중으로 뛰어올라 허리를 한 번 비틀어 절에 먼저 도착했어요. 승려들이 황급히 무릎을 꿇고 맞이했어요.

"나리, 가실 때는 일행분들과 걸어서 가시더니 오늘은 어째서 하늘에서 내려오십니까?"

손오공이 웃으면서 대답했어요.

"노스님은 어디 계시냐? 빨리 그분을 모셔 와 향탁을 준비하고 어가를 맞도록 해라. 천축국의 왕과 왕비, 여러 관리와 우리 사부님이 모두 오신다."

승려들은 영문도 모른 채 즉시 노스님을 모셔 왔어요. 노스님은 손오공을 보더니 엎드려 절을 올렸어요.

"나리, 공주님의 일은 어찌 되었습니까?"

손오공은 가짜 공주가 수놓은 공을 던져 삼장법사를 배우자로 맞이하려 한 일과 뒤쫓아가 싸우고 태음성군이 옥토끼를 거두어 간 일들을 자세히 얘기해주었어요. 그러자 노스님은 다시 머리를 조아려 절하며 감사했어요. 손오공이 붙들어 일으키며 말했어요.

"절은 그만두시오. 그만둬. 빨리 준비하여 어가를 맞이하시오."

승려들은 그제야 뒷방에 갇혀 있는 것이 요괴가 아니라 여자라는 사실을 알았어요. 그들은 모두 놀라고 기뻐하며 향탁을 준비하고, 산문 밖에 늘어서서 가사를 입고 종과 북을 치며 기다리고 있었지요. 얼마 지나지 않아 어가가 도착했어요.

상서로운 기운 하늘 가득히 향기롭게 피어오르니
황량한 산이 갑자기 상서로운 기운으로 뒤덮였구나.
천 년에 걸쳐 무지개 피어오르니 강과 바다는 맑고
번개가 긴 봄날을 에워싸니 우임금 탕임금 시절보다 훌륭하
도다.
초목은 은혜를 입어 수려한 자태를 더하고
들꽃은 윤택해져 향기가 넘치는구나.
지난날 훌륭한 이(급고독장자)가 유적을 남겼는데
기쁘게도 오늘 현명한 왕이 이 불당에 오게 되었구나.

繽紛瑞靄滿天香　一座荒山倏被祥

虹流千載清河海　電繞長春賽禹湯

草木沾恩添秀色　野花得潤有餘芳

왕이 산문 밖에 이르니, 승려들이 나란히 열을 지어 엎드려 절하며 맞이했어요. 왕은 손오공이 그들 가운데 서 있는 것을 발견하고 물었어요.

"신승께서는 어떻게 먼저 와 계십니까?"

손오공이 웃으며 대답했어요.

"이 몸이 허리를 한 번 슬쩍 비틀었더니 바로 도착했습니다. 그런데 여러분은 어째서 이렇게 한나절이나 걸리셨습니까?"

뒤따르던 삼장법사 일행도 모두 도착했어요. 노스님은 왕을 뒤쪽에 있는 방으로 안내했어요. 공주는 여전히 미친 척하며 헛소리를 하고 있었어요. 노스님이 무릎을 꿇고 손으로 가리켰어요.

"이 방에 계신 분이 바로 작년 바람에 휩쓸려 온 공주마마이십니다."

왕이 방문을 열라고 명을 내리자, 사람들이 즉시 자물쇠를 열고 방문을 열었어요. 왕과 왕비는 공주를 보자 곧 얼굴을 알아볼 수 있었어요. 그들은 더러운 것도 가리지 않고 다가가 와락 끌어안았어요.

"애야, 고생 많았구나! 네가 어떻게 이런 고생을 하고 있는 것이냐? 이런 곳에서 벌을 받고 있었다니."

정말 부모와 자식이 상봉한 것은 다른 사람을 만난 것과는 비교할 수 없지요. 세 사람은 서로 끌어안고 대성통곡했어요. 한참 울고 나서 그간의 회포를 나누자, 왕은 즉시 목욕물을 가져오도록 해서 공주에게 목욕하고 옷을 갈아입도록 했어요. 그리고 수레에 올라 궁궐로 돌아가려 했어요. 그때 손오공이 다시 왕에게 손을 모아 예를 올리면서 말했어요.

假合形骸鏡
玉毫毫信
歸心雪
霽光
妮

요괴를 물리치고 진짜 공주를 구해 오다

"이 몸이 한 가지 더 아뢸 일이 있습니다."

왕이 답례하며 말했어요.

"신승께서 분부하시는 일이라면 짐이 뭐든지 따르겠습니다."

"이 산은 백각산이라고 하는데, 근래에 들리는 말에 의하면 지네가 정령이 되어 밤중에 사람들을 해쳐, 지나다니는 사람들이 매우 불편하다고 합니다. 제 생각에 지네는 닭만이 물리칠 수 있습니다. 그러니 아주 큰 수탉 천 마리를 가져다 산속에 풀어놓으면, 그 독충을 없앨 수 있을 겁니다. 그런 뒤에 산의 이름을 바꾸고, 칙지를 내려 이 절의 스님들이 공주를 돌봐준 은혜에 감사하는 것이 마땅할 줄 압니다."

왕은 매우 기뻐하며 그 건의를 수락했어요. 왕은 바로 관리를 보내 성으로 가서 닭을 가져오도록 하고, 그 산의 명칭을 보화산寶華山으로 바꾸도록 했어요.

그리고 공부工部로 하여금 자재를 구입해 그 절을 수리하게 하고, '칙건보화산급고포금사勅建寶華山給孤布金寺'라는 칭호를 내렸어요. 그리고 노스님에게는 '보국승관報國僧官'이라는 벼슬을 내려 영원히 세습되도록 하고 쌀 서른여섯 섬을 하사했어요. 승려들은 은혜에 감사하며 어가가 궁궐로 돌아가는 것을 전송했어요.

공주는 궁궐로 들어가 사람들과 인사를 나누었지요. 왕은 연회를 마련해 공주의 근심을 풀어주고 만남을 기뻐했지요. 비빈들과 왕비 모녀는 다시 함께 모이게 되었고, 왕과 신하들도 모두 함께 밤새 연회를 즐겼는데, 그 이야기는 더 이상 하지 않겠어요.

다음 날 아침, 왕은 화가를 불러 네 성승들의 얼굴을 그려서 화이루華夷樓 위에 걸어놓으라고 명령을 내렸어요. 그리고 또 공주에게는 새 옷으로 단정히 차려입고 대전으로 나와서 삼장법사 일행에게 고통에서 구해준 은혜에 대한 감사 인사를 드리도록 했어요. 공주의 인사가 끝나자 삼장법사는 왕과 작별하고 서쪽으로 떠나려 했어요.

하지만 왕이 어디 놓아주려 하겠어요? 왕은 크게 잔치를 열어 연이어 대엿새 동안 대접했어요. 정말 멍텅구리는 신이 났지요. 그는 할 수 있는 만큼 밥통을 늘려 먹어댔어요. 왕은 부처님을 만나려는 그들의 불심이 깊은 것을 보고 억지로 머무르게 할 수 없어, 마침내 금은 이백 덩어리와 보물 한 쟁반을 꺼내다가 감사의 뜻으로 주었어요. 하지만 삼장법사 일행은 조금도 받으려 하지 않았어요.

왕은 어가를 준비하게 하여 삼장법사를 오르게 하고, 관리들로 하여금 멀리까지 전송해주도록 했어요. 뒤쪽에 있던 왕과 신하, 백성들은 모두 다 머리를 조아리며 하염없이 감사했지요. 앞으로 가 보니 또 승려들이 머리를 조아리고 전송하며 차마 헤어지지 못하는 것이었어요. 손오공은 전송하는 이들이 돌아가려고 하지 않는 것을 보고, 하는 수 없이 손가락으로 결을 맺어 동남쪽 손지異地 방향을 향해 신선의 기운을 불어 넣었어요. 그러자 시커먼 바람이 불어와 전송하는 이들이 눈을 뜨지 못하게 되니, 그제야 삼장법사 일행은 그곳을 벗어날 수가 있었어요. 이는 바로,

은혜의 물결에 깨끗이 씻기어 본성을 깨닫게 되고
무쇠 바다에서 벗어나 모든 만물이 공임을 깨닫네.

沐淨恩波歸了性　出離金海悟眞空

라는 것이었지요. 결국 앞으로 어떻게 될지 여기서는 알 수 없으니, 이에 대해서는 다음 회를 들어보시라.

구원외가 삼장법사를 환대하다

색은 색이로되 본디 색이란 없으며
공은 공이로되 그 역시 공은 아니라네.
고요함과 시끄러움, 말과 침묵 본래 같은 것이니
꿈속에 살면서 꿈을 말해 무엇하리?
쓸모 있음의 쓸모 가운데 쓸모없음이 있고
공덕 없음의 공덕 가운데 공덕의 베풂이 있다.
마치 과일이 익으면 자연히 붉어지니
어떻게 가꾸는지 물을 필요 없다.

色色原無色　空空亦非空

靜喧語黙本來同　夢裡何勞說夢

有用用中無用　無功功裡施功

還如果熟自然紅　莫問如何修種

그러니까 삼장법사 일행은 법력을 써서 포금사 승려들의 눈을
가렸어요. 검은 바람이 지나간 후 삼장법사 일행이 보이지 않자,
중들이 살아 있는 부처가 속세에 내려왔다고 여기고 경건하게

절을 올리고 돌아간 것은 더 얘기하지 않겠어요.

　스승과 제자들은 서쪽으로 향했는데, 때는 바야흐로 봄이 끝나고 여름이 시작될 무렵이었어요.

　맑고 따뜻하니 상쾌한 날씨
　못에서는 마름과 연잎 자라나네.
　매실은 비 온 뒤 익어가고
　보리는 바람결에 여물어가네.
　꽃 떨어진 자리에 풀 냄새 향기롭고
　가벼운 버드나무 가지 위 꾀꼬리 훌쩍 컸네.
　강가 제비는 새끼들 끌고 나는 연습 시키고
　산속의 꿩은 짹짹거리는 새끼들 먹이 준다네.
　북두성 자루 남쪽으로 향해 해가 길어지니
　만물이 빛을 내뿜는구나.

清和天氣爽　池沼芰荷生
梅逐雨餘熟　參隨風裡成
草香花落處　鶯老柳枝輕
江燕攜雛習　山雞哺子鳴
斗南當日永　萬物顯光明

　풍찬노숙風餐露宿하며 수많은 골짜기와 고개를 넘고, 평탄한 길에 들어서 보름 정도 가자 또다시 앞쪽에 성 하나가 가까워졌어요. 삼장법사가 물었어요.
　"애들아, 여긴 또 어디냐?"
　손오공이 대답했어요.

"모르겠습니다."

그러자 저팔계가 웃으며 한마디 했어요.

"이 길은 형님이 지나온 곳인데 어째서 모른다는 거예요? 그거 좀 이상한데? 일부러 모른다면서 우리를 골탕 먹이려는 거지요!"

"이 멍청아, 모르는 소리 마라. 이 길을 내가 몇 번 와보긴 했지만, 그때는 저 높은 하늘에서 구름을 타고 오갔지, 어디 땅에 내려오기나 했었냐? 중요한 일도 아닌데, 뭐 하러 꼼꼼하게 살펴본단 말이냐. 그래서 모르는 거야. 그런데 이상할 게 뭐가 있어? 또 무슨 골탕을 먹인다고?"

이렇게 얘기하는 동안 어느새 성이 가까워졌어요. 삼장법사가 말에서 내려 다리를 건너 성문 안쪽 큰길로 들어서자, 회랑 아래 앉아 얘기를 나누고 있는 두 노인이 보였어요. 삼장법사는 제자들에게 일렀어요.

"얘들아, 너희들은 저기 길 가운데 서 있되 함부로 굴지 말고 얌전히 고개를 숙이고 있어라. 내가 저 처마 밑으로 가서 어딘지 물어보고 오마."

제자들은 분부대로 서 있었어요. 삼장법사는 노인들에게 다가가 합장하며 불렀어요.

"시주님들, 안녕하십니까?"

두 노인은 무슨 역사의 흥망성쇠니, 누구누구가 성현이니, 당시의 영웅의 업적이 지금은 흔적도 없으니 정말 크게 탄식할 만한 일이라는 둥 한창 한담을 나누던 차에, 갑자기 이런 인사를 받고 답례하며 물었어요.

"스님, 무슨 하실 말씀이라도?"

"저는 멀리서 부처님을 뵈러 온 사람입니다. 막 이곳에 이르렀습니다만, 이곳이 어딘지 모르겠습니다. 그리고 어디 한 끼 공양이나 얻을 집이 있을까요?"

"이곳은 동대부銅臺府 지령현地靈縣입니다. 스님께서 공양을 하시려거든 시주받으러 다닐 필요도 없습니다. 이 패방牌坊[1]을 지나 남북으로 난 길가 서쪽에 호좌문루虎坐門樓 하나가 동쪽을 바라보고 있는데, 바로 구원외寇員外의 집입니다. 대문 앞에 '스님은 누구나 환영합니다(萬僧不阻)'라고 씌어진 편액이 걸려 있습니다. 당신같이 멀리서 온 스님이라면 마음껏 잡수실 수 있을 거요. 어서 가보시오! 우리 얘기를 끊어놓지 말고!"

삼장법사는 감사 인사를 하고 뒤돌아 손오공에게 말했어요.

"이곳은 동대부 지령현이라는구나. 저 노인들 말이 이 패방을 지나 남북으로 난 거리에 호좌문루가 동쪽을 바라보고 있는데, 그게 구원외의 집이고 그 집 대문 앞에 '스님은 누구나 환영합니다'라는 편액이 걸려 있다면서, 그 집에 가서 공양을 먹으라고 하는구나."

그 말을 듣고 사오정이 말했어요.

"서방은 역시 불가의 땅이라 정말 승려를 공양할 줄 아는군요. 이곳은 부현府縣급이라 통행증명서에 도장을 받을 필요도 없으니, 가서 공양 밥을 먹고 바로 떠나지요."

삼장법사와 세 제자는 느린 걸음으로 큰길로 나아갔어요. 그러자 저쪽 시장 입구에 있던 사람들이 놀라고 두려워 수군거리며 그들을 빙 둘러싸고 그 생김새를 구경했지요. 삼장법사는 입을 놀리지 말라고 분부하고 "함부로 굴지 마라! 함부로 굴지 마!"라고만 일렀어요. 세 사람은 분부대로 고개를 푹 숙이고 감히 위를

---

1 효자나 절부節婦 등 남의 모범이 될 만한 사람을 표창하고 기념하기 위해, 또는 미관美觀을 위해 세운 문짝이 없는 문을 말한다.

처다보지도 못했어요.

모퉁이를 도니, 정말 큰길이 남북으로 뻗어 있었어요. 걸어 내려갔더니 호좌문루가 하나 보였고, 문안의 가림막에는 '스님은 누구나 환영합니다'라고 쓰인 커다란 편액이 걸려 있었어요. 그걸 보고 삼장법사가 말했어요.

"서방은 부처님의 나라라, 어진 이나 어리석은 이나 모두 속이는 게 없구나. 그 두 노인의 말을 믿지 않았는데, 와보니 정말 그 말대로구나."

저팔계가 다짜고짜 안으로 들어가려고 하자, 손오공이 꾸짖었어요.

"멍청아, 가만히 있어. 안에서 사람이 나와서 무슨 일이냐고 물으면 그때 들어가는 거야."

사오정도 한마디 했어요.

"큰형님 말씀이 옳아요. 잠시라도 예의를 차리지 않으면 시주님의 기분을 상하게 할지도 몰라요."

그래서 그들은 문 앞에서 말을 쉬게 하고 짐을 내려놓았어요. 잠시 후 하인 하나가 저울 하나와 바구니 하나를 들고 나오다가 갑자기 이들을 보고는 깜짝 놀라서 저울과 바구니를 떨어뜨리고 안으로 뛰어 들어가 알렸어요.

"주인님, 밖에 이상하게 생긴 승려들이 찾아왔습니다."

구원외는 지팡이를 짚고 중얼중얼 염불을 하면서 정원을 한가롭게 거닐고 있다가, 이 말을 듣자마자 지팡이를 내던지고 밖으로 나아가 맞이했어요. 네 일행을 보고 이들의 흉악한 몰골에도 무서워하지 않고 이렇게 말했어요.

"어서 안으로 드십시오. 들어오세요."

삼장법사는 공손하게 뒤를 따랐고, 모두 안으로 들어갔어요.

구원외의 안내로 좁은 길 하나를 돌아 어느 건물에 이르자, 그는 이렇게 말했어요.

"이 위쪽이 나리들을 모실 불당, 경당經堂, 재당齋堂입니다. 아래쪽은 저희 식구들이 사는 곳입니다."

삼장법사는 훌륭하다고 칭찬해 마지않았어요. 그리고 가사를 입고 불상에 배례한 후 당에 올라 둘러보았어요.

향 연기 모락모락
촛불은 밝게 빛나네.
불당 가득 비단과 꽃으로 장식했고
사방에 금을 깔고 알록달록 화려한 비단 둘렀네.
주홍색 틀에는
자금 종 높이 걸었고
화려하게 옻칠한 시렁에는
고운 소리 나는 북 나란히 놓았네.
몇 쌍의 깃발에는
팔보를 수놓았고
천존불상에는
온통 황금을 입혔네.
구리 화로, 구리 병
조각하여 옻칠한 탁자, 조각하여 옻칠한 채색 상자
구리 화로에는
언제나 그윽한 단향 끊이지 않고
구리 병에는
어디나 연꽃이 화려함을 뽐내네.
조각하여 옻칠한 탁자 위에는 오색 구름무늬 선명하고

조각하여 옻칠한 상자 안에는 향 조각이 가득 쌓여 있네.
유리잔에는
정화수 맑게 담겼고
유리등에는
향유 등불 밝게 타오르네.
황금 경쇠 소리 한 번 울리자
여운이 천천히 퍼져나가네.
정말 속세와는 달라 진루와 겨룰 만하니
여염집에서 모시는 불당이 큰절 못지않네.

香雲靉靆　燭燄光輝

滿堂中錦簇花攢　四下裡金鋪綵絢

朱紅架　高掛紫金鐘

綵漆槳　對設花腔鼓

幾對旛　綉成八寶

千尊佛　盡戲黃金

古銅爐　古銅瓶

雕漆桌　雕漆盒

古銅爐内　常常不斷沉檀

古銅瓶中　每有蓮花現彩

雕漆桌上五雲鮮　雕漆盒中香辮積

玻璃盞　淨水澄清

琉璃燈　香油明亮

一聲金磬　响韻虛徐

眞箇是紅塵不到賽珍搜　家奉佛堂欺上刹

삼장법사는 손을 씻고 향을 사른 후 머리를 조아려 절을 올리고 나서 다시 구원외에게 예를 올리려 했지만, 구원외는 말리면서 경당으로 들어가 인사를 나누자고 했어요.

네모반듯한 책상에 높다란 책장
옥 상자와 금 궤짝
네모반듯한 책상과 높다란 책장에는
경문이 무수히 쌓여 있고
옥 상자와 금 궤짝에는
문서가 가득 들어 있네.
곱게 색 입힌 탁자 위에는
종이와 먹, 붓과 연적 놓여 있는데
전부 섬세하게 만들어진 문방구라네.
산초 가루 입힌 병풍 앞에는
글씨와 그림, 거문고와 바둑판이 벌여져 있는데
모두 그윽하고 오묘한 참된 정취 깃들었네.
얇은 옥에 금무늬 새겨진 신비로운 경쇠 하나 놓여 있고
달빛 아래 바람에 살랑대는 불진 하나 걸려 있네.
맑은 기운은 정신을 상쾌하게 해주고
경건한 마음으로 깨닫게 되니 불심이 평온해지네.

方臺竪櫃　玉匣金函
方臺竪櫃　堆積着無數經文
玉匣金函　收貯着許多簡札
彩漆桌上　有紙墨筆硯　都是些精精製製的文房
椒粉屛前　有書畫琴棋　盡是些妙妙玄玄的眞趣
放一口輕玉浮金之仙磬　掛一柄披風披月之龍鬐
淸氣令人神氣爽　齋心自覺道心閑

삼장법사는 경당에 이르러 막 예를 올리려고 하는데 구원외가 또 만류하며 말했어요.

"법의를 벗으시지요."

삼장법사가 가사를 벗고 나서야 구원외는 그와 예를 갖춰 인사를 나누었고, 손오공을 비롯한 제자들도 안으로 청해 인사를 나누었어요. 그리고 말을 먹이고 봇짐을 복대 아래에 들여놓게 한 후 이들의 내력을 물었지요. 삼장법사가 대답했어요.

"저는 동녘 땅 위대한 당나라 황제의 명을 받고 이 귀한 땅의 영취산에 가서 부처님을 뵙고 경전을 구하려 하는 사람입니다. 댁에서 승려들을 잘 대접해주신다는 소문을 듣고, 인사를 여쭙고 한 끼 신세 지고 떠나려고 찾아왔습니다."

구원외는 그 말을 듣고 기뻐서 입이 저절로 벌어져 이렇게 말했어요.

"허허, 제 이름은 구홍寇洪이고 자는 대관大寬이며, 나이는 쓸데없이 예순넷이나 먹었지요. 제가 마흔 살 되던 해에 스님 만 분께 보시를 올리겠다고 발원을 했으니, 벌써 보시를 드린 지 스물네 해나 되었습니다. 보시한 일을 적는 장부가 있는데, 요즘 별일이 없어 보시한 스님 이름을 세어봤더니, 이미 구천구백아흔여섯 분이 되었더군요. 다만 네 분이 모자라서 발원을 이루지 못하고 있었지요. 그런데 오늘 마침 하늘에서 네 분 스님을 내려주셔서 제 발원의 수를 채울 수 있게 해주셨으니, 청컨대 존함을 남겨주십시오. 그리고 한 달쯤 편안히 머무시지요. 발원 성취 의식이 끝나면 제가 가마와 말로 스님을 영취산까지 모셔다드리겠습니다. 여기에서 영취산까지는 겨우 팔백 리 남짓 되는 길이니 아주 가깝습니다."

삼장법사가 그 말을 듣고 매우 기뻐했으며, 모두 일단 그 말대로 따르기로 했다는 것은 얘기하지 않겠어요.

이 집의 크고 작은 하인 몇몇이 땔나무를 내오고 물을 떠 오고, 쌀과 국수, 야채를 가져와 공양을 마련했어요. 이 소동에 놀란 구원외의 부인이 하인들에게 물었어요.

"어디서 온 스님이기에 이렇게 서두르는 거냐?"

"스님 네 분이 오셨는데, 나리께서 내력을 물으시니 동녘 땅 당나라 황제의 명으로 영취산에 부처님을 뵈러 간다고 하셨습니다. 여기까지 얼마나 먼길을 왔는지 모르지요. 나리께선 하늘이 내려주신 분들이라면서 저희에게 얼른 상을 차려 공양을 올리라고 하셨습니다."

노파도 이 말을 듣고 기뻐하면서 하녀에게 일렀어요.

"옷을 가져오너라. 입고 나도 가봐야겠다."

그러자 하인이 말했어요.

"마님, 한 분은 볼 만하지만 나머지 세 분은 차마 볼 수 없을 정도로 아주 흉악하게 생겼습니다."

"너희가 뭘 알겠느냐! 모습은 추악하지만 기괴하면서도 맑은 기운이 있으니, 하늘에서 이 속세로 내려오신 분들이 틀림없다. 어서 가서 내가 간다고 나리께 알려드려라."

그 하인은 경당으로 뛰어가 구원외에게 아뢰었어요.

"마님께서 오십니다. 동녘 땅에서 오신 스님을 뵙겠다고 하십니다."

그 말을 듣고 삼장법사는 즉시 일어나 자리에서 내려왔어요. 그 말이 끝나기도 전에 노파가 이미 경당 앞에 당도했지요. 노파가 눈을 들어 삼장법사를 보았더니 훤칠하고 늠름한 풍채였어요. 고개를 돌려 손오공 등 세 제자를 보니 그 생김새가 비범하여 하늘에서 내려온 이들이란 것을 알 수 있었지만, 또 조금은 두려운 생각이 드는지라 무릎을 꿇고 절을 올렸어요. 삼장법사는 다급히 마주 예를 올리며 말했어요.

"보살님, 이러시면 제가 송구스럽습니다."

노파가 구원외에게 물었어요.

"네 분 스님은 왜 나란히 앉으시지 않았나요?"

그러자 저팔계가 주둥이를 쭉 내밀며 대꾸했어요.

"우리 셋은 제자라우."

아! 저팔계의 이 한마디는 마치 깊은 산 호랑이의 포효처럼 쩌렁쩌렁해서, 노파는 더더욱 겁이 났어요.

막 이런 얘기를 하고 있는데, 또 하인이 와서 아뢰었어요.

"두 분 도련님께서 오셨습니다."

삼장법사가 얼른 몸을 돌려서 보았더니, 두 소년 수재秀才였어요. 그들은 경당으로 올라와 삼장법사에게 엎드려 절을 올렸어요. 당황한 삼장법사는 급히 맞절을 하려 했지만, 구원외가 앞으로 나서 삼장법사를 붙잡으며 말렸어요.

"이 아이들은 제 자식들이고 이름은 구량寇梁, 구동寇棟이라고 합니다. 서방書房에서 공부를 하다가 막 돌아온 참이라 아직 점심도 먹지 않았습니다만, 스님께서 왕림하셨다는 말을 듣고 이렇게 와서 절을 올리는 것입니다."

삼장법사가 기뻐하며 말했어요.

"참으로, 참으로 훌륭하십니다! 가세家勢를 드높이려면 선행을 해야 하고, 자손을 위하려면 글을 읽게 하라는 말 그대로이군요."

두 수재는 구원외에게 여쭈었어요.

"이 스님은 어디서 오셨습니까?"

"허허! 온 길이 멀지. 남섬부주의 동녘 땅 위대한 당나라 황제의 명을 받아 영취산으로 부처님을 뵙고 경전을 구하러 가시는 분이란다.”

　“『사림광기事林廣記』라는 책에서 천하에 네 개의 큰 땅이 있다고 했습니다. 저희들이 사는 이곳은 서우하주西牛賀洲이고, 또 동승신주란 곳도 있지요. 남섬부주에서 여기까지 오시는 데 몇 해나 걸리셨는지요?”

　삼장법사가 웃으며 대답했어요.

　“소승은 길에서 지체한 시간이 많고 정작 길을 걸은 시간은 많지 않습니다. 노상 악독한 요괴를 만나 온갖 고생을 다 겪었는데 세 제자들이 저를 지켜주느라 아주 고생이 많았습니다. 추위와 더위를 모두 열네 번 겪고서야 이곳에 이르렀습니다.”

　수재들은 이 말을 듣고 칭송해 마지않았어요.

　“정말 신승님이시군요! 신승님!”

　이 말이 끝나기도 전에, 또 하인이 청하러 왔어요.

　“나리, 공양 준비가 끝났으니, 어서 재당으로 드시지요.”

　구원외는 아내와 아들들을 집 안으로 돌려보내고, 자신은 네 일행을 모시고 제당으로 들어가 공양을 들었어요. 그곳에는 음식들이 가지런히 차려져 있었어요.

　　금칠한 탁자에
　　검은색 칠한 의자
　　앞쪽엔 오색의 과자 높이 쌓여 있는데
　　모두 솜씨 좋은 요리사가 유행에 맞게 새로이 장식한 것
　이네.
　　둘째 줄엔 다섯 가지 반찬 놓이고
　　셋째 줄엔 다섯 접시 과일 차렸으며

넷째 줄엔 다섯 접시 간식거리 큰 접시에 담았네.

어느 것이나 달콤하고

하나하나 향기롭네.

야채 국에 쌀밥

꽃빵과 찐빵

뜨거운 김 펄펄 내며

모두 다 맛있으니

정말 배불리 먹을 만하네.

예닐곱 하인들이 음식 받쳐 들고 분주히 드나들며

네댓 요리사는 손을 쉴 틈 없네.

金漆桌案　黑漆交椅

前面是五色高果　俱巧匠新桩成的時樣

第二行　五盤小菜

第三行　五碟水果

第四行　五大盤閑食

般般甜美　件件馨香

素湯米飯　蒸餅饅頭　辣辣嚢嚢熱騰騰　盡皆可口　眞足充腸

七八箇童僕往來奔奉　四五箇庖丁不住手

　보세요. 국을 올리는 사람, 밥을 퍼 주는 사람들이 정말 달을 쫓는 유성처럼 분주히 드나들었어요. 저팔계는 한입에 한 그릇씩 해치우는데, 정말 바람에 조각구름 쓸려가는 듯했어요. 이렇게 일행은 배불리 식사를 했어요. 삼장법사는 일어나 구원외에게 공양에 감사하는 인사를 하고 길을 떠나려 했지요. 구원외는 삼장법사를 붙잡으며 말했어요.

　"스님, 마음 편히 며칠 머무시지요. '시작은 쉬워도 끝맺기는 어렵다(起頭容易結梢難)'는 말도 있지 않습니까? 발원 성취의 의식을 드리고 나면 제가 배웅해 드리겠습니다."

삼장법사는 구원외가 간절하게 부탁하는 것을 보고 할 수 없이 머물기로 했어요.

어느새 예니레가 지나갔어요. 구원외는 그곳의 응불승 스물네 명을 모셔 발원을 이룬 것을 기념하는 원만도량圓滿道場의 의식을 행했어요. 승려들은 사나흘 동안 제문祭文을 쓰고 좋은 날짜를 골라 불사를 열었지요. 그곳의 불사도 위대한 당나라와 다를 바가 없었어요.

> 깃발 높이 걸고
> 금부처 늘어놓았네.
> 촛불 밝히고
> 향을 사르며 공양드리네.
> 목탁 두드리고 바라 치며
> 생황 불고 대금 불고 있네.
> 운라 소리 피리 소리 맑은데
> 모두 악보[2]에 따라 연주하는 것이라네.
> 운라 한 번 치고
> 피리 한 번 불면
> 낭랑한 목소리로 일제히 불경을 낭송하네.
> 먼저 토지신을 모시고
> 다음으로 하늘 장수들을 청하네.

---

2 시 원문의 '척공자양尺工字樣'이란 것은 중국의 전통적인 기보법記譜法의 일종이다. 보통 상上, 척尺, 공工, 범凡, 육六, 오五, 을乙, 의依가 순서대로 칠성七聲을 나타내며, 각 글자 옆에 '인亻'을 더해 8도 높은음을 나타낸다.

문서를 올리고
불상에 절 올리네.
『공작경』이야기 풀어놓으니
구구절절 액을 물리치는 말이고
약사불에 올리는 칠 층 등불에 불 켜니
이글이글 밝은 빛 타오르네.
수참 의식 드려
억울함과 허물 벗어버리고
『화엄경』노래 불러
남의 비방 물리치네.
삼승의 묘법은 정밀하고 근엄하니
불문이라면 어느 곳이나 마찬가지라네.

大揚旛　鋪設金容

齊秉燭　燒香供養

擂鼓敲鏡　吹笙捻管

雲鑼兒　橫笛音清　也都是尺工字樣

打一回　吹一盞　朗言齊語開經藏

先安土地　次請神將

發了文書　拜了佛像

談一部孔雀經　句句消災障

點一架藥師燈　皴皴輝光亮

拜水懺　解寃愆

諷華嚴　除誹謗

三乘妙法甚精勤　一二沙門皆一樣

이렇게 사흘 밤낮이 지나서야 원만도량은 끝이 났어요. 삼장법

冠員喜齋僧侍不貧
禮高雲左食老寅

구원외가 삼장법사 일행을 극진히 대접하다

사는 뇌음사로 가고 싶은 마음뿐이라 다시 이별 인사를 올렸더니, 구원외가 말했어요.

"스님께서 이렇게 급하게 이별을 고하시는 걸 보니, 아마도 연일 불사를 올리느라 바빠서 소홀하게 해드렸다고 책망하시는 모양입니다."

"댁에 폐를 이렇게 많이 끼쳐서 어찌 보답할지도 알 수 없는데, 어찌 감히 책망하겠습니까. 다만 황제께서 절 국경 밖으로 보내시면서 언제 돌아오느냐고 물으셨을 때, 저는 당치 않게도 삼 년이면 돌아올 수 있다고 대답했습니다. 그런데 길에서 지체한 것이 벌써 열네 해나 되었습니다! 불경을 얻을 수 있을지도 아직 모르고, 또 돌아가려면 열두세 해는 걸릴 테니 어찌 황제의 명을 거역하는 것이 아니겠습니까? 그 죄를 어찌 감당하겠습니까! 원외님, 절 보내주십시오. 불경을 얻어 돌아갈 때 다시 들러 오래 머물다 가면 되지 않겠습니까!"

저팔계는 참지 못하고 꽥 소리를 질렀어요.

"사부님께선 정말 남의 맘은 몰라주시네요! 어쩜 그리 매몰차십니까! 원외님께선 부유한 대갓집 주인으로서 보시의 발원을 지금 이루게 됐고, 진심으로 저희들을 머물라고 붙잡았으니 일 년이라도 머문들 무슨 상관이겠어요. 그런데 왜 가시려고만 하는 겁니까? 다 차려놓은 공양을 안 먹고 딴 데 가서 탁발을 하자고요? 아니, 앞길에 외조모 집이라도 있냐고요!"

삼장법사는 버럭 호통을 쳤어요.

"이 멍청한 놈, 먹을 것만 밝히지 중생을 제도하는 일[3]은 점점

---

3 본문의 '회향지인回向之因'이란 구절을 푼 것이다. 회향回向이란 불교 용어로, 불교도들은 그들이 닦은 공덕을 모두 중생의 보편적 성불이라는 목적을 향하여 귀결시키려 하므로, 회향이라고 하는 것이다.

나 몰라라구나. 정말 '여물통에서 뒹굴며 먹어대고 배때기나 긁어대는(槽裡吃食 胃裡擦癢)' 짐승 같은 놈! 너희들이 이렇게 탐진치食嗔癡에 빠져 있고 싶다면, 내일 나 혼자 떠나겠다."

손오공은 삼장법사가 화가 난 것을 보자 저팔계의 멱살을 잡고 머리를 한 대 쥐어박으며 꾸짖었어요.

"멍청한 놈이 분별도 없이! 너 때문에 우리까지 야단맞았잖아!"

사오정이 웃으며 한마디 거들었어요.

"잘 때렸어요, 잘 때렸어! 이렇게 암말 않고 가만히 있어도 밉상인 판에 또 말참견까지 하다니!"

멍텅구리는 씩씩거리며 옆에 서 있을 뿐, 더 이상 감히 말을 꺼내지 못했어요. 구원외는 그들이 언성을 높이자 그저 만면에 웃음을 띠며 이렇게 말했어요.

"스님, 조급해하실 것 없습니다. 오늘은 좀 쉬시지요. 내일 제가 깃발과 악사들을 준비하고 마을의 친척들을 몇 명 모셔 스님들을 배웅하겠습니다."

이렇게 말하고 있는 참에 노파도 나와서 말했어요.

"스님, 기왕 저희 집에 오셨으니, 굳이 사양하실 필요 없습니다. 오신 지 며칠이나 되셨나요?"

삼장법사가 대답했지요.

"벌써 보름이나 되었습니다."

"이 보름 동안은 우리 영감의 공덕인 셈으로 치고, 이 몸도 바느질삯이나마 좀 있으니 스님을 보름 정도 모시고 싶습니다."

이 말이 끝나기도 전에 구동 형제도 나와서 여쭈었어요.

"네 분 스님, 저희 아버지께선 이십 년 남짓 스님들을 보시해왔지만, 훌륭한 분은 만나지 못했습니다. 이제 네 분께서 강림하셔서 정말 누추한 저희 집을 빛내주신 덕분에 발원을 채우게 되었습니다. 저희는 아직 어려 인과는 잘 모릅니다만, '남편의 공은 남편이, 부인의 공은 부인이 받고 아무 공도 없으면 받는 것도 없다(公修公得 婆修婆得 不修不得)'는 말은 들은 적이 있습니다. 저희 아버지와 어머니께서 각기 미약하나마 스님들을 대접하시려고 하는 것은 공덕을 구하기 위해서인데, 어찌 굳이 마다하십니까? 저희 어리석은 형제들도 학비를 아껴 스님을 보름이라도 공양해야 보내드리겠습니다."

그러자 삼장법사가 대답했어요.

"자당慈堂 보살님의 뜻도 받들 수가 없는데, 어찌 또 이 훌륭하신 형제분들의 호의까지 받을 수 있겠습니까? 절대 그럴 수 없습니다. 오늘 아침에 꼭 떠나야 하니 제발 나무라지 마십시오. 안 그러면 황제 폐하와 약속한 기한이 너무 지나버려, 죽을죄를 면치 못하게 됩니다."

노파와 두 아들은 삼장법사가 고집을 굽히지 않자 화가 났어요.

"좋은 뜻으로 머물라고 하는데 이렇게 간다고 고집이구나. 갈 테면 가라고 하지 더 떠들 것도 없다!"

그들은 휑하니 안으로 들어갔어요. 저팔계는 입이 근질거려서 삼장법사에게 또 한마디 했어요.

"사부님, 너무 뻣뻣하게 굴지 마십시오. '붙들면 남아 있어야지. 거절하면 욕먹는다(留得在 落得怪)'란 말도 있지 않습니까! 우리 한 달만 더 머무르면서 저들 모자의 소원을 들어주지요. 왜 이렇게 서두르십니까?"

삼장법사가 또 호통을 치자, 멍텅구리는 자기 주둥이를 두어 번 내리치더니 이렇게 말했어요.

"이놈! 이놈! 쓸데없는 말 하지 말라고 했는데, 또 지껄였구나!"

손오공과 사오정이 한쪽에서 킥킥 웃어대자, 삼장법사는 또 손오공을 나무랐어요.

"넌 뭐가 우스우냐?"

그리고 곧 손가락을 구부려 긴고주아緊菰咒兒를 외려 하자, 놀란 손오공은 꿇어앉아 애원했어요.

"사부님, 전 안 웃었습니다. 웃기는요! 제발, 제발 주문은 외우지 마세요!"

구원외는 분위기가 점점 더 험악해지자 더 이상 억지로 붙들지 못하고 이렇게 아뢰었어요.

"스님, 이제 그만하십시오. 틀림없이 내일 아침에 배웅해 드리겠습니다."

그리고 경당을 나와 서기에게 편지를 백여 통 써서 다음 날 아침 당나라 스님을 서쪽으로 보내는 자리에 이웃의 친지들을 초청하도록 했어요. 또 한편으로 요리사에게 송별연을 준비하게 하고, 또 다른 한편으로는 집사에게 명하여 스무 쌍의 오색기를 만들고 악사들을 구하며, 남래사南來寺에서 스님들을 청하고 동악관東岳關에서 도사들을 모시도록 했어요. 다음 날 아침 열 시까지는 모든 준비를 마치도록 분부했지요. 일을 맡은 사람들은 각자 명을 받고 물러났어요.

얼마 지나지 않아 날이 또 저물어 저녁을 먹고 모두 잠자리에 들었지요.

둥지로 돌아가는 까마귀 몇 마리 마을을 떠나 날아가고
누각의 종소리 북소리 멀리서 들려오네.
온 거리에 사람 소리 들리지 않고
집집마다 등불은 꺼져가네.
달 밝고 바람 맑게 부니 꽃은 그림자를 희롱하고

어둑어둑한 은하수에 별빛만 비치네.

두견새 우는 소리에 밤은 더 깊어가고

천지에 아무 소리 들리지 않으니 대지는 고루 평온하네.

幾點歸鴉過別村　樓頭鐘鼓遠相聞

六街三市人烟靜　萬戶千門燈火昏

月皎風淸花弄影　銀河慘淡映星辰

子規啼處更深矣　天籟無聲大地鈞

때는 새벽 한 시 무렵으로 일을 맡은 하인들은 모두 일찌감치 일어나 필요한 각종 물건들을 사들이고 준비했어요. 보세요. 잔치를 준비하는 이들은 주방에서 분주하고, 오색 깃발을 세우는 이들은 당 앞에서 부산을 떨었으며, 승려와 도사를 청하는 이들은 두 다리를 쉴 틈이 없고, 악사를 찾아다니는 이들은 바삐 뛰어다녔어요.

편지를 전하는 이들은 동분서주했으며, 가마와 말을 준비하는 이들은 떠들썩하게 큰소리를 주거니 받거니 했어요. 이날 밤은 날이 밝을 때까지 분주했고, 오전 열 시 즈음에는 모든 준비가 끝났으니, 이 또한 돈이 없으면 하지 못할 일이었지요.

한편, 삼장법사 일행이 이른 아침 일어나자, 또 다른 무리의 사람들이 시중을 들었어요. 삼장법사는 봇짐을 챙기고 말을 준비하라고 했어요. 멍텅구리는 떠나자는 말을 듣자 다시 주둥이를 한 자나 내밀고 퉁퉁 부어서 투덜댔지만, 할 수 없이 의발衣鉢을 챙기고 멜대를 어깨에 멨지요. 사오정은 말을 씻기고 안장과 고삐를 씌우고서 삼장법사를 기다렸고, 손오공은 구환석장을 삼장법사에게 건네주고 통행증명서를 넣은 주머니를 목에 걸었어요. 그리고 모두 떠나려고 했지요.

구원외는 이들을 다시 뒤쪽의 대청으로 청했어요. 그곳에는 또 잔칫상이 차려져 있었는데, 이번은 제당에서 대접하던 것과는 아주 달랐어요.

주렴은 높이 걸렸고
병풍은 사방을 둘렀네.
한가운데에는
복과 장수 비는 그림 한 폭 걸려 있고
양쪽에는
사계절 경치 그린 족자 네 폭 걸려 있네.
용무늬 향로에서는 향 연기 피어오르고
까치 꽁지 모양 화로에서는 상서로운 기운 퍼지네.
오색 화려한 쟁반에는
색색의 꽃무늬 화사하고
금 박아 장식한 탁자에는
사자와 신선 모양 수당이 나란히 늘어섰네.
섬돌 앞에서는 곡조에 맞춰 노래하고 춤추며
대청 안에는 갖가지 과일과 안주 벌여놓았네.
정갈한 국과 밥 특이하고도 산뜻한 맛이고
향기로운 술과 차 어찌나 감칠맛이 나는지.
비록 백성의 집이라지만
왕후의 저택에 뒤지지 않네.
즐거운 음악 소리 울려 퍼지니
정말 천지가 놀랄 만하구나!

簾幙高掛　屛圍四繞

正中間 掛一幅壽山福海之圖
兩壁廂 列四軸春夏秋冬之景
龍文鼎內香飄靄 鵲尾爐中瑞氣生
看盤簇彩 寶粧花色色鮮明
排桌堆金 獅仙糖齊齊擺列
堦前歌舞按宮商 堂上果餚鋪錦綉
素湯素飯甚淸奇 香酒香茶多美豔
雖然是百姓之家 卻不亞王侯之宅
只聽得一片懽聲 眞箇也驚天動地

　삼장법사가 구원외에게 인사를 드리고 있는데, 하인이 와서 아뢰었어요.

　"손님들이 모두 오셨습니다."

　초대를 받고 온 이웃 사람들, 처제, 이종사촌, 제부, 매부, 그리고 같이 제를 올리고 염불을 하던 신도들이 일제히 삼장법사에게 예를 올렸어요. 예를 마치고 각자 순서대로 앉았지요. 대청 아래에서는 북을 치고 피리를 불었고, 대청 위에선 거문고 소리에 맞춰 노래를 부르며 주연을 베풀고 있었어요. 이 성대한 잔치에 정신이 팔린 저팔계는 사오정에게 이렇게 말했어요.

　"동생, 먹을 수 있는 양껏 먹어두라고. 이 집을 떠나면 다시는 이렇게 풍성한 음식은 없을 테니까."

　사오정이 웃으며 대꾸했어요.

　"형님, 그게 무슨 말씀이십니까! '아무리 진수성찬이라도 배가 부르면 그만. 딴 주머니는 차도 딴 배는 못 찬다(珍羞百味 一飽便休 只有私房路 那有私房肚)'란 말도 있잖아요!"

　"너도 참 한심하구나, 한심해! 나는 한번 배불리 먹으면, 사흘 동안 아무리 돌아다녀도 배가 안 고프단 말이야."

손오공이 이 말을 듣고 한마디 했어요.

"멍청아, 뱃가죽 터지지 않게 해. 지금 바로 길을 떠나야 되니까!"

이 말이 끝나기도 전에 해가 중천에 떠올랐어요. 삼장법사가 젓가락을 들고 「게제경揭齊經」을 읊자 저팔계는 허둥지둥 밥과 국을 가져다 한입에 한 그릇씩 털어 넣어 대여섯 그릇이나 비웠어요. 그리고 찐빵과 꽃빵, 호떡, 과자를 양 소매에 가득 집어넣고 나서야 삼장법사를 따라 자리에서 일어났어요. 삼장법사는 구원외에게 감사 인사를 드리고 또 여러 손님들에게도 인사를 드린후, 다 함께 문밖으로 나왔어요.

보세요. 문밖에는 오색기와 양산, 그리고 악사들이 늘어서 있었어요. 또 두 무리의 승려와 도사들이 그제야 막 도착했지요. 구원외는 웃으며 말했어요.

"여러분, 늦으셨군요. 스님께서 급히 떠나신다 하니 바로 의식을 거행하지요. 지금은 식사를 대접할 여유가 없으니, 돌아오신후 사례하도록 하겠습니다."

이들은 "물렀거라!" 소리치며 길을 틔우고, 가마에 타고 가는 사람, 말을 타고 가는 사람, 걸어가는 사람들이 모두 한결같이 삼장법사 일행을 뒤따랐어요. 천지를 울리는 요란한 음악 소리와 해를 가린 깃발에 사람들이 몰려들고 마차와 말들도 모두 거리로 나와 구원외가 삼장법사를 전송하는 것을 구경했어요.

그 행렬은 온통 비취와 구슬 장식을 두른 듯, 아름다운 비단으로 장식한 듯 정말 화려했어요. 승려들은 불곡佛曲을 부르고, 도사들은 현음玄音을 연주하며, 모두 동대부 성문 밖까지 전송했어요. 십리장정十里長亭에 이르자 다시 간단한 식사를 차리고 잔을 들어술을 마시며 이별을 나누었어요. 구원외는 여전히 아쉬워하며 눈물을 머금고 이렇게 말했어요.

"스님, 경전을 가지고 돌아오실 때 반드시 제 집에 다시 들러 며칠 머무시어 이 구홍이 마음을 다할 수 있게 해주십시오."

삼장법사는 감격해서 감사해 마지않았어요.

"제가 영취산에 가서 부처님을 뵙게 되면 무엇보다 먼저 원외님의 크신 덕을 말씀드릴 것입니다. 돌아갈 때는 꼭 댁으로 찾아가 엎드려 감사를 드리지요. 그럼요!"

이렇게 말을 하면서 어느새 또 이삼 리를 걸어왔어요. 삼장법사는 간절히 작별 인사를 했고, 구원외는 또 한 번 방성통곡하며 돌아갔어요. 아! 이는 정말,

스님께 보시하는 발원을 해서 참된 깨달음 얻었지만
석가여래를 뵈올 인연은 없구나.

有愿齋僧歸妙覺　無緣得見佛如來

라는 것이었어요.

구원외가 십리장정까지 전송하고 여러 사람들과 함께 돌아간 이야기는 더 이상 하지 않겠어요.

한편, 삼장법사 일행이 사오십 리를 가다 보니 날이 저물려 했어요. 삼장법사가 물었어요.

"날이 저무는데, 어디에서 자야겠느냐?"

저팔계는 봇짐을 진 채 주둥이를 삐죽거리며 말했어요.

"그러니까 해놓은 밥도 먹지 않고, 쾌적한 기와집도 마다하시고, 무슨 귀신이라도 쫓아오는 것처럼 급하게 또 길을 가신다고 하시더니! 당장 오늘 밤에 비라도 오면 어쩌시려고요?"

삼장법사가 꾸짖었어요.

"못된 짐승 같으니! 또 투덜대기 시작이구나! '장안이 훌륭하긴 하나 오래 그리던 고향은 아니다(長安雖好 不是久戀之家)'라는 말도 있지 않더냐! 나중에 우리가 부처님을 뵙고 경전을 얻어 당나라로 돌아가게 되면, 황제 폐하께 아뢰어 네 이 짐승놈에게 황궁에서 만든 음식을 몇 년이라도 배 터지게 먹이라 하마! 배 터져 죽은 귀신이 되게 해주지!"

멍텅구리는 흐흐 혼자 웃더니 더 이상 투덜대지 않았어요. 손오공이 눈을 들어 멀리 바라보니 큰길가에 집이 몇 채 보이기에, 얼른 삼장법사에게 아뢰었어요.

"사부님, 저기서 쉬어 가지요."

삼장법사가 가까이 가 보니 무너진 패방이었는데, 패방 위에는 편액이 걸려 있었어요. 편액 위에는 색이 바래고 먼지로 뒤덮이긴 했지만, '화광행원華光行院'이라고 크게 씌어 있었어요. 삼장법사는 말에서 내려 이렇게 말했어요.

"화광보살華光菩薩은 화염오광불火燄五光佛의 제자란다. 독화귀왕毒火鬼王을 소탕한 일 때문에 관직을 강등당해 오현영관五顯靈官이 되었지. 여기에 분명히 그 사당이 있을 거다."

그리고 모두 함께 안으로 들어갔어요. 하지만 회랑이며 건물이 모두 쓰러지고 담벼락도 무너져 있었어요. 사람의 흔적은 더더군다나 보이지 않았고, 잡초와 쑥 덤불만 무성했지요.

그곳을 빠져나가려는데 갑자기 하늘이 구름으로 새까맣게 뒤덮이더니 큰비가 죽죽 내리기 시작했어요. 그들은 어쩔 수 없이 무너진 건물 아래에서 바람과 비가 들지 않는 곳을 찾아 몸을 피했어요.

요괴가 그들이 온 걸 알아챌까 봐 감히 큰 소리도 내지 못하고 조용히 꼭 붙어 있었어요. 앉아 있을 사람은 앉고 서 있을 사람은 서서 하룻밤을 꼬박 새웠지요. 아! 이는 정말,

> 길한 운수가 극성하자 흉한 운수 생겨나고
> 즐거운 곳에서 슬픔을 만난다.
>
> 泰極還生否　樂處又逢悲

라는 격이었지요. 결국 날이 밝은 후 이들이 다시 길을 떠나게 되는지 어떤지는 알 수 없으니, 이에 대해서는 다음 회를 들어보시라.

제97회

삼장법사, 도둑 누명을 쓰다

삼장법사 일행이 허물어져가는 화광행원에서 밤비를 피해 고생스럽게 지낸 일은 더 이야기하지 않겠어요.

한편, 동대부 지령현 성내의 건달패들이 계집질을 비롯해 술과 도박으로 가산을 탕진하고 살아갈 방법이 막막해지자 십여 명이 도둑질을 하기로 작당했어요. 그들은 그 성내에서 가장 재산이 많은 자가 누구고 버금가는 자는 누구고 따져 보면서 남의 재산을 털 궁리를 하고 있었어요. 그러다 그중 한 놈이 이렇게 말했지요.

"조사니 계산이니 다 필요 없어. 오늘 당나라의 중을 전송한 구원외 집이 부잣집이지. 오늘 밤은 비가 와서 거리의 사람들도 방심하고 있을 테고, 이장[火甲] 등도 순찰을 돌지 않을 거야. 그러니 이참에 손을 쓰자. 그놈의 재산을 빼앗아 계집질도 하고 도박도 하며 다시 놀면 정말 신나지 않겠어?"

다른 놈들도 좋아라하며 뜻을 모아 단도, 가시 박힌 몽둥이, 작대기, 홍두깨, 삼줄, 횃불을 들고 비를 무릅쓰고 나아갔지요. 그리고 구원외 집 대문을 때려 부수고 고함을 지르며 쳐들어갔어요.

기겁을 한 구원외 집 사람들은 남녀노소를 막론하고 모조리 숨어버렸지요. 구원외의 부인은 침대 밑에, 구원외는 문 뒤에, 구량과 구동 그리고 집안 친척의 자녀들도 모두 벌벌 떨며 사방으로 흩어져 숨어버렸어요. 도둑들은 칼을 들고 횃불을 밝혀 상자란 상자는 모두 열어젖히고 금은보화며 장신구, 옷가지, 그릇, 집 안 집기들을 몽땅 찾아내 챙겼지요. 보다 못한 구원외가 목숨을 걸고 뛰쳐나와 애원했어요.

"어르신들! 필요한 만큼만 가져가시고, 이 늙은것이 저승 갈 때 입을 옷 몇 가지는 남겨주시오."

도둑들은 콧방귀도 뀌지 않고 성큼 다가가 구원외의 사타구니를 걷어차버렸어요. 불쌍한 구원외! 땅바닥에 쓰러지더니 삼혼三魂은 저 멀리 저승으로 날아가버리고, 칠백七魄은 아스라이 세상을 떠나고 말았지요. 도둑들은 챙길 것을 챙겨서 구원외의 집을 나와 성벽에 줄사다리를 놓고 한 놈 한 놈 벽을 타 넘어, 쏟아지는 비를 뚫고 밤새 서쪽으로 달아나버렸어요.

구원외 집안의 하인들은 도둑들이 떠나자 그제야 고개를 내밀었지요. 그런데 구원외가 이미 땅바닥에 쓰러져 죽어 있는 것을 보고는 목놓아 통곡했어요.

"하늘도 무심하시지! 주인 나리께서 이렇게 맞아 돌아가시다니!"

온 식구들이 시신 앞에 엎드려 슬피 곡을 했어요. 그러다 한밤중이 되자 구원외의 부인은 삼장법사 일행을 원망했어요. 그들이 대접을 뿌리치고 떠나자 성대히 전송해주는 바람에 이런 변이 생겼다고 생각한 것이지요. 그래서 고약한 심사가 생겨나 삼장법사 일행을 모함해야겠다고 생각했어요. 부인은 구량을 붙잡고 이렇게 말했어요.

"애야! 울지 마라! 너의 아버님은 하루가 멀다 하고 스님들을 공양하셨다. 그런데 이제 마지막 만 번째로 공양한 것이 목숨을 앗아가는 중일 줄 그 누가 알았겠느냐?"

"어머님! 어째서 목숨을 앗아가는 중이라고 하십니까?"

"도적들이 흉악한 기세로 집 안으로 들이닥쳤을 때, 난 침대 밑에 숨어서 부들부들 떨면서도 등불 쪽을 유심히 보고 있어서 분명히 보았단다. 누구라고 생각하느냐? 횃불을 든 놈은 삼장법사였고, 칼을 잡은 놈은 저팔계였으며, 금은을 나른 것은 사오정이고, 네 아버지를 때려눕힌 놈은 손오공이란다."

두 아들은 그 말을 곧이곧대로 믿었어요.

"어머님이 똑똑히 보셨다니 틀림없을 것입니다. 게다가 그 네 놈은 저희 집에서 보름이나 묵고 있었으니, 문이며 담이며 창이며 들어오는 길까지 모두 잘 알고 있을 것입니다. 재물에 마음이 동해 이 밤비를 틈타 저희 집을 다시 찾아든 모양입니다. 이렇게 재물을 털어가고 게다가 아버님까지 해쳤으니 얼마나 악독한 놈들입니까! 날이 밝으면 관아에 도난신고서를 내고 그놈들을 처벌해달라고 고소하겠습니다."

관동이 물었어요.

"그런데 도난신고서에 뭐라고 쓰지요?"

관량이 대답했어요.

"지금 어머님이 말씀하신 대로 쓰자."

> 삼장법사는 횃불을 들고
> 저팔계는 '죽여라!' 소리치고
> 사오정은 금은보화를 약탈하고
> 손오공은 우리 부친을 때려죽였습니다.

唐僧點著火　八戒叫殺人

이렇게 온 집안이 떠들썩하도록 의논하다 보니 어느새 날이 밝았지요. 그래서 친척들을 모셔다가 관을 사고 장례를 준비하는 한편, 구량 형제는 관아로 가서 고소장을 냈지요.

원래 동대부의 자사刺史는 사리가 밝은 훌륭한 인물이었지요.

한평생 정직하게 살아왔고
본성이 어질구나.
어렸을 때부터 힘들게 공부하여
젊은 나이에 금란전에서 과거 시험을 보았지.
언제나 충의를 가슴에 품고
매일 인자함을 마음에 새긴다네.
그 이름 역사에 떨쳐 오래도록 전해지리니
공수龔遂와 황패黃霸를 다시 만난 듯하구나.
그 명성 관아에 떨쳐 만세에 남으리니
탁무卓茂와 노공魯恭이 다시 살아온 듯하구나.[1]

平生正直　素性賢良

少年向雪案攻書　早歲在金鑾對策

常懷忠義之心　每切仁慈之念

名揚靑史播千年　龔黃再見

聲振黃堂傳萬古　卓魯重生

자사는 대청에 올라 집무를 보기 시작한다고 알리고 방고패放

1　공수, 황패, 탁무, 노공은 모두 한나라 때의 어진 관리로 명망이 높은 인물들이다.

告牌[2]를 메고 오게 했어요. 그러자 관량 형제가 방고패를 안고 들어와 무릎을 꿇으며 큰 소리로 아뢰었어요.

"나리! 재물을 약탈하고 인명을 살상한 강도를 고소합니다."

자사가 고소장을 받아 들어 훑어보니 여차해서 이러저러했다고 적혀 있었어요. 그래서 물었지요.

"어제 누군가의 말을 들어보니 너희 집에서 만 명의 승려를 대접하겠다고 한 소원이 모두 이루어졌다고 하였다. 마지막으로 대접한 네 명의 고승은 동녘 땅 당나라에서 온 나한羅漢이라 하더군. 그래서 온 거리가 떠들썩하도록 풍악을 울리며 성대하게 전송했다고 하던데, 어째서 이런 불상사가 생긴 것이냐?"

구량 형제가 머리를 조아리며 아뢰었어요.

"나리, 저희 부친 구홍은 이십사 년간 스님들을 대접하였습니다. 마침 먼 곳에서 온 이 네 승려들로 해서 만 명이라는 숫자를 다 채우게 되었지요. 그래서 발원 성취 의식을 올리고 보름 동안 그들을 머물게 했습니다. 그러다 보니 그들은 집에 오는 길이며 문이나 창이 어디 붙어 있는지도 환히 알게 되었지요. 그들은 어제 전송을 받고 떠났다가 날이 어두워지자 돌아왔습니다. 비바람이 몰아치는 밤중에 횃불을 밝히고 몽둥이를 들고 들이닥쳐서는 금은보화며 옷가지, 장신구들을 약탈하였습니다. 게다가 저희 부친마저 때려죽였습니다. 제발 나리께서 이 일을 처리해주십시오."

이 말을 듣고 난 자사는 포졸들과 민간의 장정 백오십 명을 뽑아

---

2   패牌에 '방고放告'란 두 글자가 씌어 있어 이렇게 부르며, 직소찰直訴札이라고도 한다. 주현州縣의 장관들이 이것을 메고 나가게 하면 백성들은 방고패를 보고 고소장을 올리고, 장관은 즉시 법정에 나가 고소장을 직접 처리했다. 이러한 제도는 밑의 관리들이 중간에서 뇌물을 받아먹는 폐습을 막기 위해서였다. 명·청 시대의 제도로 한 달에 한 번(매월 5일이나 10일) 혹은 신임 장관이 취임할 때 이를 시행했다.

무기를 들고 서문西門으로 나가 삼장법사 일행을 추격하게 했어요.

한편, 삼장법사 일행은 폐허가 된 화광행원에서 밤을 새고, 날이 밝자 문을 나서 서쪽으로 바삐 길을 떠났어요. 그런데 공교롭게도 그날 밤 구원외의 집을 습격해 털고 급하게 성을 빠져나온 강도들도 서쪽 큰길로 갔어요. 그들은 날이 밝을 무렵 화광행원을 지나 이십 리 남짓 더 가서, 산골짜기에 숨어 훔쳐 온 재물을 나누고 있었어요. 한참 나누고 있는데 때마침 삼장법사 일행이 길을 따라오고 있는 것이 보였지요. 강도들은 또 욕심이 생겨 삼장법사를 가리키며 말했어요.

"저기 오는 게 어제 전송을 받은 그 중이 아니냐!"

"히히히, 잘됐다! 마침 잘 왔군! 우리는 이미 하늘의 이치를 거스르는 일을 저지른 몸! 그런데 이 중들이 우리가 온 길을 따라오는군. 게다가 구가네 집에 오래 머물러 있었으니 쓸 만한 물건을 제법 가지고 있을 거야! 아예 저놈들까지 붙잡아 노자와 백마를 빼앗아 나눠 가지면 기분 좋은 일이 아니겠어?"

강도들은 무기를 들고 소리를 지르며 길가로 뛰쳐나가 일렬로 막아섰어요.

"이 중놈들, 거기 서라! 어서 통행세를 내라! 그러면 목숨은 살려주지! 안 된다는 '안' 자만 나와도 한칼에 한 놈씩 죽여주마. 뼈도 못 추릴 줄 알아!"

놀란 삼장법사는 말 위에서 와들와들 떨고, 사오정과 저팔계도 더럭 겁이 나서 손오공에게 이렇게 말했어요.

"아이고, 어쩌면 좋으냐! 한밤중에 비를 만나더니 또 아침부터 강도가 길을 막고 있으니, 정말 '엎친 데 덮친 격(禍不單行)'이로구나."

"하하하, 사부님 두려워 마세요. 얘들아 걱정 마라. 이 몸이 가서 좀 물어보지."

멋진 제천대성! 그는 호랑이 가죽 치마를 질끈 여미고 무명 승복을 툭툭 털더니, 가까이 가서 두 손을 가슴에 모으고 물었어요.

"여러분, 뭐 하시는 양반들입니까?"

"이놈이 죽고 싶어 환장을 했나, 감히 그런 걸 물어? 네놈은 눈깔도 없냐? 이 대왕 나리를 몰라보다니! 잔소리 말고 어서 통행세나 내. 그럼 보내주마."

손오공은 만면에 미소를 띠었어요.

"알고 보니 노상강도였구먼!"

발끈한 강도들이 "죽여버려!" 하고 소리쳤어요. 손오공은 짐짓 두려운 척했어요.

"대왕님! 대왕님! 제가 촌구석의 중이라 말주변이 없어요. 언짢게 했더라도 용서하세요, 용서해주세요! 통행세를 내야 한다면 저 세 사람에게는 물을 필요도 없어요. 제게 말하면 되지요. 제가 돈을 관리하고 있으니까요. 불경값이며, 시주받은 돈, 여기저기 탁발해서 얻은 돈, 보시 받은 돈이 모두 이 보따리 안에 있어요. 수입과 지출을 모두 제가 관리하지요.

말을 타고 있는 저 사람이 사부님이긴 하지만, 불경만 욀 줄 알지 아무것도 몰라요. 돈과 여자는 안중에도 없는 빈털터리지요. 얼굴이 새까만 저 중은 여행 중에 거둔 아우인데, 말이나 다룰 줄 알지요. 주둥이가 긴 쟤는 데리고 다니는 머슴으로, 짐이나 멜 뿐이에요. 세 사람을 놓아 보내주시면, 제가 노자며 의발이며 모두 드리겠어요."

"이 중은 그래도 좀 괜찮은 놈이군. 그러면 네 목숨은 살려주마. 저 세 놈더러 짐을 내려놓으라고 해라, 보내줄 테니."

손오공이 고개를 돌려 눈을 찡긋하자, 사오정은 메고 있던 멜대를 내려놓고 삼장법사가 탄 말의 고삐를 잡고 저팔계와 함께 서쪽으로 가버렸어요. 손오공은 고개를 숙여 보따리를 여는 척하다 땅의 흙을 쥐고 위로 휙 뿌리며 주문을 외웠어요. 그것은 바로 몸을 꼼짝 못 하게 하는 정신법定身法이었지요.

손오공이 "꼼짝 마!" 하고 외치니 서른 명 남짓한 강도들이 어떤 놈은 이를 꽉 깨문 채, 어떤 놈은 눈을 부릅뜬 채, 또 어떤 놈은 손을 늘어뜨린 채 꼿꼿이 서서 말도 못 하고 손 하나 까딱하지 못하게 되었어요. 손오공은 길로 뛰어나가 "사부님, 돌아오세요! 어서 돌아오세요!" 하며 소리쳤어요. 그것을 들은 저팔계가 당황해하며 말했어요.

"큰일 났군! 큰일 났어! 사형이 우리까지 엮어 넣었나보군. 형님은 한 푼 가진 것 없고 보따리 속에도 돈이라곤 없으니, 사부님은 말을 내놓으라 하고 우린 옷을 벗어 내놓으라고 할 게 틀림없어요."

"하하하, 둘째 형님, 헛소리 마시오. 큰형님의 능력은 대단하잖아요! 그동안 흉악한 요괴들을 모두 항복시켰는데 저런 좀도둑쯤이야! 형님이 부르시는 걸 보니 무슨 하실 말씀이 있나 봅니다. 어서 돌아가봅시다."

삼장법사도 사오정의 말을 듣고 기꺼이 말을 돌려 그쪽으로 갔어요.

"오공아! 뭐 때문에 돌아오라고 했느냐?"

"좀 보세요, 이 강도들이 어떻게 되었는지."

저팔계가 다가가서 툭 밀면서 소리쳤어요.

"강도야, 왜 꼼짝도 못 하고 있냐?"

그 강도는 멍청한 표정으로 꿀 먹은 벙어리가 되어 있었어요.

"영락없이 벙어리구먼."

저팔계의 말에 손오공이 웃으며 말했지요.

"하하하, 이 몸이 정신법으로 움직이지 못하게 했지."

저팔계가 물었어요.

"정신법을 썼으니 몸이야 못 움직이겠지만 입을 막아놓지는 않았을 텐데, 어째서 목소리도 안 나오나?"

"사부님, 말에서 내려 좀 앉으시지요. '잘못 잡아들이는 수는 있어도 잘못 풀어주는 법은 없다(只有錯拿 沒有錯放)'는 말도 있잖아요? 얘들아, 저놈들을 넘어뜨려 꽁꽁 묶어라. 자술서를 좀 받아내서 저놈들이 햇병아리인지 상습범인지 알아보자."

"묶을 줄이 없는데요."

사오정의 말에 손오공은 털 몇 가닥을 뽑아 훅 신선의 기운을 불어 넣어 노끈 서른 개를 만들었어요. 그리고 셋이 일제히 손을 써서 강도들을 넘어뜨리고 모두 손발을 모아 묶어버렸어요. 그런 다음 술법을 푸는 주문[解咒]을 외웠더니 강도들이 조금씩 제정신을 차렸지요.

손오공은 삼장법사를 상석에 앉히고, 셋은 각자 무기를 잡고 호통을 쳤어요.

"이 도둑놈들! 너희 패거리가 모두 몇 놈이냐? 몇 년 동안 이 짓을 했어? 또 얼마나 약탈했으며 몇 명이나 죽였느냐? 이번이 처음이냐, 아니면 상습범이냐?"

"나리, 목숨만 살려주십쇼!"

"떠들지 말고! 사실대로 털어봐!"

"나리, 저흰 도둑질을 전문으로 하는 사람들이 아닙니다요. 모두 괜찮은 집 자제들이지요. 다만 사람 구실 못 하고 술과 노름, 기생 놀음에 물려받은 가산을 모두 탕진해버렸습죠. 그러다 보니 원래 가진 재주도 없는 데다 용돈도 궁해졌어요.

들자 하니 동대부 성내의 구원외가 꽤 잘산다기에, 어제 작당해서 비 오는 밤을 틈타 쳐들어갔어요. 거기서 빼앗은 금은과 옷가지들을 이 길 북쪽의 산골짜기에서 나누고 있다가 나리들을 발견한 것이지요.

그런데 저희 무리 중 하나가 여러분이 구원외의 전송을 받은 스님이란 걸 알아보고, 값나가는 물건을 지니고 계시려니 여겼습니다. 게다가 짐도 묵직해 보였고, 백마도 잘 달리고 해서 욕심이 생겨 길을 막았던 겁니다.

하지만 나리의 법력이 대단해서 이렇게 사로잡힐 줄 누가 알았겠어요. 제발 자비를 베풀어주세요. 빼앗은 재물들은 다 가져가시고 목숨만 살려주셔요!"

구원외의 재물이란 말을 들은 삼장법사는 깜짝 놀라 황급히 자리에서 일어났어요.

"오공아, 구원외는 참으로 착한 사람인데 어쩌다 이런 재앙을 만났단 말이냐?"

"하하하, 우리를 전송한다고 오색 깃발에 풍악을 울려대며 사람들의 이목을 끌었으니, 이 망나니들이 그 집을 덮쳤겠지요. 다행히 지금 우리들이 이놈들을 만났으니, 이놈들이 훔친 이 많은 재물들을 다시 빼앗아두지요."

"우리들이 보름 동안이나 머물며 은혜를 입고도 갚을 길이 없었는데, 이 재물을 그 집에 가져다주면 좋은 일이 아니겠느냐!"

손오공은 삼장법사의 말대로 저팔계, 사오정과 함께 산골짜기로 가서 훔친 장물들을 가지고 와서 말 위에 실었어요. 또 저팔계에게 금은을 한 보따리 짊어지게 하고, 사오정에게는 자신들의 짐을 메게 했어요.

마음 같아서는 그 강도들을 한 방에 쳐 죽이고 싶었으나 살상을 한다고 삼장법사에게 야단맞을까 봐 두려워, 손오공은 하는 수 없이 몸을 한 번 흔들어 털을 거두었어요. 강도들은 손발이 자유로워지자 기어 일어나 걸음아 날 살려라 하고 한 놈도 남김없이 도망쳐버렸어요.

　삼장법사가 걸음을 돌린 것은 구원외에게 재물을 돌려주기 위함이었지요. 그러나 이렇게 돌아가는 것은 나방이 불을 향해 날아드는 격이었으니, 도리어 재앙을 만나게 되겠네요. 이를 증명하는 시가 있답니다.

　　　은혜를 은혜로 갚는 사람은 세상에 드무니
　　　은혜 베푼 것이 도리어 원수를 맺게 되네.
　　　물에 빠진 사람 구하려다 결국 자기도 빠지게 되니
　　　세 번 생각하고 일을 해야 우환이 없다네.

　　　　　　　　　　　恩將恩報人間少　　反把恩慈變做仇
　　　　　　　　　　　下水救人終有失　　三思行事卻無憂

　삼장법사 일행이 금은이며 옷가지들을 가지고 돌아가고 있는데, 저쪽에서 창과 칼을 번쩍이며 몰려오는 무리들이 보였어요. 기겁을 한 삼장법사가 물었지요.

　"애야, 저기 무기를 가지고 몰려오는 사람들은 뭐 하는 자들일까?"

　저팔계가 말했어요.

　"큰일 났네요! 큰일이에요! 아까 놓아준 강도들이 무기를 가지고 동료들을 모아 우리를 죽이러 돌아오나 봐요!"

　"둘째 형님, 저기 오는 건 도적이 아닌 것 같은데요? 큰형님이 좀 자세히 보시오."

손오공이 사오정에게 몰래 귓속말을 건넸어요.

"사부님에게 또 악운이 들이닥쳤구먼! 저건 도둑을 잡으러오는 관병이 틀림없어."

그 말이 끝나기도 전에 병사들이 우르르 다가와 둥그렇게 에워싸고 소리쳤어요.

"대담한 중놈들! 남의 재물을 약탈하고도 아직 이런 데서 어물쩍거리고 있느냐!"

그러고는 일제히 덤벼들어 먼저 삼장법사를 말에서 끌어 내려 포승으로 결박했어요. 그리고 손오공과 나머지 둘도 꽁꽁 묶어 막대기에 매달아, 두 사람이 하나씩 걸머지고 말을 몰아 바로 성으로 돌아왔어요.

삼장법사는
벌벌 떨며
눈물만 흘리고 말도 못 하고
저팔계는
투덜투덜
마음속으로 원망을 하고
사오정은
중얼중얼
어쩔 줄 모르고
손오공은
키득키득
수단을 부리려 하네.

唐三藏　戰兢兢　滴淚難言

豬八戒	絮叨叨	心中報怨
沙和尚	囊突突	意下躊躇
孫行者	笑唏唏	要施手段

병사들은 그들을 걸머지고 순식간에 성안으로 들어와 그길로 관아에 보고했어요.

"나리, 장정들과 함께 강도들을 잡아 왔습니다."

대청에 점잖게 앉아 있던 자사가 포졸들과 장정들의 노고를 치하하고 장물을 검사한 뒤, 구씨 집안의 사람들을 불러 물건들을 찾아가게 했어요. 그리고 삼장법사 일행을 대청으로 가까이 불러 심문을 시작했지요.

"이 중놈들! 입으로는 먼 동녘 땅에서 서역의 부처님을 배알하러 왔네 하지만, 알고 보니 이런 수법으로 길을 알아두었다 남의 집을 터는 도둑놈들이었구나."

"나리, 소승은 결코 도둑이 아닙니다. 추호도 거짓이 아닙니다. 제가 몸에 지닌 통행증명서가 그 증거입니다. 구원외의 집에서 보름 동안 공양을 받고 깊은 은혜를 입었던 차에, 길에서 그 강도를 만났습니다. 저희들은 그들이 구원외의 집에서 약탈해온 재물을 도로 빼앗아 구씨 집안에 돌려드림으로써 은혜에 보답하려고 했는데, 뜻밖에도 강도로 오인을 받아 포졸에게 붙잡혀 온 것입니다. 저희들은 정말 강도가 아닙니다. 부디 잘 살펴주십시오."

자사가 다시 심문했지요.

"이놈들이 관병에게 잡혀 와서도 은혜를 갚는다고 잘도 말을 꾸며대는구나. 길에서 강도를 만났다면 왜 그들을 붙잡아 관아에 보고해서 은혜를 갚을 생각은 하지 않은 게냐? 애초에 너희 넷뿐이 아니었더냐? 이것 봐라! 구량이 도난신고서를 올리며 네놈들을 처벌해달라고 고소했다. 그래도 변명을 늘어놓을 테냐?"

이 말을 들은 삼장법사는 망망대해를 표류하는 거룻배처럼 정신이 아득해져서 이렇게 외쳤지요.

"오공아, 어째서 자초지종을 아뢰지 않는 게냐?"

"장물이 있는데 변명은 해서 뭐하게요?"

"바로 그거다! 엄연히 장물이 있는데 아직도 감히 발뺌할 작정이냐?"

그러고는 자사는 명령을 내렸어요.

"뇌고腦箍[3]를 가져오너라. 저 도둑놈들의 빡빡머리에 하나씩 씌운 다음, 곤장을 쳐라!"

당황한 손오공이 마음속으로 가만히 생각해보았어요.

'이 일이 비록 사부님이 겪어야 할 재난이라지만, 너무 고생하시게 할 수는 없지.'

손오공은 처형을 담당하는 관졸[皂隸]들이 밧줄을 수습해 형구에 묶는 것을 보고 이렇게 말했어요.

"잠깐! 저 스님에게는 형구를 채우지 마시오. 어젯밤 구가네를 약탈할 때, 횃불을 밝힌 것도, 칼을 든 것도, 재물을 훔치고 사람을 죽인 것도 나요. 내가 우두머리이니 곤장을 칠 양이면 나를 치시오. 다른 사람들은 아무 상관이 없소. 나만 잡아두면 되오."

자사는 손오공의 말을 듣고 이렇게 명령을 내렸지요.

"먼저 저놈부터 씌워라."

관졸들이 일제히 달려들어 손오공의 머리에 뇌고를 씌우고 줄을 잡아당겨 꽉 조이는 순간 툭 하고 밧줄이 끊어졌어요. 밧줄을 다시 묶어 다시 조였지만 또 툭 끊어져 버렸어요. 연달아 서너 번이나 했지만 손오공의 머릿가죽엔 자국 하나 남지 않았어요. 또

---

3 굵은 밧줄에 여러 군데 매듭을 지어 죄수의 머리통에 씌우고 바짝 조여 고통을 주는 형구이다.

밧줄을 바꾸어 다시 묶고 있는데, 누군가 들어와 이렇게 보고했어요.

"나리, 도성의 진소보陳少保 나리께서 납시었으니 성 밖으로 마중을 가셔야겠습니다."

자사는 형방刑房의 벼슬아치들에게 이렇게 분부했어요.

"강도들을 옥에 가두고 잘 감시해라. 상관을 영접하고 돌아와 다시 문초하겠다."

형방의 벼슬아치들은 삼장법사 일행 넷을 감옥에 밀어 넣었어요. 저팔계와 사오정은 자신들의 짐을 메고 감옥으로 들어갔지요.

"얘들아, 이것이 어찌된 일이란 말이냐?"

손오공이 웃으며 말했어요.

"하하하, 사부님 들어가세요, 들어가세요. 이곳엔 개는 없으니 놀기 좋지요."

불쌍하기도 해라! 네 명이 쭉 붙잡혀 들어가는데, 한 사람씩 모두 할상轄牀[4]에 밀어 넣어져 오랏줄로 허리와 머리, 가슴을 단단히 묶고, 옥졸들이 달려들어 마구 두들겨 팼지요. 삼장법사는 고통을 참을 수가 없어서 이렇게 외칠 뿐이었어요.

"오공아! 어쩌면 좋으냐? 어쩌면 좋아?"

"이자들이 때리는 건 돈을 달라는 겁니다. '좋을 땐 편히 쉬고 고생할 땐 돈을 쓰라(好處安身 苦處用錢)'는 말이 있잖아요? 저자들에게 돈을 좀 주면 그만둘 겁니다."

"나한테 무슨 돈이 있겠느냐?"

"돈이 없으시면 옷도 괜찮지요. 가사를 벗어주세요."

삼장법사는 그 말을 듣자 칼로 심장을 도려내는 듯했어요. 잠

---

4 죄수의 두 발을 죄어 묶는 침대나 수레바퀴 모양의 형틀로, 갑상匣牀이라고도 한다.

시 후 삼장법사는 매를 이길 수도 없고, 옥졸들이 더 심하게 다그치자 어쩔 수 없이 입을 열었어요.

"오공아, 네 말대로 하자꾸나."

"나리들, 그만 때리세요. 우리가 메고 들어온 두 보따리에 금란 가사 한 벌이 있는데, 값이 천금은 나갈 겁니다. 보따리를 열고 가져가요."

손오공의 말이 떨어지기가 무섭게 옥졸들이 두 보따리를 덮쳐 풀어보았어요. 베옷 몇 벌과 주머니는 돈이 될 성싶지 않았지만, 기름종이로 겹겹이 싼 물건은 노을빛이 환하게 피어나는 걸로 보아 좋은 물건임을 알 수 있었지요. 풀어 헤쳐보니 바로 이렇게 생긴 것이었어요.

명주를 교묘하게 꿰었고
보기 드문 불보를 꿰었네.
똬리 튼 용을 수놓았고
가장자리에는 비단 위에 나는 봉황 장식했네.

巧妙明珠綴　稀奇佛寶攢
盤龍鋪繡結　飛鳳錦沿邊

옥졸들이 다투어 구경하니, 그 소리에 놀란 옥사장이 달려와 고함을 쳤어요.

"웬 소란이냐?"

옥졸들이 무릎을 꿇고 아뢰었어요.

"나리, 방금 고소가 들어와서 이 네 중을 압송해 왔사온데, 알고 보니 대단한 강도들입니다. 우리가 몇 대 때리니까 보따리 두 개를 내놓더군요. 그걸 열어보았더니 이런 게 나오는데 어떻게 처리해야 할지 모르겠습니다. 여러 명이 찢어서 나눠 갖자니 아깝고, 한 명이 혼자 갖자니 다른 사람들에게는 돌아가는 게 없습니다. 마침 나리께서 오셨으니 재량껏 결정을 내려주십시오."

옥사장이 보니 그것은 한 벌의 가사였어요. 또 다른 옷가지들과 주머니를 하나하나 뒤지다 주머니 속에서 통행증을 발견했는데, 거기에는 각 나라 국왕들의 도장과 수결이 찍혀 있었지요.

"내가 미리 보았기에 망정이지, 그렇지 않았다면 너희들이 큰일을 저지를 뻔했다. 이 스님들은 강도가 아니니 절대 이 옷에 손대지 마라. 내일 자사 나리께서 다시 심문하시면 사정이 밝혀질 것이다."

옥졸들은 이 말을 듣고 보따리를 돌려받아 원래대로 잘 싸서 옥사장에게 건네주었어요.

날은 점점 어두워가고 고루의 북소리가 들리더니 야경꾼들이 딱따기를 치기 시작했어요. 새벽 두 시 사십오 분쯤 되어 삼장법사와 두 아우들이 신음 소리도 내지 않고 모두 깊이 잠들자, 손오공은 속으로 이렇게 생각했지요.

'이번에 닥친 하룻밤 옥살이는 사부님이 마땅히 겪으셔야 하는 재난이지. 이 몸이 이렇다 저렇다 설명도 하지 않고 법력도 쓰지 않은 것은 모두 그것 때문이었어. 이제 한밤중이 되었으니 재난도 이쯤이면 충분할 테니, 내일 감옥에서 나가기 편하게 손을 조금 써놓아야겠다.'

그러고는 법력을 써서 몸을 조그맣게 만들어 칼상을 빠져나와서, 몸을 한 번 흔들어 메뚜기로 변신했어요. 그리고 처마의 기왓장 틈으로 날아 나왔지요. 빠져나오고 보니 별들이 반짝이고 달빛이 하얗게 부서지는 그야말로 맑고 고요한 밤이었어요.

손오공은 방향을 잘 알고 있었기 때문에 곧장 구원외의 집으로 날아갔지요. 그런데 길 서쪽에 불이 환하게 밝혀진 집이 한 채 있어서 그 문 앞으로 날아가 살펴보니, 두부를 만드는 집이었어요. 영감 하나가 불을 지피고 할멈이 콩국을 짜고 있었어요. 그러다 영감이 입을 열었지요.

"할멈, 구원외는 아들도 있고 재산도 있었지만 명이 짧았어. 어렸을 때 함께 공부했는데 내가 다섯 살이 위였지. 그의 선친의 존함이 구명寇銘이었는데, 당시 천 마지기가 못 되는 논을 가지고 소작을 주고 있었지만 수입이 변변치 못했어. 구원외가 스무 살 되던 해 선친이 돌아가시고 가업을 이어받았는데, 사실 그때부터 운이 트였지.

장왕張旺의 딸을 아내로 맞았는데, 어릴 적 이름이 천침아穿針兒였지. 그이가 운이 좋아서 남편을 부자로 만들었어. 그이가 시집 온 후 농사도 잘되고, 소작료도 잘 들어오고, 사들인 물건은 값이 올라 이득을 보고, 뭐든 하기만 하면 돈을 벌어들이고 해서 지금은 재산이 십만 냥으로 불었어.

그러다 구원외가 마흔이 되어 선행을 하기로 작심하고 스님 만 명에게 공양을 베풀었지. 그런데 뜻밖에도 어젯밤 강도의 발길질에 걷어차여 죽었다니, 참 안됐어! 올해 겨우 예순넷이니 이제 좀 편하게 살아볼 나이인데, 그렇게 오랫동안 선을 쌓은 보람도 없이 비명횡사할 줄이야! 참 안됐어! 불쌍해!"

손오공은 하나도 빼놓지 않고 다 새겨들었어요. 그러다 새벽 네 시 십오 분쯤 되어 구원외의 집으로 날아 들어갔지요. 들어가 보니 마루 한가운데는 관이 놓여 있고, 관 머리맡에 불을 환히 밝히고 향촉과 과일 같은 제물을 차려놓았는데, 구원외의 부인이 그 곁에서 "아이고, 아이고" 구슬피 곡을 하고 있었어요. 두 아들도 들어와 절을 올리며 곡하고, 두 며느리는 밥 두 공기를 가져와 앞에 차려놓았지요.

손오공은 관머리 위에 냉큼 올라서서 "흠, 흠" 헛기침을 했어요. 기겁을 한 두 며느리는 더듬더듬 비틀비틀 허우적거리며 밖으로 뛰쳐나가고, 구량 형제는 땅에 납작 엎드려 꼼짝도 못했어요. 그리고 "아버님! 어, 어떻게……"라고만 할 뿐이었어요. 구원외의 부인은 담이 큰 편이라 관머리를 두드리며 이렇게 말했어요.

"영감! 다시 살아나셨소?"

손오공은 구원외의 목소리를 흉내 내어 말했지요.

"살아난 건 아니오."

두 아들은 더욱 겁이 나 연방 머리를 조아리며 눈물만 흘렸어요.

"아버님! 어, 어떻게……"

구원외의 부인은 마음을 더 단단히 먹고 물었지요.

"영감! 살아난 것도 아닌데, 어떻게 말을 하시오?"

"염라대왕께서 저승사자를 시켜 날 집으로 데려가 가족들에게 얘기를 전하라 하셨소. 음, 뭐냐 하면……, '장천침아가 입을 함부로 놀려 죄 없는 자를 무고했다'라고 말이오."

구원외의 부인은 자신의 어릴 적 이름을 듣고 깜짝 놀라 무릎을 꿇고 고개를 숙였어요.

"아이고, 영감! 이렇게 나이를 먹었는데 아직도 내 어릴 적 이름을 부르다니요. 그런데 내가 무슨 헛소리를 해서 누구를 무고했다는 거예요?"

손오공이 호통을 쳤어요.

"그럼 이건 뭐요?

삼장법사는 횃불을 들고

저팔계는 '죽여라!' 소리치고
사오정은 금은보화를 약탈하고
손오공은 우리 부친을 때려죽였다.

당신 거짓말 때문에 훌륭한 분들이 고생하고 있단 말이오. 당나라에서 온 그 스님들이 길에서 우리 집을 턴 강도들을 만났지. 그분들은 강도들의 재물을 다시 빼앗아 우리에게 돌려주고 그간의 은혜를 갚으려고 했소. 얼마나 고마운 일이오! 그런데 당신이 거짓 도난신고서를 내고 아이들을 관아에 보내 고발했지.

관아에서는 자세히 알아보지도 않고 그분들을 옥에 가두었소. 그러니 감옥신, 토지신, 서낭신이 모두 당황해서 안절부절못하고 염라대왕께 알렸겠지. 염라대왕께선 곧 저승사자를 파견해 날 집으로 압송하라고 하셨소. 어서 빨리 그분들을 풀어드리게 하라고 말이야.

만일 당신과 애들이 그 말을 듣지 않는 날엔, 나더러 한 달 동안 온 집 안을 들쑤셔놓아 남녀노소는 말할 것도 없고 닭과 개 같은 가축까지 하나도 남겨두지 않게 하라고 하셨단 말이오."

구량 형제가 또 머리를 조아리며 애원했어요.

"아버님, 제발 식구들을 해치지 마시고 돌아가십시오. 날이 밝자마자 관아로 가서 고소장을 취하하겠습니다. 부디 저승으로 돌아가시어 이승의 저희들이나 저승의 아버님 모두 편안하게 해주세요."

"알았다. 지전을 살라라. 나는 그만 가봐야겠다."

구원외 집안사람들이 모두 지전을 살랐지요.

손오공은 날개를 좍 펴고 곧장 자사의 집 안으로 날아 들어갔어요. 내려다보니 방 안에는 벌써 불이 환하게 켜 있고 자사는 일어나 있었어요. 가운데 채로 날아가봤더니 정중앙의 뒤쪽 벽에 그림이 한 폭 걸려 있었는데, 검은 점박이 말을 탄 어느 벼슬아치 뒤에서 하인 몇 명이 푸른 양산을 받쳐 들고 등받이와 팔걸이가 있는 의자를 준비하고 있는 그림이었어요. 그러나 무슨 사연을 그린 것인지는 알 수 없었지요.

손오공은 그림 한가운데에 들러붙었어요. 갑자기 자사가 방에서 나와 허리를 굽힌 채 세수를 하고 머리를 빗었어요. 손오공이 느닷없이 '에헴' 하고 헛기침을 했더니, 놀란 자사가 허겁지겁 방안으로 뛰어 들어갔어요. 그리고는 몸단장을 마치고 옷을 차려입더니, 즉시 밖으로 나와 그림을 향해 향을 사르며 기도하는 것이었어요.

"큰아버님이신 강알일姜馻—[5]님이시여, 굽어살피소서. 불민한 조카 강곤삼姜坤三은 조상님의 음덕을 입어 진사과進士科에 급제하고 이제 동대부 자사를 제수 받아 왔습니다. 조석으로 거르지 않고 분향했거늘 오늘은 무슨 일로 소리를 다 내십니까? 제발 흉흉한 일로 집안사람들을 놀라게 하지는 말아주십시오."

손오공은 속으로 웃으며 생각했어요.

'이 그림은 큰아버지 모습을 그린 것이었군.'

그러고는 그럴듯하게 목소리를 꾸며 이렇게 말했지요.

"조카 곤삼은 듣거라. 네가 조상 덕에 벼슬살이를 하면서도 줄곧 청렴하더니, 어제는 어찌하여 무지하게도 네 분의 성승을 강도로 몰고, 그 이유는 알아보지도 않고 감옥에 가두었단 말이냐? 감옥신, 토지신, 서낭신이 모두 안절부절못하고 염라대왕께 보고를 올렸다. 염라대왕께서는 곧 저승사자더러 날 이리로 압송해

5 '강건일姜乾—'로 된 판본도 있다. 이것은 조카의 이름인 '곤삼坤三'과 대비시킨 것이니, 이것이 더 그럴듯하게 보인다.

서 너에게 말을 전하라고 하셨다. 사건을 잘 살펴서 어서 빨리 그 분들을 풀어드리라고 말이야. 그렇지 않으면 너를 저승 관청으로 불러 취조한다 하셨느니라."

그 말을 들은 자사는 두려운 마음이 들었어요.

"큰아버님, 돌아가십시오. 제가 관아에 나가 곧 석방하겠습니다."

"그렇다면 지전을 태워라! 내가 돌아가서 염라대왕께 보고하마."

자사도 향을 더 피우고 지전을 태우며 감사의 절을 올렸어요.

손오공이 다시 날아 나오니 동녘이 어느새 하얗게 밝아오고 있었어요. 다시 지령현으로 날아가니, 현의 관리들이 모두 현청에 나와 있었어요.

'메뚜기가 말하는 것을 누가 보기라도 하면 꼬리를 잡힐 테니 낭패겠지.'

그는 이렇게 혼자 생각하고 공중에서 거대한 불상으로 모습을 바꾸었어요. 그러고서 공중에서 한 발을 뻗어 현청을 딛고 서서 외쳤어요.

"관리들은 듣거라. 나는 옥황상제께서 내려보낸 낭탕유신浪蕩遊神이다. 듣자 하니 불경을 가지러 가는 죄 없는 불제자들을 너희 관부에서 취조하였다 하여 삼계三界의 여러 신들이 놀라고 언짢아하고 있다. 그래서 나에게 이 말을 전하라 하셨느니라. 어서 빨리 그들을 석방해라. 한 치의 어긋남이라도 있으면 한 발을 더 내딛어 너희들을 차 죽인 후, 사방의 백성들을 모조리 밟아 죽이고, 온 성을 짓밟아 잿더미로 만들어버리겠다!"

기겁을 한 관리들은 일제히 무릎을 꿇고 엎드려 머리를 조아리며 절을 했어요.

"하늘의 신이시여, 돌아가십시오. 저희들이 지금 자사에게 아뢰어 그분들을 석방시키겠습니다. 제발 그 발을 움직이지 마십시오. 무서워 죽겠습니다!"

손오공은 그제야 불상의 모습을 거두고 다시 메뚜기로 변해 감옥의 기왓장 틈으로 날아 들어가 아까처럼 항상을 차고 잠이 들었어요.

한편, 자사는 관아에 들자 투문패投文牌[6]를 내오라고 지시했지요. 구량 형제는 얼른 투문패를 끌어안고 문 앞에 꿇어앉아 호소하고 있다가, 자사가 들어오라는 명을 내리자 고소 취하장을 올렸지요. 두 사람을 본 자사가 화를 냈어요.

"너희들이 어제 도난신고서를 제출하여 그 강도를 잡아주고 장물을 찾아가게 해주었는데, 오늘은 무슨 일로 또 이렇게 취하장을 내느냐?"

두 형제가 뚝뚝 눈물을 흘리며 아뢰었어요.

"나리, 어젯밤 돌아가신 저희 부친의 영혼이 나타나 이렇게 말씀하셨습니다. '당나라에서 온 성승들이 그 강도들을 잡아 우리 재물은 다시 빼앗고 강도들을 놓아주었다. 그들은 호의를 베풀어 그것을 우리 집에 돌려주고 은혜를 갚으려고 했거늘, 어째서 그들을 도둑으로 몰아 옥중에서 고생하게 만들었느냐! 감옥의 토지신과 서낭신이 모두 안절부절못하고 염라대왕께 보고를 올렸다. 염라대왕께서는 곧 저승사자를 파견해 날 집으로 압송해서 너희들에게 말을 전하게 하셨다. 어서 빨리 관아에 가서 다시 고하고 그분들을 풀어드려 재앙을 면하도록 해라. 그렇지 않으면

---

6 백성들이 아무 때나 관에 고발할 수 있도록 한 것이다. 단, 앞에 나온 방고패에 따라 상소한 자를 우선적으로 처리한다.

온 집안의 남녀노소 할 것 없이 모두 남아나지 않을 것이다.' 그래서 저희들이 이렇게 와서 고소를 취하하는 것이니, 부디 선처해주십시오."

자사는 그 말을 듣고 속으로 이렇게 생각했어요.

'저들의 부친은 시신도 채 식지 않은 새 귀신[新鬼]이니 혼령이 나타나 알려줄 수도 있겠지. 하지만 우리 큰아버님은 작고하신지 이미 대여섯 해나 되었는데, 어쩐 일로 간밤에 그 혼령이 나타나 나보고 방면시키라고 하셨을까? 보아하니 그들이 분명 억울한 누명을 쓴 게야.'

이런 생각을 하고 있는데 지령현의 지현知縣과 그 밑의 관리들이 황급히 대청으로 뛰어 올라와 횡설수설 아뢰었어요.

"나리, 큰일 났습니다! 큰일 났어요! 옥황상제께서 막 낭탕유신을 이리로 보내 옥중의 그 착한 사람들을 어서 놓아주라고 하더이다. 어제 잡아 온 그 스님들은 강도가 아니라 불경을 가지러 가는 불제자들이랍니다. 조금이라도 지체하는 날엔 우리 관원들을 모두 발로 차 죽이고, 성은 물론 백성들까지 모조리 짓밟아 뭉개버린다고 했습니다."

자사는 또 대경실색해서 형방의 벼슬아치를 급히 불러 즉시 그들을 석방하라는 공문을 만들게 했어요. 그러자 옥리들이 옥문을 열고 삼장법사 일행을 나오라고 했어요. 저팔계가 근심스럽게 말했어요.

"오늘은 또 얼마나 얻어터지려나?"

"하하하, 감히 한 대도 때리지 못할걸? 이 몸이 이미 다 손을 써 놨지. 대청에 오르더라도 절대 꿇어앉지 마라. 저들이 내려와 우리한테 상석에 올라앉으라고 청할 테니. 그러면 내가 우리 짐이며 백마를 내놓으라고 하겠다. 조금이라도 없어진 게 있으면 그놈들을 두들겨 패줄 테니 잘 보고 있어라."

그 말이 끝나기도 전에 이들은 벌써 대청 입구에 이르렀어요. 자사와 지현, 현청의 크고 작은 관리들은 그들을 보자마자 모두 뛰어 내려와 맞아들였어요.

"성승님! 어제 오셨을 땐 윗분을 영접하느라 바쁘기도 했고, 또 포획한 장물만 보고 자세한 사정을 물어보지 못했습니다."

삼장법사가 합장하고 허리를 굽히며 자초지종을 자세히 들려주었어요. 관리들은 연신 "잘못했습니다! 잘못했어요! 용서해주세요! 용서하십시오!" 하며 또 물었어요.

"감옥에서 뭐 잃어버린 물건은 없으신가요?"

그러자 손오공이 앞으로 나서며 눈을 부릅뜨고 매섭게 꾸짖었어요.

"우리 백마는 자사가 가져가버리고, 우리 짐은 옥졸들 수중에 있다. 어서 내놔라! 이번에는 내가 너희들을 심문할 차례이다. 죄 없는 사람에게 강도 누명을 씌운 것은 무슨 죄에 해당하지?"

관리들은 손오공이 험악하게 굴자 하나같이 부들부들 떨었어요. 그리고 말을 가져간 사람에게 말을 가져오라 하고, 짐을 챙긴 사람에겐 짐을 내오라고 하여 하나하나 따져서 돌려주었어요. 좀 보세요. 그들 셋이 모두 기세등등하게 몰아붙이자 관리들은 구씨 집안사람들 때문이라고 둘러댔어요. 삼장법사가 그들을 달랬지요.

"얘들아, 그래도 아직 진상이 분명하지 않다. 일단 구원외 집으로 가보자. 문상도 하고 또 대질도 할 겸 해서 말이야. 우리가 강도질하는 걸 누가 보았다는 것인지 대질해보자."

손오공이 말했어요.

"옳은 말씀입니다. 이 몸이 죽은 구원외를 불러올 테니 누구에게 맞아 죽었는지 물어보기로 해요."

사오정이 관아의 대청에서 삼장법사를 말에 태우고 떠들썩하게 몰려 나가자, 부현의 관리들도 모두 구원외의 집으로 갔어요. 놀란 구량 형제는 문 앞에 나와 연신 머리를 조아리며 그들을 맞아들였어요. 들어가 보니 빈소가 차려져 있고, 온 가족이 관 앞에 쳐놓은 취장 안쪽에서 곡을 하고 있었지요. 손오공이 외쳤어요.

"거짓말로 죄 없는 사람을 모함한 할망구! 그만 울어! 이 몸이 당신 영감을 불러와서 누구에게 맞아 죽었는지 말하게 해서 창피를 줄 테다."

관리들은 손오공의 말을 듣고도 농담이라고만 생각했어요.

"여러분, 우리 사부님을 좀 모시고 계시오. 팔계야, 오정아. 사부님을 잘 부탁한다. 금방 다녀올게."

멋진 제천대성! 그는 문을 뛰쳐나가 하늘을 향해 뛰어올랐어요.

온 땅에 깔린 오색 노을 집을 감싸고
하늘 가득 상서로운 기운 삼장법사를 보호하는구나.

偏地彩霞籠住宅　一天瑞氣護元神

그 자리에 있던 관리들은 그제야 손오공이 구름을 타고 안개를 모는 신선이며, 죽은 사람을 살릴 수 있는 성인이라는 것을 깨달았지요. 그래서 그들이 향을 피우고 절을 올린 이야기는 더 이상 하지 않겠어요.

한편 손오공은 근두운을 몰아 곧장 저승으로 가서 삼라전森羅殿으로 불쑥 들어갔지요. 저 놀란 모습들 좀 보세요.

손오공이 구원외를 되살려 은혜를 갚다

십대염왕 손을 모아 영접하고
사방의 귀신 판관들 고개 숙여 맞이하네.
천 그루 칼나무[劍樹] '우' 하며 모두 기울어지고
첩첩한 칼산[刀山] 모조리 평평해졌구나.
왕사성 안에선 온갖 도깨비들이 감화되고
내하교 밑에선 귀신들이 환생하는구나.
이야말로 신광이 한 번 비추니 하늘의 사면을 받은 듯하고
암흑의 저승 세계 곳곳이 환해진다는 것이로세.

十代閻君拱手接　五方鬼判叩頭迎

千林劍樹皆攲側　萬疊刀山盡坦平

枉死城中魑魅化　奈何橋下鬼超生

正是那神光一照如天赦　黑暗陰司處處明

십대염왕이 제천대성을 맞아 인사를 나누고 무슨 일로 왔는지 묻자, 손오공이 대답했지요.

"동대부 지령현에서 스님들에게 보시하던 구홍이란 자의 혼은 누가 거두었소? 빨리 조사해서 알려주시오."

그러자 진광왕秦廣王이 아뢰었지요.

"구홍 선사善士는 저승사자가 데리고 온 게 아니고, 스스로 여기에 왔다가 지장왕地藏王의 금의동자金衣童子를 만나서 지장보살에게 갔습니다."

손오공은 즉시 그들과 작별하고 곧장 취운궁翠雲宮으로 가서 지장보살을 뵈었어요. 인사가 끝나자 그간의 일들을 설명했지요. 지장보살은 기뻐하며 이렇게 말했어요.

"이승에서 구홍의 수명은 예순넷에 지나지 않았다네. 그 수명이 다하자 이승을 떠나 여기로 왔지. 그는 스님들에게 보시를 베

푼 착한 사람인지라 내가 선연부善緣簿를 주관하는 담당자로 거두었다네. 그런데 이렇게 제천대성이 데리러 왔으니, 내 그의 수명을 십이 년 연장해서 제천대성을 따라가게 해드리겠네."

금의동자가 지장보살의 명을 받고 구홍을 데리고 나왔어요. 구홍은 손오공을 보자 이렇게 부르짖었어요.

"스님, 스님! 저 좀 살려주세요."

"당신은 강도의 발길질에 차여 죽었소. 그리고 여기는 저승의 지장보살이 계신 곳이오. 이 손 어르신은 당신을 이승으로 데려가 사실을 대질해보려고 이렇게 왔소. 지장보살께서 당신을 돌려보내시며 이승에서 십이 년을 더 살 수 있게 해주셨소. 그러니 십이 년 후에 다시 오시구려."

구홍은 극진한 감사의 절을 올렸어요.

손오공은 지장보살과 헤어진 후, 구홍에게 혹 하고 입김을 불어 기氣로 만든 후 옷소매에 넣고 저승을 떠나 이승으로 돌아왔어요. 그리고 구름을 타고 구원외의 집으로 왔지요. 그는 저팔계에게 관 뚜껑을 열게 하고 구홍의 혼령을 그의 몸 안으로 밀어 넣었어요. 잠시 후 구홍은 숨을 내쉬며 다시 살아났어요. 그리고 관에서 기어 나와 삼장법사 일행에게 고개를 조아리며 거듭 감사 인사를 올렸어요.

"스님! 스님! 제가 비명횡사했으나 스님이 저승까지 오셔서 저를 다시 살려주셨으니, 재생의 은인이십니다!"

그리고 고개를 돌려보니 관리들이 늘어서 있는지라, 다시 머리를 조아리며 물었어요.

"나리들께서는 모두 무슨 일로 납시었습니까?"

자사가 말했어요.

"처음에 당신 아들이 도난신고서를 내고 삼장법사 일행을 고

소했소. 나는 즉시 그들을 잡아들이려고 사람들을 풀었소. 그런데 이분들이 뜻밖에 당신 재물을 약탈한 강도들을 우연히 길에서 만났고, 다시 그들의 재물을 빼앗아 당신 집안에게 돌려주려 했소. 그러나 내 부하들이 강도로 오인하고 이분들을 붙잡아 왔고, 자세한 조사도 없이 감옥으로 보냈소. 어젯밤 당신 영혼이 나타나고, 우리 큰아버님의 영혼도 나타나 알려주셨소. 또 현청엔 낭탕유신이 내려왔다고 합디다. 한순간에 이렇게 여러 분들이 나타나 일러주시기에, 나는 이분들을 석방했지요. 그리고 이분들이 또 당신을 구해냈고요."

구홍이 무릎을 꿇었어요.

"나리, 네 분 성승이야말로 참으로 억울하게 죄를 뒤집어쓰셨습니다. 그날 밤 서른 명 남짓한 강도들이 횃불을 밝혀들고 몽둥이를 들고 저희 집을 약탈하였습니다. 제가 보다 못해 도적들을 설득하려 했다가 뜻밖에 한 놈에게 걷어차여 죽게 된 것입니다. 그러니 이 네 분이 무슨 관계가 있겠습니까?"

이렇게 말하고 아내와 자식들을 불렀어요.

"누가 이분들을 거짓으로 무고하여 나리께 죄를 다스려달라고 청했느냐?"

그러자 남녀노소 할 것 없이 온 가족이 엎드려 고개를 조아릴 뿐이었어요. 자사는 관용을 베풀어서 그들의 죄를 사면해주었어요. 구홍은 잔칫상을 차리게 해서 관리들의 은혜에 보답하려고 했지만, 그들은 자리에 앉지도 않고 관아로 돌아가버렸어요.

다음 날 구홍은 다시 스님들을 공양한다는 편액을 내다 걸고, 다시 삼장법사 일행을 붙들었지만, 삼장법사는 결연히 뿌리쳤지요. 그러자 구홍은 친척과 친구들을 불러 깃발을 준비하고 그전처럼 삼장법사 일행을 성대하게 전송해주었답니다. 아! 이야말로,

땅이 넓으니 흉악한 일들 많겠지만

하늘은 높아 선한 사람을 저버리지 않는구나.

느긋하게 석가여래 계신 곳으로 걸어가노라면

영취산 극락 문에 이르게 되겠지.

地闊能存凶惡事　天高不負善心人

逍遙隱步如來徑　只到靈山極樂門

라는 것이었어요. 결국 부처님을 만나뵐지 어떨지는 아직 알 수
없으니, 이에 대해서는 다음 회를 들어보시라.

제98회
삼장법사, 석가여래를 배알하다

구원외가 죽음에서 되살아나자 깃발과 악기를 다시 정리했고, 승려와 도사 및 친구들이 예전처럼 전송해준 것은 더 이상 얘기하지 않겠어요.

한편, 삼장법사 일행이 큰길로 들어서니 과연 서방의 부처님이 계신 땅은 다른 곳과는 달라서 기화요초와 오래된 잣나무, 푸른 소나무들이 보였어요. 지나는 마을에서는 집집마다 선을 행하고 모두들 승려에게 공양을 올렸어요. 산 아래에선 항상 수행하는 사람들을 만났고, 숲에서는 나그네들이 경전을 낭송했어요. 스승과 제자 일행은 밤이면 잠을 자고 새벽이면 길을 떠나 또 이레쯤 지나니, 문득 높은 누대와 몇 층이나 되는 커다란 전각이 보였어요.

하늘로 백 척이나 솟아
은하수에 닿을 듯하네.
고개 숙여 저무는 해를 보고
손 내밀어 나는 별을 따네.

넓은 창은 우주를 삼킬 듯하고
높다란 건물은 구름 병풍과 닿아 있네.
누런 학은 편지 물고 늙은 가을 나무로 찾아오고
고운 난새는 서신 갖고 맑은 저녁 바람 속에 날아오네.
이곳이 바로 신령하고 고귀한 궁궐이요
옥으로 만든 신선의 집들과 정원이라네.
법당法堂에서 도를 논하고
우주에 경전을 전파하네.
꽃들은 봄을 기다리며 아름답고
소나무 언덕은 비 지난 후 푸르네.
영지와 선과들 해마다 빼어나고
단봉의 의젓한 날갯짓 더없이 신령하네.

沖天百尺　聳漢凌空

低頭觀落日　引手摘飛星

谿遠窗軒吞宇宙　嵯峨棟宇接雲屏

黃鶴信來秋樹老　彩鸞書到晩風淸

此乃是靈宮寶闕　琳館珠庭

眞堂談道　宇宙傳經

花向春來美　松臨雨過靑

紫芝仙果年年秀　丹鳳儀翔萬感靈

삼장법사가 채찍을 들어 먼 곳을 가리키며 말했어요.

"오공아, 정말 훌륭한 곳이로구나!"

"사부님, 저 가짜 서방의 가짜 불상이 있는 곳에서도 굳이 절을 올리려 하시더니, 오늘 진짜 서방의 진짜 부처님이 계신 곳에 이르렀는데도 말에서 내리지 않으시니, 이건 무슨 까닭입니까?"

삼장법사가 그 말을 듣고 다급히 뛰어내려, 어느새 그 누각의 문 앞에 이르렀어요. 거기에는 신선 동자 하나가 산문에 비스듬히 기대서 있다가 말했어요.

"거기 오시는 분, 혹시 동녘 땅에서 경전을 가지러 오신 분인가요?"

삼장법사가 급히 옷매무새를 단정히 하고 고개를 들어 바라보니, 바로 이런 모습이었어요.

몸에는 비단옷 걸치고
손으로는 옥 불진拂塵 흔들고 있네.
몸에 비단옷 걸친 것은
화려한 누각에서 언제나 연회에 참석하기 때문이고,
손으로 옥 불진 흔드는 것은
신선 관청에서 항상 먼지를 털기 때문이지.
팔뚝엔 신선의 부록符籙 걸치고
발에는 운리혜雲履鞋를 신었네.
훨훨 나는 진정한 신선이요
빼어난 모습 정말 훌륭하구나!
수련하여 장생을 누리며 신선 세계에 살고
수행으로 영생 얻어 속세를 벗어났네.
성승은 영취산의 나그네 알아보지 못했으나
뇌음사의 금정대선이라네.

身披錦衣　手搖玉塵

身披錦衣　寶閣瑤池常赴宴

手搖玉塵　丹臺紫府每揮塵

肘懸仙籙　足踏履鞋

飄然眞羽士　秀麗實奇哉

煉就長生居勝境　修成永壽脫塵埃

聖僧不識靈山客　雷音金頂大仙來

제천대성이 그를 알아보고 소리쳤어요.

"사부님, 이분은 바로 영취산 발치의 옥진관玉眞觀에 계시는 금정대선金頂大仙이신데, 저희들을 마중 나왔습니다."

삼장법사가 그제야 깨닫고 나아가 예를 올리니, 금정대선이 웃으며 말했어요.

"성승께서 올해에야 도착하시다니, 제가 관음보살께 속았군요. 그분이 십 년 전에 부처님의 명을 받들어 경전을 가지러 올 사람을 찾아 동녘 땅으로 갈 때에는 이삼 년이면 이곳에 도착할 거라고 하셨거든요. 해마다 기다렸지만 도무지 소식이 없었는데, 뜻밖에 오늘에야 비로소 만나게 되었습니다."

삼장법사가 합장하며 말했어요.

"신선님, 노고가 많으셨습니다. 정말 감격스럽군요!"

이리하여 삼장법사 일행은 말을 끌고 짐을 진 채 함께 도관 안으로 들어가서 한 사람씩 금정대선과 인사를 나누었어요. 금정대선은 즉시 차를 내오라 하고 공양을 준비하게 했어요. 그리고 심부름하는 아이를 불러 목욕물을 데우도록 하고, 부처님 계신 곳에 올라가기 쉽게 삼장법사더러 목욕을 하게 했어요.

공을 다 이루고 수행을 마쳤으면 마땅히 목욕을 해야 하나니
본성을 단련하여 하늘의 순수[天眞]와 합쳐지네.
온갖 고생 이제야 끝나
아홉 계율 지켜 삼승三乘으로 귀의하니 비로소 스스로 새로

워지네.

마귀가 다 사라져 진정 부처님의 땅으로 올라가고
재난이 사라져 부처님을 뵐 수 있게 되었구나.
먼지를 씻어내 전혀 때가 묻지 않으니
근본으로 돌아가 훼손되지 않는 몸이 되었네.

功滿行完宜沐浴　煉馴本性合天眞
千辛萬苦今方息　九戒三皈始自新
魔盡果然登佛地　災消故得見沙門
洗塵滌垢全無染　反本還原不壞身

스승과 제자 일행이 목욕을 하고 나니 어느새 날이 저물었는지라, 옥진관에서 쉬었어요.

이튿날 아침, 삼장법사는 옷을 갈아입고 금란가사를 걸치고 비로모를 쓰고 손에 석장을 짚고서 대청에 올라가 금정대선에게 작별 인사를 했어요. 금정대선이 웃으며 말했어요.

"어제는 꾀죄죄하더니 오늘은 훤하시군요. 이 모습을 보니 정말 불제자 같습니다."

삼장법사가 작별하고 길을 떠나자, 금정대선이 말했어요.

"잠깐, 제가 전송해드리겠습니다."

손오공이 말했어요.

"전송하실 필요 없소. 이 몸이 길을 아니까요."

"당신이 아는 길은 구름 길인데, 성승께선 아직 구름 길을 가본 적이 없으시니 본래 길로 가야 합니다."

"그건 옳은 말씀이오. 이 몸이 비록 몇 차례 다녀보긴 했으나 구름을 타고 오갔을 뿐, 사실 이 땅을 밟아본 적이 없소. 본래 길이 있다니, 폐를 좀 끼치겠소이다. 우리 사부님은 부처님을 배알하려는 마음이 간절하시니, 행여 지체해서는 안 됩니다."

금정대선은 지그시 미소를 지으며 삼장법사의 손을 잡고, 부처님 계신 곳으로 들어가는 전단상법문栴檀上法門으로 그를 인도했어요. 원래 이 길은 산문을 나서지 않고 바로 도관 가운데 채에서 뒷문으로 나가는 것이었어요. 금정대선이 영취산을 가리키며 말했어요.

"성승, 저 하늘 중간에 성스러운 오색 빛을 띠고 상서로운 안개가 겹겹이 둘러싸인 곳이 보이시지요? 저곳이 바로 영취산, 부처님이 계신 성지입니다."

삼장법사가 그걸 보고 바로 절을 올리자, 손오공이 웃으며 말했어요.

"사부님, 아직 절할 곳에 이르지 않았습니다. 속담에 '먼 산만 보고 채찍질하면 말이 죽는 줄도 모른다(望山走倒馬)'고 했듯이, 여기서는 아직 멀리 떨어져 있습니다. 그런데 절은 해서 뭐하시게요? 정상에 이르면 절을 몇 번이나 하시려고 그러세요?"

그러자 금정대선이 말했어요.

"성승, 당신과 제천대성, 천봉원수, 권렴대장, 네 분께서 이미 부처님 계신 땅에 도착하여 멀리 영취산이 바라다보이니, 저는 돌아가겠습니다."

삼장법사는 마침내 작별 인사를 하고 길을 갔어요.

제천대성은 삼장법사 일행을 인도하여 느린 걸음으로 천천히 영취산을 올라갔어요. 오륙 리도 채 못 가서 철철 콸콸 흐르는 한 줄기 강을 만났는데, 너비가 대충 팔구 리는 되어 보였고 사방에는 인적이 없었어요. 삼장법사가 놀라 말했어요.

"오공아, 길을 잘못 들었나 보다. 혹시 금정대선께서 잘못 가르쳐주신 게 아니냐? 강물이 이렇게 넓고 물살이 이렇게 거센 데다 배도 보이지 않으니 어떻게 건넌단 말이냐?"

"하하, 제대로 왔습니다. 보세요. 저쪽에 큰 다리가 하나 있잖아요? 저 다리를 걸어 건너면 비로소 정과를 이루게 되는 것입니다."

삼장법사 일행이 또 다가가 살펴보니, 다리 옆에 '능운도凌雲渡'라고 적힌 편액이 하나 보였는데, 알고 보니 그 다리는 외나무다리였어요.

멀리서 보면 공중에 걸린 옥 용마루 같더니
가까이서 보니 강을 가로지른 한 개의 고목나무로다.
강에 걸치고 바다에 얹히기는 그래도 쉽지만
한 줄기 외나무다리를 사람이 어찌 밟고 건너랴?
만 길 무지개가 옆으로 누운 듯
천 길 흰 비단이 하늘 끝에 닿은 듯.
너무나 가늘고 미끄러워 건너기 어렵나니
오색 노을 밟을 줄 아는 신선만이 건널 수 있으리라.

遠看橫空如玉棟　近觀斷水一枯槎
維河架海還容易　獨木單梁人怎蹅
萬丈虹霓平臥影　千尋白練接天涯
十分細滑渾難渡　除是神仙步彩霞

삼장법사는 놀라고 가슴이 떨려 말했어요.

"오공아, 이 다리는 사람이 건널 수 있는 것이 아니다. 우리 다른 길을 찾아보자꾸나."

"하하, 바로 이 길입니다. 이 길이예요."

저팔계가 당황하여 말했어요.

"이 길을 어떻게 간다는 말씀이오? 강폭도 넓고 물결도 높은 데다, 달랑 외나무다리 하나만 있는데, 그나마 가늘고 미끄러우니 어떻게 걸음을 옮긴단 말이오?"

"모두 여기 서 계시지요. 이 몸이 시범을 보여줄 테니."

멋진 제천대성! 그는 걸음을 옮겨 외나무다리에 뛰어오르더니, 흔들흔들하면서 순식간에 달려 지나가 맞은편에서 소리쳐 불렀어요.

"건너들 오세요! 건너와요!"

그러나 삼장법사는 손을 내저었고, 저팔계와 사오정은 손가락을 깨물며 말했어요.

"어려워요! 너무 어려워!"

손오공은 다시 이쪽으로 달려와서 저팔계를 붙들고 말했어요.

"멍청아, 나를 따라와라. 따라와!"

저팔계는 땅바닥에 자빠지며 말했어요.

"너무 미끄러워요! 걸어갈 수 없어요! 나 좀 봐주시오! 난 바람과 안개를 타고 건널 테요."

손오공이 그를 붙들고 말했어요.

"여기가 어딘데 너에게 바람과 안개를 타게 허락해줄 것 같으냐! 반드시 이 다리를 걸어서 건너야 부처가 될 수 있어."

"형, 부처야 못 돼도 그만이오. 정말 못 걸어가겠소."

그들 둘은 그 다리 옆에서 잡아끌고 버티며 실랑이를 벌이다가, 사오정이 다가가 설득하자 비로소 손오공이 손을 놓아주었어요. 삼장법사가 고개를 돌리는데, 문득 물결 속에서 누군가 상앗대로 배를 한 척 몰고 와서 소리쳤어요.

"이걸 타고 건너세요! 타세요!"

삼장법사는 무척 기뻐하며 말했어요.

"얘들아, 난리 피울 것 없다. 저기 배가 왔다."

세 제자들이 벌떡 일어서서 함께 살펴보니, 그 배가 가까이 다가왔어요. 하지만 알고 보니 그건 바닥이 없는 배였어요. 손오공은 불같은 눈의 금빛 눈동자로 벌써 접인조사接引祖師 또는 나무보당광왕불南無寶幢光王佛이라고 하는 이분을 알아보았지요. 하지만 손오공은 그의 정체를 밝히지 않고 그저 이렇게 소리쳤어요.

"이리 대세요! 이리 대요!"

접인조사는 순식간에 물가에 배를 대고 또 소리쳤어요.

"어서 타세요! 타요!"

삼장법사가 그걸 보더니 또 놀라서 말했어요.

"이렇게 바닥도 없는 부서진 배로 어떻게 사람을 태워 건네준다는 것입니까?"

접인조사가 말했어요.

"나의 이 배는,"

혼돈이 처음 열릴 때부터 명성이 높았는데
다행히 내가 상앗대를 잡았을 때도 바뀌지 않았다오.
물결과 바람 일어도 저절로 평온하고
처음도 끝도 없이 즐겁고 평안하다오.
세속의 먼지 묻지 않아 하나의 도로 돌아갈 수 있고
영원토록 편안하게 자유로이 다닌다오.
바닥 없는 배라 바다를 건너긴 어려우나
예로부터 지금까지 숱한 중생들을 건네주었다오.

鴻蒙初判有聲名　幸我撐來不變更
有浪有風還自穩　無終無始樂昇平
六塵不染能歸一　萬劫安然自在行
無底船兒難過海　今來古往渡群生

제천대성이 합장하며 칭송했어요.

"저희 사부님을 건네주러 오셔서 정말 감사합니다. 사부님, 배에 오르시지요. 이 배는 비록 바닥이 없지만 평온하답니다. 바람이 불고 파도가 일어도 뒤집어지지 않지요."

삼장법사는 아직 놀라고 의심스러워하는데 손오공이 그의 팔짱을 끼고 함께 떠밀고 올라가니, 삼장법사는 발을 딛지 못하고 꼬르륵 물속에 빠지고 말았어요. 그러자 상앗대를 잡고 있던 접인조사가 얼른 붙잡아 배 위에 세웠어요. 삼장법사는 옷을 털고 신을 기울여 물을 빼며 손오공을 원망했어요.

손오공이 사오정과 저팔계를 데려오고, 말을 끌고 짐을 진 채배에 올라, 모두 선창에 섰어요. 접인조사가 가볍게 상앗대를 저어 배를 움직이는데, 물살 위에 시체 하나가 떠내려오고 있었어요. 삼장법사가 그걸 보고 깜짝 놀라자, 손오공이 웃으며 말했어요.

"사부님, 겁내지 마십시오. 저건 원래 사부님의 껍질이었습니다."[*]

저팔계가 말했어요.

"맞네요. 맞아요."

사오정도 손뼉을 치며 말했어요.

"맞아요, 사부님이네요."

상앗대를 젓던 접인조사가 선창先唱을 하며 말했어요.

"저건 당신이오. 축하하오! 축하해요!"

그러자 세 제자도 일제히 따라 외쳤어요.

그렇게 상앗대를 저어 얼마 후에 평온하게 신령한 구름에 덮인 신선의 나루터[靈雲仙渡]를 지나니, 삼장법사가 그제야 몸을 돌려 가볍게 피안彼岸의 뭍에 뛰어내렸어요. 이를 증명하는 시가

삼장법사 일행이 바닥 없는 배를 타고 능운도를 건너 해탈하다

있지요.

인간의 태에서 난 뼈와 살로 이루어진 몸에서 벗어나니
다정하고 사랑스러운 원신이라.
오늘 아침 수행을 다 채워 부처가 되어
지난날 온갖 세속의 때를 깨끗이 씻었네.*

脱却胎胞骨肉身　相親相愛是元神
今朝行滿方成佛　洗淨當年六六塵

이것은 이른바 넓고 큰 지혜로 피안의 끝없는 극락에 오르는
것이었지요. 삼장법사 일행이 뭍에 올라 고개를 돌려보니, 바닥
없는 배는 어디론가 사라져버린 후였어요. 손오공이 그분이 접인
조사라는 것을 말해주자, 삼장법사는 그제야 깨닫고 급히 몸을
돌려 오히려 세 제자에게 감사했어요. 손오공이 말했어요.

"사부님이나 저희나 모두 감사할 필요 없습니다. 서로가 모두
돕고 의지한 것이니까요. 저희들은 사부님 덕분에 해탈하고, 불
문을 통해 공을 닦아 다행히 정과를 이루게 되었습니다. 사부님
께서도 저희들의 보호를 받아 불법의 가르침을 지켜 다행히 세
속의 태를 벗게 되었습니다. 사부님, 이 앞쪽의 화초와 소나무, 대
나무가 우거지고 난새와 봉황, 학과 사슴이 노니는 신선계의 풍
경이 저 요괴들이 술법으로 만들어낸 곳에 비해 어떻습니까? 어
디가 더 멋지고, 어디가 더 선한가요?"

삼장법사는 감사해 마지않았어요. 그들이 모두 경쾌한 몸놀림
으로 영취산을 걸어 올라보니, 고색창연한 뇌음사의 모습이 보였
어요.

꼭대기는 하늘에 닿아 있고

뿌리는 수미산*과 맥이 닿아 있네.

기이한 봉우리 늘어서 있고

괴상한 바위들 삐죽삐죽

깎아지른 벼랑 아래엔

기화요초 피어 있고

구불구불한 길가엔

자줏빛 영지와 향긋한 혜초 자라네.

신선계의 원숭이 복숭아 따서 숲으로 들어가니

불에 달구어진 쇳덩이 같고

하얀 학 깃들어 사는 소나무 가지는

안개에 떠받힌 옥 같구나.

오색 봉황 쌍쌍이 날며

푸른 난새 짝지어 노니네.

오색 봉황 쌍쌍이 날며

해를 향해 한 번 우니 세상에서 제일 상서로운 모습이요,

푸른 난새 짝지어 노닐며

바람 맞아 춤추니 인간 세상에선 보기 드문 모습이라.

또 보게나, 저 온통 누런 황금 기와들 원앙처럼 겹쳐 있고

휘황하게 빛나는 꽃무늬 벽돌들 마노를 늘여놓은 듯하네.

이리 가고

저리 가봐도

모두 아름답기 그지없는 궁궐들이요,

여기도

저기도

멋지고 진귀한 누각들일세.

천왕전 위에는 노을빛이 피어나고
호법당 앞에서는 자줏빛 불꽃 내뿜어지네.
불탑佛塔 뚜렷하고
우담바라[1] 향기롭구나.
정말 별천지에 온 듯 빼어난 곳이라
유유히 흐르는 구름에 낮이 길게만 느껴지네.
세속의 먼지 이르지 못해 모든 인연 사라지고
영원토록 스러지지 않는 위대한 법당이라네.

頂摩霄漢中　根接須彌脈

巧峰排列　怪石參差

懸崖下瑤草琪花　曲徑旁紫芝香蕙

仙猿摘果入桃林　卻似火燒金

白鶴棲松立枝頭　渾如煙捧玉

彩鳳雙雙　青鸞對對

彩鳳雙雙　向日一鳴天下瑞

青鸞對對　迎風耀舞世間稀

又見那黃森森金瓦疊鴛鴦　明幌幌花磚鋪瑪瑙

東一行　西一行　盡都是蕊宮珠闕

南一帶　北一帶　看不了寶閣珍樓

天王殿上放霞光　護法堂前噴紫焰

浮屠塔顯　優鉢花香

正是地勝疑天別　雲閑覺晝長

紅塵不到諸緣盡　萬劫無虧大法堂

---

1 '푸른 연꽃[青蓮花]'이라는 뜻을 가진 범어 '우담푸르udampur'의 음역이다. 4월 8일에 꽃이
피어 동짓날에 열매를 맺는데, 그 모양이 기괴한 연밥 같다. 그 껍질을 벗기면 마치 금색 불
상佛像처럼 생긴 알맹이가 나온다고 한다.

삼장법사와 제자 일행은 느긋하게 영취산 정상으로 걸어 올라 갔어요. 푸른 소나무 숲 아래에는 남녀 신자들이 늘어서 있고, 비췻빛 잣나무 숲 속에는 훌륭한 인물들이 자리를 잡고 있었어요. 삼장법사가 예를 올리자 깜짝 놀란 우바새優婆塞, 우바이優婆夷, 비구승比丘僧, 비구니比丘尼들이 합장하며 말했어요.

"성승, 예는 접어두십시오. 석가모니를 뵌 후에 인사나 나누러 오시지요."

손오공이 웃으며 말했어요.

"아직 이릅니다, 일러요! 더 윗분에게 인사하러 가시지요."

삼장법사는 자기도 모르게 손발이 덩실덩실 춤을 출 정도로 신나게 손오공을 따라가서, 곧장 뇌음사 산문 밖에 이르렀어요. 그곳에 있던 사대금강四大金剛이 맞이하며 말했어요.

"성승께서 오신 게로군요?"

삼장법사가 허리를 굽히며 말했어요.

"제자 현장이 왔습니다."

대답을 마치고 바로 산문 안으로 들어서려 하자, 사대금강이 말했어요.

"성승, 잠시만 기다리십시오. 들어오라는 지시를 기다렸다가 들어가셔야지요."

사대금강 가운데 하나가 산문을 돌아 둘째 산문의 사대금강에게 알렸어요.

"당나라 스님이 도착했습니다."

두 번째 산문의 금강이 또 세 번째 산문의 금강들에게 전했어요.

"당나라 스님이 도착했습니다."

세 번째 산문에서 공양을 올리던 신승은 그 소식을 듣자 급히 대웅전 아래로 가서 여래지존如來至尊 석가모니문불釋迦牟尼文佛께 보고했어요.

"당나라의 성승이 경전을 가지러 이곳에 도착했사옵니다."

부처님께서는 무척 기뻐하시며 즉시 여덟 보살과 사대금강, 오백아라한五百阿羅漢, 삼천게체三千偈諦, 십일태요十一太曜, 십팔가람十八伽藍을 불러 모아 두 줄로 늘어서게 한 다음, 삼장법사를 들게 하라는 지시를 내렸어요. 그 안에 있던 각급 신들이 부처님의 지시를 받들어 외쳤어요.

"성승, 들어오시지요."

삼장법사는 규정에 따라 손오공, 저팔계, 사오정과 함께 말을 끌고 짐을 진 채 곧장 산문으로 들어갔어요.

당시 분연히 황제의 명을 받들어
통행증명서 받고 작별하여 황궁을 나섰지.
맑은 새벽 산에 올라 안개와 이슬을 맞고
황혼이 저물면 돌을 베고 구름과 이슬비 속에 누웠지.
참선의 먼 길 걸어 삼천 개의 강을 지나고
석장 짚고 긴 여행하며 만 리 벼랑을 넘었지.
오로지 마음속에 정과를 구할 것만 생각하다가
오늘 아침 비로소 석가여래를 뵙게 되었네.

> 當年奮志奉欽差　領牒辭王出玉階
> 清曉登山迎霧露　黃昏枕石臥雲霾
> 挑禪遠步三千水　飛錫長行萬里崖
> 念念在心求正果　今朝始得見如來

삼장법사 일행은 대웅전 아래에 이르러 석가여래에게 엎드려 절을 올리고, 또 좌우를 향해 절을 올렸어요. 각각 세 바퀴를 도는 삼잡례三匝禮를 마치고 다시 부처님 앞에 무릎을 꿇고 통행증명서를 바쳤어요. 석가여래께서는 일일이 살펴보시고는 삼장법사에게 돌려주었어요. 삼장법사가 고개 숙여 예를 표하고 여쭸어요.

"제자 현장이 동녘 땅 위대한 당나라 황제의 뜻을 받들어 멀리 부처님 계신 곳을 찾아와 참된 경전을 구하여 중생을 구제하고자 하옵니다. 바라옵건대 부처님께서 은혜를 베푸셔서, 얼른 경전을 내려주시어 저희가 돌아갈 수 있게 해주시옵소서."

석가여래께서는 비로소 연민의 입을 열고 자비의 마음을 크게 베풀어 삼장법사에게 말씀하셨어요.

"그대가 온 동녘 땅은 바로 남섬부주이니라. 하늘이 높고 땅이 두터워 물산物産도 많고 사람들도 빽빽하지만 탐욕과 살생, 음란함과 거짓, 사기와 속임수가 많도다. 부처의 가르침을 따르지 않고, 선한 인연을 추구하지 않으며, 해와 달과 별의 삼광三光을 무시하고, 오곡을 중히 여기지 않도다. 충성스럽지도 효성스럽지도 않고, 의롭지도 어질지도 않으며, 자기 마음을 속이고, 크고 작은 싸움이 끊이지 않고, 살생을 저질러 한없는 죄업을 짓고 있나니, 죄악으로 가득 차 지옥의 재앙에 이르게 되었느니라.

그리하여 영원한 어둠에 떨어져 찢어지고 갈리는 수많은 고통을 받게 되고, 짐승으로 변하여 털과 뿔이 달린 다양한 모습으로 태어나서 몸으로 죄의 빚을 갚고 고기로 다른 사람의 먹이가 되었느니라. 영원히 아비지옥阿鼻地獄에 떨어져 벗어나지 못하는 것은 모두 이런 까닭이니라. 비록 그곳에 공자가 있어 인의예지仁義禮智의 가르침을 세웠고, 제왕들이 대를 이으며 노역과 유배, 교수형과 참수형 등의 형벌로 다스린다 하나, 우매하여 도를 깨닫지 못하고 거리낌 없이 방종한 무리들을 어찌하랴?

내게 이제 고뇌를 벗어나고 재앙을 풀 수 있는 삼장의 경전이 있나니, 하늘에 관해 설명하는 『법장法藏』과 땅에 관해 설명하는 『논장論藏』, 귀신을 제도하는 『경장經藏』이 그것이니라. 이것들은 모두 서른다섯 부部 만오천백사십사 권인데, 참으로 참된 도를 수양하는 지름길이요, 올바른 선으로 들어가는 문이로다.

무릇 하늘 아래 네 대륙의 천문과 지리, 인물, 들짐승과 날짐승, 꽃과 나무, 그릇과 도구[器用], 인사人事를 기록하지 않은 게 없도다. 그대들이 먼 길을 찾아왔으니 이 모두를 그대들에게 주어 가져가도록 하겠노라. 하지만 그곳 사람들이 우둔하고 고집이 세다면, 참된 말씀을 해치거나 비방하고 우리 불문의 오묘한 뜻을 알아보지 못하리라.”

그리고 아난阿難과 가섭伽葉에게 분부하셨어요.

“너희 둘은 저들 넷을 진루珍樓 아래로 데려가 먼저 공양을 들게 해주거라. 공양을 마치거든 보각寶閣을 열고 그곳에 있는 삼장의 경전 서른다섯 부 가운데 각각 몇 권씩을 저들에게 주어, 저들로 하여금 동녘 땅에 전하여 크나큰 은혜가 영원히 모여들도록 해주어라.”

두 존자는 즉시 명을 받들어 삼장법사 일행을 데리고 진루 아래로 갔어요. 그곳에는 헤아릴 수 없이 많은 진귀한 보물들이 끝없이 진열되어 있었어요. 공양을 준비하는 신들이 상을 마련했는데, 모두들 신선 세계의 요리요, 신선 세계의 차, 신선 세계의 과일들로서 온갖 진귀한 맛을 지니고 있었으니, 인간 세상의 것들과는 달랐어요. 삼장법사와 제자들은 부처님의 은혜에 감사하며 극진한 예를 올리고 마음껏 먹었어요.

보배로운 금빛 불꽃 환하게 비치는데
기이한 향의 빼어난 요리들 더욱 훌륭하구나.
천 층 황금 누각은 아름답기 그지없고
한 줄기 신선의 음률 귀를 맑게 하네.
담백한 요리와 신선 세계의 꽃 인간 세상에선 보기 드물고
기이한 향기의 차와 훌륭한 음식은 불로장생할 수 있게 해
주네.
이제껏 수많은 고통 다 받아냈으니
오늘 즐거운 도를 이루고 영화를 누리게 되었네.

寶皴金光映目明　異香奇品更微精
千層金閣無窮麗　一派仙音入耳清
素味仙花人罕見　香茶異食得長生
向來受盡千般苦　今日榮華喜道成

이번 공양은 저팔계에게도 운이 좋았고 사오정에게도 도움을
주었어요. 그들은 장생을 누리게 해주고 탈태환골脫胎換骨을 시켜
주는 그 음식들을 모두 먹었지요. 두 존자는 삼장법사 일행이 공
양을 다 먹을 때까지 함께 있다가 곧 보각으로 들어갔어요.

문이 열려 올라가 보니, 그곳엔 노을빛 서기가 겹겹이 덮여 있
고, 오색 안개와 상서로운 구름이 사방을 가리고 있었어요. 경전
을 담은 함 위와 보배로운 책 상자 밖에는 모두 붉은 쪽지가 붙어
있었는데, 그것은 경서의 제목을 해서楷書로 적은 것이었어요. 그
목록은 바로 다음과 같았어요.

『열반경涅槃經』1부部, 748권
『보살경菩薩經』1부, 1021권

『허공장경虛空藏經』1부, 400권

『수능엄경首楞嚴經』1부, 110권

『은의경대집恩意經大集』1부, 50권

『결정경決定經』1부, 140권

『보장경寶藏經』1부, 45권

『화엄경華嚴經』1부, 500권

『예진여경禮眞如經』1부, 90권

『대반야경大般若經』1부, 916권

『대광명경大光明經』1부, 300권

『미증유경未曾有經』1부, 1110권

『유마경維摩經』1부, 170권

『삼론별경三論別經』1부, 270권

『금강경金剛經』1부, 100권

『정법론경正法論經』1부, 120권

『불본행경佛本行經』1부, 800권

『오룡경五龍經』1부, 32권

『보살계경菩薩戒經』1부, 116권

『대집경大集經』1부, 130권

『마알경摩竭經』1부, 350권

『법화경法華經』1부, 100권

『유가경瑜伽經』1부, 100권

『보상경寶常經』1부, 220권

『서천론경西天論經』1부, 130권

『승기경僧祇經』1부, 157권

『불국잡경佛國雜經』1부, 1950권

『기신론경起信論經』1부, 1000권

『대지도경大智度經』1부, 1080권

『보위경寶威經』1부, 1280권

『본각경本閣經』1부, 850권

『정률문경正律文經』1부, 200권

『대공작경大孔雀經』1부, 220권

『유식론경維識論經』1부, 100권

『구사론경具舍論經』1부, 200권

아난과 가섭은 삼장법사를 안내하여 경전의 이름들을 죽 둘러보게 하고 말했어요.

"동녘 땅에서 여기까지 오셨는데 저희들에게는 어떤 선물을 가져오셨는지요? 어서 꺼내보십시오. 그래야 경전을 전해드리지요."

삼장법사가 그 말을 듣고 대답했어요.

"제가 너무 먼 길을 오느라 미처 준비하지 못했습니다."

두 존자가 웃으며 말했어요.

"오호! 참 잘도 하셨습니다! 빈손으로 경전을 받아 전하시면, 후세 사람들은 굶어 죽을 겁니다."

손오공은 그들이 기분 나쁘게 이죽거리며 경전을 전해주려 하지 않는 것을 보고 참지 못해 고함을 내질렀어요.

"사부님, 가서 석가여래께 말씀드려 그분더러 직접 와서 경전을 달라고 하십시다."

그러자 아난존자가 말했어요.

"조용히 해라! 여기가 어디라고 네가 방자하게 구느냐! 이리와서 경전을 받아라."

저팔계와 사오정이 성질을 참으며 손오공을 달래고, 몸을 돌려 경전을 받았어요. 그리고 한 권 한 권 보자기에 싸서 말에 싣고, 또 두 개의 봇짐을 묶어 저팔계와 사오정이 짊어졌어요. 그리고 보좌寶座 앞으로 와서 고개를 조아려 석가여래께 작별 인사를 하고 곧장 산문을 나섰어요. 그들은 도중에 부처를 만나면 두 번 절을 올리고, 보살을 만나면 또 두 번 절을 올렸어요. 대문에 이르러 비구승, 비구니, 우바이, 우바새들과 일일이 작별 인사를 하고 산을 내려와 분주히 길을 떠난 데 대해서는 더 이상 얘기하지 않겠어요.

한편, 그 보각에 있던 연등고불燃燈古佛은 경전을 전해주는 일에 대해 엿듣다가 마음속으로 사태를 분명히 파악했어요. 원래 아난존자와 가섭존자는 글자가 없는 경전[無字之經]을 전해주었던 것이지요. 연등고불은 혼자 웃으며 중얼거렸어요.

"동녘 땅의 중생들이 우매하여 글자 없는 경전을 알아보지 못한다면, 성승은 이번에 헛걸음을 하는 것이 아닌가!"

그리고 물었어요.

"근처에 누가 있느냐?"

그러자 백웅존자白雄尊者가 나타나니, 연등고불이 그에게 분부했어요.

"너는 신위神威를 일으켜 얼른 삼장법사를 쫓아가 저 글자 없는 경전을 빼앗아 오너라. 그가 다시 와서 글자가 있는 경전을 얻어 가도록 해줘야겠다."

백웅존자는 즉시 세찬 바람을 몰아 뇌음사 산문 밖으로 떠나 크게 신위를 떨쳤어요. 그 바람은 정말 대단했지요.

부처님 앞 용사는

동남쪽 손지異地의 두 바람신에 견줄 바 아니라네.

신선 세계의 구멍들마다 성난 포효 지르니

취허소녀[2]도 비할 엄두를 내지 못하네.

이 한바탕 바람에

물고기와 용들도 모두 구멍을 잃고

강과 바다의 파도가 거꾸로 몰아치네.

현원은 과일을 받쳐 든 채 바치러 오기 어렵고

황학은 구름을 돌아 옛 둥지를 찾네.

단봉의 맑은 울음소리 아름답지 못하고

금계는 꼬꼬댁 시끄럽게 울어대네.

푸른 소나무 가지 부러지고

우발화 꽃잎 날리네.

푸른 대나무 줄줄이 쓰러지고

황금 연꽃은 잎들이 흔들리네.

종소리는 삼천 리까지 실려 가고

경전 읽는 소리 만 개 골짝 위로 가벼이 날아가네.

벼랑 아래 기이한 꽃 아름다운 모습 시들고

길가의 아름다운 풀 새싹이 쓰러지네.

오색 난새는 날갯짓하기 어렵고

흰 사슴은 산벼랑에 숨네.

자욱하게 기이한 향기 우주 가득 퍼지고

맑고 싱그러운 바람의 기운 하늘을 꿰뚫네.

---

2 누구를 가리키는 것인지 분명하지 않으나, 아마도 '취소여자吹簫女子'를 가리키는 것이 아닐까 여겨진다. 『해낭귤유奚囊橘柚』에 따르면, 소호씨少昊氏의 모친 황아皇娥가 사는 선궁璇宮 옆에 반령盤靈이라는 우물이 있었다. 백제白帝의 아들이 황아와 함께 선궁에서 잔치를 벌일 때, 백제가 강비江妃에게 「충경선귀곡沖景旋歸曲」을 부르게 했는데, 반령의 신이 퉁소[簫]를 불어 반주를 해주었다고 한다. 이 뒤로 우물 신을 일컬어 '취소여자'라고 하게 되었다.

佛前勇士　不比巽二風神

仙竅怒號　遠賽吹噓少女

這一陣　魚龍皆失穴　江海逆波濤

玄猿捧果難來獻　黃鶴回雲找舊巢

丹鳳清音鳴不美　錦雞喔運叫聲嘈

青松枝折　優鉢花飄

翠竹竿竿倒　金蓮朵朵搖

鐘聲遠送三千里　經韻輕飛萬壑高

崖下奇花殘美色　路旁瑤草偃鮮苗

彩鸞難舞翅　白鹿躲山崖

蕩蕩異香漫宇宙　清清風氣徹雲霄

　삼장법사가 한참 길을 가고 있는데, 갑자기 향기로운 바람이 쌩쌩 불어왔어요. 하지만 그는 그저 부처님의 상서로운 기운이려니 생각하고 미처 방비를 하지 않았어요. 그리고 다시 휙 하는 소리와 함께 공중에서 손 하나가 내리뻗어 나오더니 말에 실은 경전을 가볍게 낚아채 가버렸어요. 깜짝 놀란 삼장법사는 가슴을 두드리며 소리치고, 저팔계는 후다닥 쫓아가고, 사오정은 봇짐을 지키고, 손오공은 나는 듯이 재빨리 쫓아갔어요.

　백웅존자는 손오공이 가까이 쫓아오자, 그의 여의봉에는 눈이 없는지라 순간적으로 앞뒤 가리지 않고 자신을 때릴까 봐 무서웠어요. 그래서 그는 경전을 먼지 속으로 던져버렸어요. 손오공은 경전을 싼 보자기가 찢어지고 향기로운 바람에 날려 가버리자, 구름을 내리고 경전을 찾느라 더 이상 쫓아가지 않았어요. 백웅존자가 바람과 안개를 거두고 돌아가 연등고불에게 보고한 이야기는 더 이상 하지 않겠어요.

저팔계는 백웅존자를 쫓아가다가 경전이 떨어져 내리자 손오공과 함께 주위 모아 등에 지고 삼장법사에게 돌아왔어요. 삼장법사는 그렁그렁 눈물을 흘리며 말했어요.

"얘들아! 이 극락세계에도 해를 끼치는 흉악한 마귀가 있구나!"

사오정이 저팔계가 안고 온 경전을 받아 들고 펼쳐 보니 그것은 눈처럼 흰 종이일 뿐, 글자의 흔적이라곤 하나도 없었어요. 그는 다급히 그걸 삼장법사에게 건네며 말했어요.

"사부님, 이 책엔 글자가 없습니다."

손오공도 한 권을 펼쳐 보니 역시 글자가 없었어요. 삼장법사가 모두 펼쳐 살펴보라고 하니, 모든 책이 다 백지였어요. 삼장법사는 한숨을 푹푹 내쉬며 말했어요.

"우리 동녘 땅 사람들은 정말 복이 없구나. 이렇게 글자도 없는 빈 책을 가져가 어디에 쓴단 말이냐? 어떻게 황제를 뵌단 말이냐! 군주를 속인 죄는 결코 처벌을 면할 수 없거늘."

손오공이 금방 사정을 알아채고 말했어요.

"사부님, 그런 말씀 하실 필요 없습니다. 이건 아난과 가섭 그 자식들이 저희에게 예물을 달라고 했다가 가져오지 않았다니까 이렇게 흰 종이만 있는 책을 내준 것입니다. 얼른 돌아가서 석가여래 앞에 고하셔서, 재물을 탐낸 그자들의 죄를 묻도록 하십시오."

저팔계가 소리쳤어요.

"맞습니다! 맞아요! 그자들을 고발하러 갑시다!"

삼장법사 일행은 급히 영취산으로 돌아와 이런저런 절차를 기다리지 않고 서둘러 뇌음사로 올라갔어요.

얼마 지나지 않아 그들이 산문 밖에 이르자, 모두들 손을 맞잡아 절을 올려 맞이하며 말했어요.

"하하, 성승, 경전을 바꾸러 오셨나요?"

삼장법사가 고개를 끄덕이며 감사했어요. 금강역사들도 그들을 막지 않고 들어가게 해주니, 그들은 곧 대웅전 앞에 이르렀어요. 손오공이 소리쳤어요.

"석가여래님, 저희들이 온갖 험한 고생을 다 겪으며 동녘 땅에서 여기까지 찾아와 경전을 전해 받으라는 분부를 받았사온데, 아난과 가섭이 재물을 탐해 그 지시를 어겼습니다. 둘이서 짜고 일부러 저희에게 글자도 없이 흰 종이만 있는 책을 주어 가져가라고 했습니다. 저희들이 그걸 가져다 어디에 쓰겠습니까? 부디 조치를 내려주십시오."

부처님이 웃으며 말씀하셨어요.

"떠들지 마라. 그들 둘이 너희에게 예물을 달라고 한 것은 나도 이미 알고 있다. 하지만 경전은 가벼이 전할 수도 없고 또 공짜로 얻을 수도 없는 것이니라. 옛날에 비구승들이 산을 내려갈 때 사위국 조 장자趙長者의 집에서 이 경전을 한 번 읽어주어 그 집안사람들의 안전을 지켜주고 죽은 이들을 윤회에서 벗어나게 해주면서, 그저 서 말 석 되의 쌀알만큼의 황금과 백은만 받아 왔다. 나는 그들더러 너무 싸게 팔아서 후대의 자손들이 쓸 돈이 없겠다고 했느니라. 너희들은 지금 빈손으로 와서 가져가려 하니 빈 책[白本]을 전해준 것이다. 빈 책이란 글자 없는 경전이니 그래도 괜찮은 것이다. 너희 동녘 땅 중생들은 우매하여 깨닫지 못하니, 이것만 전해도 되느니라."

그리고 즉시 아난과 가섭에게 명을 내렸어요.

"얼른 글자가 있는 경전을 가져와 각 부마다 몇 권씩 저들에게 주고, 여기 와서 그 수를 보고해라."

두 존자는 다시 삼장법사 일행을 진루 보각 아래로 안내해 가서는 여전히 삼장법사에게 예물을 요구했어요. 삼장법사는 바칠 물건이 없는지라, 즉시 사오정에게 자금紫金으로 된 바리때를 꺼내게 해서 두 손으로 바치며 말했어요.

"제가 원래 궁색하게 먼 길을 오느라 미처 예물을 준비하지 못했습니다. 이 바리때는 당나라 황제께서 친히 하사하시며 저더러 가는 길에 동냥이나 하라고 하신 것입니다. 이제 이것으로나마 작은 성의를 표시할까 합니다. 부디 하찮은 것이라 탓하지 마시고 받아주십시오. 당나라에 돌아가면 황제께 아뢰어 반드시 후히 사례하겠습니다. 그저 글자가 적힌 경전을 내려주셔서, 제가 황제의 명을 받은 뜻과 먼 길을 온 수고를 저버리지 말아주십시오."

아난존자는 그걸 받아 들고 빙그레 웃을 뿐이었어요. 진루를 관리하는 역사力士와 향적香積을 관장하는 요리사[庖丁], 보각을 지키는 존자들은 서로 얼굴을 쓰다듬고, 등을 치고, 손가락을 퉁기고, 입술을 비틀며 모두들 웃으며 말했어요.

"창피하다! 창피해! 경전을 가져가는 예물을 요구하다니!"

아난존자는 순식간에 얼굴에 온통 부끄러운 기색이 가득했지만, 바리때를 놓지 않았어요. 그제야 가섭존자는 보각 안으로 들어가 경전들을 하나하나 골라 삼장법사에게 주었어요. 삼장법사가 말했어요.

"애들아, 너희들 모두 잘 살펴보거라. 저번처럼 되어서는 안 되니까."

세 세자는 한 권씩 받을 때마다 꼼꼼히 살펴보았지만, 모두 글자가 있는 경전들이었어요. 그렇게 오천마흔여덟 권을 전해주니, 그것이 바로 전체 불경[藏]의 삼 분의 일에 해당하는 수였지요.

삼장법사 일행은 경전들을 잘 수습하여 말에 싣고, 남은 것은 한 꾸러미의 봇짐으로 싸서 저팔계가 짊어졌어요. 저팔계의 봇짐은 사오정이 짊어졌지요. 손오공이 말을 끝내자, 삼장법사는 석장을 짚고, 비로모를 눌러쓰고, 금란가사를 한 번 털고 비로소 희희낙락 석가여래 앞으로 갔어요.

대장경의 맛은 달고 다니
석가여래의 조예 너무나 훌륭하고 엄숙하구나.
모름지기 알아야 하리, 산을 오른 삼장법사의 고초를.
우습구나, 돈을 밝히는 아난존자여!
처음에는 알지 못해 연등고불에게 신세를 졌지만
나중에는 진짜를 얻고 비로소 편안해졌네.
지금 뜻을 이루어 동녘 땅에 전하면
많은 중생들 모두 은혜의 비 맞으리라.

大藏眞經滋味甛　如來造就甚精嚴
須知玄奘登山苦　可笑阿難却愛錢
先次未詳虧古佛　後來眞實始安然
至今得意傳東土　大衆均將雨露沾

아난존자와 가섭존자는 삼장법사를 인도하여 석가여래를 뵈었어요. 석가여래는 연좌蓮座에 높이 올라 항룡降龍, 복호伏虎 두 나한에게 손짓하여 운경雲磬을 울려 삼천제불三千諸佛과 삼천게체, 팔대금강, 네 보살, 오백나한, 팔백 비구승, 그리고 여러 우바새와 비구니, 우바이, 각 하늘과 각 동부洞府 및 복 받은 땅과 신령한 산에 있는 크고 작은 존자와 성승들을 두루 불러 모았어요.

그 가운데 앉아야 할 이들은 보좌寶座에 오르라 청하고, 서 있어야 할 이들은 양쪽으로 시립하게 했어요. 잠깐 사이에 하늘의 음악이 멀리서 울려 퍼지고 신선의 음악이 밝게 울리는 가운데 하늘 가득 상서로운 빛이 퍼지고, 상서로운 기운이 겹겹으로 덮이면서 여러 부처들이 모두 모였어요. 그들이 석가여래께 인사를 돌리고 나자, 석가여래께서 아난존자와 가섭존자에게 물어보셨어요.

"저들에게 경전을 얼마나 전해주었느냐? 하나하나 보고해보아라."

두 존자가 즉시 보고했어요.

"지금 당나라에 전해준 것은 다음과 같습니다.

『열반경涅槃經』400권

『보살경菩薩經』360권

『허공장경虛空藏經』20권

『수능엄경首楞嚴經』30권

『은의경대집恩意經大集』40권

『결정경決定經』40권

『보장경寶藏經』20권

『화엄경華嚴經』81권

『예진여경禮眞如經』30권

『대반야경大般若經』600권

『대광명경大光明經』50권

『미증유경未曾有經』550권

『유마경維摩經』30권

『삼론별경三論別經』42권

『금강경金剛經』1권

『정법론경正法論經』20권

『불본행경佛本行經』116권

『오룡경五龍經』20권

『보살계경菩薩戒經』60권

『대집경大集經』30권

『마알경摩竭經』140권

『법화경法華經』10권

『유가경瑜伽經』30권

『보상경寶常經』170권

『서천론경西天論經』30권

『승기경僧祇經』110권

『불국잡경佛國雜經』1638권

『기신론경起信論經』50권

『대지도경大智度經』90권

『보위경寶威經』140권

『본각경本閣經』56권

『정률문경正律文經』10권

『대공작경大孔雀經』14권

『유식론경維識論經』10권

『구사론경具舍論經』10권

　　모두 서른다섯 경전 가운데 각 부에서 검출檢出한 오천마흔여
덟 권을 동녘 땅 성승에게 주어 당나라에 전하게 했습니다. 지금
모두 수습하여 말에 싣고 사람이 짊어지고서, 은혜에 감사하려는
참입니다."

　　삼장법사 일행은 말을 매놓고 짐을 내려놓은 후, 모두 합장하
며 허리 숙여 절을 올렸어요. 여래께서 삼장법사에게 말씀하셨
어요.

　　"이 경전의 공덕은 혜아릴 수가 없느니라. 이것은 우리 불가의

귀감龜鑑일 뿐만 아니라 유교, 도교, 불교 삼교三敎의 원류이기도 하다. 남섬부주에 이르거든 모든 승려에게 보여주되 경솔히 대하거나 태만히 대해서는 아니 되느니라. 목욕재계하지 않으면 경전을 펼쳐 보지 말지니라. 보배로 여기고 귀중히 여기도록 하라! 이 안에 신선이 되고 도를 깨닫는 오묘한 뜻과 만물의 조화를 이끌어내는 기묘한 방책이 들어 있기 때문이니라.”

삼장법사는 머리를 조아려 은혜에 감사하고 성실히 받들어 시행하겠노라 맹세하고, 부처님 주위를 세 바퀴 도는 삼잡례를 공손히 올린 후, 경전을 가지고 떠났어요. 세 산문에 이르러 다시 여러 성자들과 일일이 작별 인사를 나눈 것은 더 이상 얘기하지 않겠어요.

석가여래는 삼장법사를 떠나보낸 후 비로소 경전을 전하는 모임[傳經之會]을 해산했어요. 그러자 곁에서 관세음보살이 나아가 부처님께 합장하며 말했어요.

“제가 당시에 명을 받들어 동녘 땅으로 가서 경전을 가져갈 사람을 찾아 이제 공이 이루어졌으니, 모두 십사 년, 즉 오천사십 일이 걸렸습니다. 아직 여드레가 부족하니 불경의 수에 맞지 않습니다. 바라옵건대 얼른 삼장법사 일행이 동쪽으로 돌아갔다가 다시 서쪽으로 돌아오게 하셔서, 여드레 안에 불경의 수를 다 채우고, 제가 명을 완수했다는 보고를 올리게 해주시옵소서.”

석가여래께서 매우 기뻐하며 말씀하셨어요.

“맞는 말이다. 애초의 명에 맞춰야지.”

그리고 즉시 팔대금강에게 분부했어요.

“너희들은 얼른 신위를 부려 성승을 동녘 땅으로 전송해주어라. 그리고 경전을 전하거든 즉시 성승을 인도하여 서천으로 돌아오너라. 반드시 여드레 안에 시행하여 경전의 수에 맞추어야 하느니라. 늦지 않게 하여라!"

팔대금강은 즉시 삼장법사를 쫓아가 소리쳤어요.

"경전을 가져가는 이여, 저희와 함께 가십시다."

삼장법사 일행은 모두 몸이 가볍고 건강하여, 훨훨 날아올라 팔대금강을 따라 구름을 타고 올랐어요. 이는 바로,

참된 본성을 깨달아 맑은 마음으로 부처님을 참배하고
공을 이루어 수행을 다 채우니 즉시 날아오르네.

見性明心參佛祖　功完行滿即飛昇

라는 것이었지요. 결국 동녘 땅으로 돌아가 어떻게 경전을 전하는지는 알 수 없으니, 이에 대해서는 다음 회를 들어보시라.

제99회
여든한 개의 고난을 모두 끝내다

그러니까 팔대금강이 당나라로 돌아가는 삼장법사를 전송한 일은 더 이상 얘기하지 않겠어요. 그 세 번째 문 아래에 있던 오방 게체와 사치공조, 육정육갑, 호교가람들이 관음보살 앞으로 나아가 아뢰었어요.

"저희들은 지금껏 보살님의 지시에 따라 몰래 삼장법사를 보호했습니다. 이제 성승의 수행이 기한을 채웠고 보살님께서도 석가모니 부처님의 지시를 완수했다고 보고하셨사오니, 부디 저희들도 보살님의 지시를 완수한 것으로 인정해주시기 바랍니다."

관음보살도 무척 기뻐하며 말했어요.

"인정하노라! 인정하고 말고!"

그러면서 또 물었어요.

"삼장법사와 세 제자들이 오는 도중에 마음가짐이 어떠하더냐?"

"정말 경건하고 성실했으니, 보살님께서 통찰하신 것에서 벗어나지 않았습니다. 하지만 삼장법사가 겪은 고생은 정말 말로 다할 수 없습니다. 그가 여기까지 오는 도중에 겪은 재난과 고난에 대해서는 제가 이미 여기 기록해두었습니다. 이것이 바로 그가 겪은 재난의 장부입니다."

관음보살이 그 기록을 처음부터 끝까지 살펴보니, 그 고난은
다음과 같았어요.

명을 받들어 파견된 게체가
삼가 삼장법사가 받은 고난의 수를 명확히 기록하옵니다.
금선존자의 몸에서 인간 세상으로 내쫓긴 것이 첫 번째 고난
이요
모친의 태에서 나와 살해당할 뻔한 것이 두 번째 고난
보름날 달밤에 강물에 던져진 것이 세 번째 고난
부모를 찾고 원수를 갚은 것이 네 번째 고난
장안성을 나와 호랑이를 만난 것이 다섯 번째 고난
구덩이에 빠지고 하인들을 잃은 것이 여섯 번째 고난
쌍차령에서 일곱 번째 고난
양계산에서 여덟 번째 고난
응수간에서 말을 바꾼 것이 아홉 번째 고난
관음선원에서 밤에 불이 난 것이 열 번째 고난
가사를 잃은 것이 열한 번째 고난
저팔계를 항복시켜 거둬들인 것이 열두 번째 고난
황풍 요괴의 방해를 받은 것이 열세 번째 고난
영길보살에게 도움을 청한 것이 열네 번째 고난
유사하를 건너기 위해 고생한 것이 열다섯 번째 고난
사오정을 거둬들인 것이 열여섯 번째 고난
네 성현이 여자로 변신하여 나타난 것이 열일곱 번째 고난
오장관에서 붙들린 것이 열여덟 번째 고난
인삼과를 살리기 위해 고생한 것이 열아홉 번째 고난

손오공을 내쫓은 것이 스무 번째 고난

흑송림에서 제자들과 헤어진 것이 스물한 번째 고난

보상국에 편지를 전하다 겪은 스물두 번째 고난

금란전에서 호랑이로 변하게 된 것이 스물세 번째 고난

평정산에서 요괴를 만난 것이 스물네 번째 고난

연화동에서 매달린 것이 스물다섯 번째 고난

오계국에서 국왕을 구해준 것이 스물여섯 번째 고난

요괴가 삼장법사를 호랑이로 변신시킨 것이 스물일곱 번째 고난

호산에서 요괴를 만난 것이 스물여덟 번째 고난

호랑이 요괴가 바람을 부려 삼장법사를 납치한 것이 스물아홉 번째 고난

손오공이 재앙을 만난 것이 서른 번째 고난

관음보살에게 청해 요괴를 항복시킨 것이 서른한 번째 고난

흑수하 물에 빠진 것이 서른두 번째 고난

거지국에서 수레를 옮긴 것이 서른세 번째 고난

요괴들과 술법을 겨룬 것이 서른네 번째 고난

도사들을 물리치고 승려들을 부흥시킨 것이 서른다섯 번째 고난

도중에 큰물을 만난 것이 서른여섯 번째 고난

통천하 강물에 빠진 것이 서른일곱 번째 고난

관음보살이 대바구니를 들고 나타난 것이 서른여덟 번째 고난

금두산에서 독각시대왕을 만난 것이 서른아홉 번째 고난

여러 하늘신들이 독각시대왕에게 고전한 것이 마흔 번째 고난

부처님께 독각시대왕의 근원을 물은 것이 마흔한 번째 고난

삼장법사와 저팔계가 물을 마시고 임신한 것이 마흔두 번째 고난

서량녀국에서 억류되어 혼인할 뻔한 것이 마흔세 번째 고난

비파동에서 고생한 것이 마흔네 번째 고난

다시 손오공을 내쫓은 것이 마흔다섯 번째 고난

진짜 손오공과 가짜 손오공을 구별하기 어려웠던 것이 마흔여섯 번째 고난

화염산에 길이 막힌 것이 마흔일곱 번째 고난

파초선을 얻느라 고생한 것이 마흔여덟 번째 고난

요괴를 붙잡아 묶은 것이 마흔아홉 번째 고난

제새국에서 불탑을 청소한 것이 쉰 번째 고난

보물을 얻어 삼장법사를 구한 것이 쉰한 번째 고난

형극령에서 시를 논한 것이 쉰두 번째 고난

소뇌음사에서 재난을 만난 것이 쉰세 번째 고난

여러 하늘신들이 곤란을 당한 것이 쉰네 번째 고난

희시동의 오물에 길이 막힌 것이 쉰다섯 번째 고난

주자국에서 손오공이 의사 노릇을 한 것이 쉰여섯 번째 고난

국왕을 치료한 것이 쉰일곱 번째 고난

요괴를 항복시키고 왕비를 되찾은 것이 쉰여덟 번째 고난

일곱 거미 요괴에게 속아 붙잡힌 것이 쉰아홉 번째 고난

다목 요괴에게 해를 당할 뻔한 것이 예순 번째 고난

사타동에서 길이 막힌 것이 예순한 번째 고난

요괴가 셋으로 나뉜 것이 예순두 번째 고난

성안에서 재난을 당한 것이 예순세 번째 고난

관음보살을 청해 요괴를 거둬들인 것이 예순네 번째 고난

비구국에서 어린이들을 구한 것이 예순다섯 번째 고난

국왕을 속인 요괴들의 정체를 밝혀낸 것이 예순여섯 번째 고난

솔숲에서 미녀로 변한 요괴를 구해준 것이 예순일곱 번째 고난

삼장법사가 승방에서 병으로 몸져누운 것이 예순여덟 번째 고난

무저동에서 난을 당한 것이 예순아홉 번째 고난

멸법국을 지나기 위해 고생한 것이 일흔 번째 고난

은무산에서 요괴를 만난 것이 일흔한 번째 고난

봉선군에서 비를 내리게 한 것이 일흔두 번째 고난

무기를 잃어버린 것이 일흔세 번째 고난

요괴가 쇠스랑을 얻고 잔치를 벌인 것이 일흔네 번째 고난

죽절산에서 재난을 당한 것이 일흔다섯 번째 고난

현영동에서 고초를 겪은 것이 일흔여섯 번째 고난

코뿔소 요괴를 쫓아가 잡은 것이 일흔일곱 번째 고난

삼장법사가 천축에서 결혼할 뻔한 것이 일흔여덟 번째 고난

동대부에서 감금당한 것이 일흔아홉 번째 고난

능운도에서 탈태한 것이 여든 번째 고난.

이상과 같이, 십만팔천 리 길을 지나면서

삼장법사가 겪은 재난을 분명히 기록합니다.

蒙差揭諦皈依旨　謹記唐僧難數清

金蟬遭貶第一難　出胎幾殺第二難

滿月拋江第三難　尋親報冤第四難

出城逢虎第五難　落坑折從第六難

雙叉嶺上第七難　兩界山頭第八難

　　　　　　　陡澗換馬第九難　　夜被火燒第十難

　　　　　　　失卻袈裟十一難　　收降八戒十二難

　　　　　　　黃風怪阻十三難　　請求靈吉十四難

　　　　　　　流沙難渡十五難　　收得沙僧十六難

　　　　　　　四聖顯化十七難　　五莊觀中十八難

　　　　　　　難活人參十九難　　貶退心猿二十難

黑松林失散二十一難　　寶象國捎書二十二難

金鑾殿變虎二十三難　　平頂山逢魔二十四難

蓮花洞高懸二十五難　　烏雞國救主二十六難

　　　　　　　被魔化身二十七難　　號山逢怪二十八難

　　　　　　　風攝聖僧二十九難　　心猿遭害三十難

　　　　　　　請聖降妖三十一難　　黑河沉沒三十二難

　　　　　　　搬運車遲三十三難　　大賭輸贏三十四難

　　　　　　　祛道興僧三十五難　　路逢大水三十六難

　　　　　　　身落天河三十七難　　魚籃現身三十八難

　　　　　　　金峴山遇怪三十九難　　普天神難伏四十難

　　　　　　　問佛根源四十一難　　吃水遭毒四十二難

西梁國留婚四十三難　　琵琶洞受苦四十四難

　　　　　　　再貶心猿四十五難　　難辨獼猴四十六難

路阻火焰山四十七難　　求取芭蕉扇四十八難

　　　　　　　收縛魔王四十九難　　賽城掃塔五十難

　　　　　　　取寶救僧五十一難　　棘林吟詠五十二難

小雷音遇難五十三難　　諸天神遭困五十四難

稀柿衕穢阻五十五難　　朱紫國行醫五十六難

　　　　　　　拯救疲癃五十七難　　降妖取后五十八難

　　　　　　　七情迷沒五十九難　　多目遭傷六十難

路阻獅駝六十一難　怪分三色六十二難

城裡遇災六十三難　請佛收魔六十四難

比丘救子六十五難　辨認眞邪六十六難

松林救怪六十七難　僧房臥病六十八難

無底洞遭困六十九難　滅法國難行七十難

隱霧山遇魔七十一難　鳳仙郡求雨七十二難

失落兵器七十三難　會慶釘把七十四難

竹節山遭難七十五難　玄英洞受苦七十六難

趕捉犀牛七十七難　天竺招婚七十八難

銅臺府監禁七十九難　凌雲渡脫胎八十難

路經十萬八千里　聖僧歷難簿分明

관음보살은 고난 장부를 죽 살펴보고는 다급히 말했어요.

"불가에서는 '구구 팔십일'의 수를 채워야 참된 도로 귀의하게 되는 법이다. 삼장법사는 여든 번의 재난을 겪었으니 아직 하나의 재난이 부족하여 이 수를 채우지 못했구나."

그러고는 즉시 오방게체에게 명했어요.

"얼른 팔대금강을 쫓아가서 한 가지 재난을 더 일으키도록 하라."

오방게체는 그 말을 듣자 구름을 몰고 동쪽으로 날아 꼬박 하루만에 팔대금강을 따라잡고 그들의 귀에다 속삭였어요.

"이러이러하니 보살님의 지시를 어기지 마시기 바랍니다."

팔대금강은 이 말을 듣고 쎙! 하고 바람을 내려 삼장법사와 세 제자, 그리고 말과 경전까지 땅으로 떨어뜨려버렸어요. 아!

여든하나 고난 거쳐 참된 도로 귀의하는 길 정말 험하지만
돈독한 뜻 단단히 지켜 오묘한 관문을 들어섰네.

힘겹게 단련해야 사악한 마귀 물리칠 수 있나니

반드시 굳게 수행하여 참된 불법으로 돌아오리라.

경전의 내용 쉽게 여기지 말지니

삼장법사가 얼마나 많은 고난을 겪고 얻은 것인가!

예로부터 연단술과 『역경易經』, 황로黃老 사상의 뜻을 하나로 합쳤으니*

조금이라도 달라지면 득도할 수 없다네.

> 九九歸眞道行難　堅持篤志立玄關
>
> 必須苦練邪魔退　定要修持正法還
>
> 莫把經章當容易　聖僧難過許多般
>
> 古來妙合參同契　毫髮差殊不結丹

삼장법사는 속세의 땅을 밟자 깜짝 놀랐고, 저팔계는 낄낄 웃으며 말했어요.

"이런, 젠장! 이런 게 바로 서두르다 늦어진다는 것이로군!"

사오정이 말했어요.

"좋아, 좋아! 우리가 너무 빨리 가는 듯하니까, 여기서 좀 쉬라는 모양이로군요!"

손오공이 말했어요.

"속담에 '열흘을 나루터에 앉아 있다가 하루만에 아홉 나루를 지난다'라고 했듯이, 금방 일이 풀리겠지."

삼장법사가 말했어요.

"너희 셋은 그만 조용히 해라. 방향이나 좀 알아보자. 대체 여기가 어디냐?"

사오정이 사방을 돌아보며 말했어요.

"여기로군요! 여기예요! 사부님, 저 물소리 좀 들어보세요."

손오공이 말했어요.

"물소리가 나는 걸 보니, 아마 네 고향인 모양이다."

저팔계가 말했어요.

"쟤 고향이라면 유사하잖아요."

사오정이 말했어요.

"아니, 그게 아니에요. 여긴 통천하通天河라고요."

삼장법사가 말했어요.

"애야, 저쪽 강가에 가서 자세히 살펴보고 오너라."

손오공은 몸을 솟구쳐 이마에 손차양을 얹고 자세히 살펴보고 내려와 말했어요.

"사부님, 여기는 통천하 서쪽 강가입니다."

"나도 생각났구나. 강 동쪽에 진陳씨의 집이 있지? 전에 여기 왔을 때 네가 그 집 아이들을 구해주었더니, 우리에게 감사하며 배를 만들어 전송해주려 했잖느냐? 다행히 하얀 자라가 등에 태워줘서 건넜지만 말이다. 내 기억으로는 서쪽 강가에 사람 사는 집이 없었던 듯한데, 이번엔 어쩌면 좋으냐?"

저팔계가 말했어요.

"속세의 사람들만 속임수를 쓴다고 하더니만, 알고 보니 부처님 앞에 있는 팔대금강들도 속임수를 쓸 줄 아는구먼. 부처님의 지시에 따라 우릴 동쪽으로 돌려보내준다고 해놓고 어째서 도중에 여기에다 떨어뜨려 놓은 거야? 이제 나아가지도 물러나지도 못하게 되었으니, 어떻게 건너간다지요?"

사오정이 말했어요.

"둘째 형님, 원망일랑 그만둬요. 우리 사부님께선 이미 도를 이루셨잖아요? 전에 능운도凌雲渡에서 속세의 태를 벗어버리셨으니, 이번엔 절대 물에 빠지지 않을 거예요. 큰형님과 우리 둘이 모

두 사람과 물건을 가져가는 섭법攝法을 써서 사부님을 태워 건너
게 해드립시다.'

손오공은 속으로 픽픽 웃으며 말했어요.

"그렇게는 안 될 거야. 안 된다니까!"

여러분, 손오공이 왜 안 된다고 말했을까요? 신통력을 부려 하
늘로 떠올라 나는 오묘한 방법으로 말하자면, 세 제자들은 천 개의
강이라도 건널 수 있지요. 하지만 그는 삼장법사가 여든한 개 고
난의 수를 다 채우지 못하고 아직 하나의 재난이 남아 있기 때문
에 여기에 붙들려 있게 되었다는 것을 분명히 알아챘던 것이지요.

삼장법사 일행은 이러쿵저러쿵 떠들며 천천히 길을 가서 곧장
통천하 물가에 이르렀어요. 그때 갑자기 어디선가 사람의 말소리
가 들려왔어요.

"당나라 성승이시여! 이리 오십시오! 이리로 오세요!"

삼장법사 일행이 깜짝 놀라 고개를 들어 바라보니, 주위에는
인적도 없고 배도 없었어요. 그런데 머리가 하얗게 벗겨진 커다
란 자라 한 마리가 물가에서 고개를 내밀고 소리치고 있었어요.

"스님, 제가 몇 년 동안이나 기다리고 있었는데 이제야 돌아오
십니까?"

손오공이 웃으며 말했어요.

"자라 친구, 저번엔 자네에게 신세를 졌는데, 이번에 또 만났군
그래?"

삼장법사와 저팔계, 사오정이 모두 기뻐해 마지않자, 손오공이
말했어요.

"자라 친구, 자네가 정말 우리를 접대할 마음이라면 뭍으로 올
라오게."

그 자라는 몸을 솟구쳐 뭍으로 기어올라 왔어요. 손오공이 말

을 그의 몸에 태우게 하자 저팔계는 말 뒤쪽에 쪼그려 앉았고, 삼장법사는 말 모가지 왼쪽에 서고, 사오정은 오른쪽에 섰어요. 손오공은 한 발은 자라의 목에 얹고 다른 한 발은 자라의 머리를 밟은 채 말했어요.

"자라 친구, 제발 조심해서 가주시게."

자라는 네 발을 뻗어 평지를 걷듯 수면을 밟으며 삼장법사 일행과 말까지 다섯을 등에 지고 곧장 동쪽 물가로 향했어요.

불가의 불법은 오묘하고 현묘하니
온갖 마귀 싸워 물리치고 사람과 하늘의 관계를 알게 되었네.
본래의 면모를 이제야 보게 되었으니
일체의 원인이 비로소 온전해지게 되었네.
삼승의 불법을 받들어 증명하여 마음대로 드나드니
아홉 번의 연단을 이루어 내키는 대로 대응할 수 있게 되었네.
봇짐 지고 지팡이 날린 이야기일랑 모두 그만두어라.
다행히 근원으로 돌아가 그 옛날의 자라를 만났네.

不二門中法奧玄　諸魔戰退識人天
本來面目今方見　一體原因始得全
秉證三乘隨出入　丹成九轉任周旋
挑包飛杖通休講　幸喜還原遇老黿

자라는 그들을 태운 채 파도와 물결을 밟으며 한나절 정도 나아가, 날이 저물 무렵에 동쪽 물가에 가까워지자 갑자기 물었어요.

"스님, 제가 지난번에 서방에 도착하셔서 부처님을 뵙거든 제가 거북의 몸에서 벗어나 도로 귀의하게 될 때까지 몇 년이나 남았는지 여쭤봐달라고 말씀드렸는데, 그 일을 여쭤보셨습니까?"

원래 삼장법사는 서천의 옥진관에 도착해 목욕하고, 능운도에서 속세 인간의 태를 벗고, 영취산에 걸어 올라 오롯한 마음으로 부처님을 배알하고 여러 보살과 성승들을 만나며, 그저 경전을 얻는 일에만 마음을 쏟고 다른 일은 조금도 염두에 두지 않았어요. 그러니 자라의 수명에 관해서는 물어본 일이 없는지라 대답할 말이 없었지요. 하지만 속여 거짓말을 할 수가 없어서, 한참 동안 우물쭈물 대답을 못 하고 있었어요. 자라는 그 일을 물어보지 않았다는 것을 알고, 바로 몸을 한 번 흔들더니 스르륵 물속으로 들어가버리니, 삼장법사 일행 넷과 백마, 경전까지 모두 물에 빠져버렸어요.

아! 다행히 삼장법사는 인간의 태를 벗고 도를 이룬 상태였지요. 지난번 같았으면 이미 물속에 가라앉아버렸을 거예요. 또 다행스럽게도 백마가 본래 용이었고 저팔계와 사오정도 수영을 잘했지요. 손오공은 하하 웃으며 큰 신통력을 펼쳐 삼장법사를 부축하여 물 밖으로 나와 동쪽 물가에 올랐어요. 하지만 경전을 싼 포대기와 옷, 안장과 고삐 등은 모두 젖어버렸어요.

삼장법사 일행이 뭍에 올라가 짐을 정리하고 있는데, 갑자기 한 줄기 거센 바람이 불면서 하늘빛이 어두워지고, 우레와 번개가 일어나면서 돌이 구르고 모래가 날렸어요.

한 줄기 바람
하늘과 땅을 뒤집어 쓸고
일성 우레

산천을 뒤흔든다.

한 줄기 번개

구름 뚫고 불꽃을 날리고

하늘 가득한 안개

대지를 온통 뒤덮어 가린다.

바람 소리 횡횡 울리고

우렛소리 격렬하다.

번개는 붉은 비단을 당기는 듯하고

안개는 별빛 달빛 가려버린다.

바람에 날린 먼지와 모래 얼굴을 때리고

우레에 놀란 호랑이와 표범 몸을 숨긴다.

번쩍이는 번개에 날짐승들 비명을 지르고

자욱한 안개에 나무들도 자취 없다.

저 바람 뒤흔드니 통천하의 물결 뒤집혀 솟구치고

저 우레 울리니 통천하의 물고기와 용 간담이 떨어진다.

저 번개 번쩍이니 통천하 바닥까지 환히 빛나고

저 안개 덮이니 통천하 강가가 온통 어둑하다.

대단한 바람! 산을 무너뜨리고 바위를 찢고 소나무 대나무
도 쓰러진다.

대단한 우레! 굴속의 개구리 놀라고 사람을 다치게 하며 위
세도 당당하다.

대단한 번개! 하늘과 들판을 비추니 황금 뱀이 내달리는 듯
하다.

대단한 안개! 어둑어둑 허공에 퍼져 온 하늘을 가린다.

一陣風　乾坤播蕩

一聲雷　震動山川

一個熌　鑽雲飛火
一天霧　大地遮漫
風氣呼號　雷聲激烈
熌掣紅銷　霧迷星月
風鼓的沙塵撲面　雷驚的虎豹藏形
熌幌的飛禽叫噪　霧漫的樹木無蹤
那風攪得個通天河波浪翻騰　那雷振得個通天河魚龍喪膽
那熌照得個通天河徹底光明　那霧蓋得個通天河岸崖昏慘
好風　頹山烈石松篁倒
好雷　驚蟄傷人威勢豪
好熌　流天照野金蛇走
好霧　混混漫空蔽九霄

깜짝 놀란 삼장법사는 경전 보따리를 붙들고, 사오정은 경전 꾸러미를 눌러 잡고, 저팔계는 백마의 고삐를 잡고, 손오공은 두 손으로 여의봉을 돌리며 좌우를 호위했어요. 그 바람과 안개, 우레, 번개는 저승의 마귀들이 일으킨 것으로, 경전을 탈취하려는 속셈이었지요. 그것들은 밤새 시끄럽게 떠들어대다가 날이 새고 나서야 그쳤어요. 삼장법사는 옷에 물이 줄줄 흐르는 채 덜덜 떨며 말했어요.

"오공아, 이게 어떻게 된 일이냐?"

손오공은 화가 나서 씩씩거리며 말했어요.

"사부님, 모르시는 모양이군요. 저희가 사부님을 보호하여 이 경전을 얻은 것은 바로 천지조화의 공을 빼앗아 하늘과 땅과 함께 오래도록 남고, 해와 달처럼 빛나고, 영원한 청춘을 누리며, 길이길이 썩지 않는 부처의 몸[法身]을 이룬 것입니다. 이것은 하늘

자라와의 약속을 어긴 삼장법사 일행이 통천하에 빠졌다가 나와 젖은 경전을 말리다

과 땅이 용납하지 않고 귀신들이 꺼리는 바인지라 몰래 와서 빼앗으려 한 것이지요. 하지만 이 경전이 물에 젖기도 했고, 사부님의 올바른 부처의 몸이 누르고 있었기 때문에 우레로도 울리지 못했고, 번개로도 비추지 못했으며, 안개로도 가릴 수 없었습니다. 또한 이 몸이 여의봉을 돌리며 순양純陽의 성정으로 계속 지켜드렸습니다. 그러다 날이 밝아 양기가 더욱 성해지니 저들이 빼앗아갈 수 없었던 것입니다."

삼장법사와 저팔계, 사오정은 비로소 사정을 깨닫고 저마다 감사해 마지않았어요. 잠시 후 태양이 높이 뜨자 그들은 경전을 높은 벼랑 위로 옮겨놓고 보자기를 펼쳐 햇볕에 말렸어요. 지금도 그곳엔 경전을 말렸던 바위가 남아 있지요. 그들은 또 옷과 신을 모두 벼랑가에 널어놓은 채, 서 있고 싶은 이는 서 있고, 앉아 있고 싶은 이는 앉아 있고, 뛰고 싶은 이는 뛰며 놀았어요.

일체의 순양은 양기가 돌아오는 것을 즐거워하니
저승의 마귀는 감히 행패 부리지 못하네.
모름지기 물이 기세 높아도 참된 경전을 당하지 못하는 법
바람도 우레도 번개도 안개도 두렵지 않다네.
이로부터 맑고 평안하게 올바른 깨달음으로 돌아가니
이제부터는 편안하게 신선의 고향에 이르리라.
경전 말리던 돌 위에 흔적 남았으니
이곳에 이를 요마는 영원히 없으리라.

一體純陽喜回陽　陰魔不敢逞强梁
須知水勝眞經伏　不怕風雷烟霧光
自此淸平歸正覺　從今安泰到仙鄕
晒經石上留踪跡　千古無魔到此方

삼장법사와 세 제자는 경전을 하나하나 점검하며 햇볕에 말렸어요. 고기를 잡던 몇몇 어부들이 강가를 지나다가 그 모습을 보았는데, 그 가운데 그들 일행을 알아본 이가 있어 말했어요.

"스님, 혹시 지난번에 이곳을 지나 서천으로 경전을 가지러 가신 분이 아니신지요?"

저팔계가 말했어요.

"그래요, 맞습니다. 댁은 어디 분이시오? 어떻게 우리를 알아보셨소?"

"저희는 진씨 마을에 삽니다."

"그 마을은 여기서 얼마나 떨어져 있소?"

"이 길로 남쪽으로 이십 리 정도 가면 됩니다."

저팔계가 삼장법사에게 말했어요.

"사부님, 경전을 진씨 마을로 가져가 거기에서 말리도록 하지요. 거기엔 숙소도 있고 먹을 것도 있으며, 저들더러 우리 옷도 빨아달라고 할 수 있으니 좋잖아요?"

"아니다. 여기서 말렸다가 챙겨서 길을 찾아 돌아가자."

그런데 그 어부들이 남쪽 길을 지나다가 마침 진징陳澄을 만났어요.

"둘째 어르신, 전에 어르신 댁의 아드님을 대신해서 제사상에 올라갔던 스님들이 돌아오셨습니다."

"어디서 그분들을 보았는가?"

"모두 저쪽 바위 위에서 경전을 말리고 계시던데요?"

진징이 곧 몇 명의 하인들을 데리고 길을 걸어오다가, 멀리서 삼장법사 일행을 보고 달려와 무릎을 꿇으며 말했어요.

"나리, 경전을 얻어 오셨군요. 공을 이루고 여행을 다하셨으면 어찌 저희 집에 오시지 않고 여기서 이러고 계십니까? 어서 저희 집으로 가시지요. 어서요!"

그러자 손오공이 말했어요.

"경전이 마르면 같이 가리다."

"나리, 이 경전과 옷가지들은 어쩌다 이렇게 젖었습니까?"

삼장법사가 말했어요.

"지난번에 흰 자라를 타고 강을 건넜는데, 이번에도 그 자라가 태워주었소. 그런데 이쪽 강가에 거의 다 와서 자라가 지난번에 부처님께 자기 수명이 얼마나 남았는지 여쭤봐달라고 한 일에 대해 묻더군요. 그런데 내가 미처 그걸 여쭤보지 못했다는 걸 알고, 그 자라가 물속으로 스르륵 들어가버리는 바람에 이렇게 젖었지요."

그리고 앞뒤 사정을 자세히 들려주었어요.

진징이 무척 간절히 청하는지라, 삼장법사는 하는 수 없이 경전을 챙겼어요. 그런데 뜻밖에도 『불본행경佛本行經』몇 권이 바위에 들러붙어 버린지라, 결국 경전 끝부분이 찢겨 나가버렸어요. 그래서 지금까지 그 경전은 온전하지 않은 것이며, 경전을 말리던 바위 위에는 아직 글자의 흔적이 남아 있지요. 삼장법사가 후회하며 말했어요.

"내가 태만해서 조심히 돌보지 않은 탓이구나!"

손오공이 웃으며 말했어요.

"그게 아닙니다. 그게 아니에요. 하늘과 땅이 온전하지 않은데, 이 경전은 원래 온전했기 때문에 이제 바위에 붙어 찢긴 것입니다. 바로 불완전한 것에 대응하는 오묘한 뜻이 깃든 일이니, 어찌 사람의 힘으로 관여할 수 있겠습니까?"

삼장법사 일행은 경전을 다 챙겨서 진징과 함께 마을로 갔어요. 그 마을 사람들은 한 사람이 열 사람에게, 열 사람이 백 사람에게, 백 사람이 천 사람에게 소문을 전해 늙은이며 어린애 할 것 없이 모두 와서 그들을 맞이했어요.

진청陳淸은 소식을 듣자 곧 향을 피운 탁자를 마련하여 대문 앞에서 그들을 맞을 준비를 하며 풍악을 울리게 하고, 잠시 후 그들이 도착하자 안으로 맞아들였어요. 진청은 온 집안 식구들을 모두 나오라 하여 절을 올리게 하고, 지난날 딸을 구해준 은혜에 감사했어요. 그리고 차를 내오고 공양을 준비하게 했어요.

삼장법사는 석가모니께서 주신 신선 세계의 과일과 요리들을 먹고, 인간의 태를 벗어던지고 부처의 몸이 된 뒤로는 인간세계의 음식이 전혀 먹고 싶지 않았어요. 하지만 두 노인이 간곡히 권하는지라 어쩔 수 없이 조금 먹는 체했어요. 제천대성도 원래 불에 익힌 음식은 먹지 않았는지라 "됐습니다" 하고 말했어요. 사오정도 별로 먹지 않았고, 저팔계도 지난번과는 달리 금방 밥그릇을 내려놓았어요. 손오공이 말했어요.

"멍청아, 너도 안 먹어?"

"어찌된 일인지 비위가 갑자기 약해졌네요."

그러자 진씨 노인들은 곧 밥상을 치우고 경전을 얻어 온 일에 대해 물었어요. 삼장법사는 옥진관에 이르러 목욕하고 능운도에서 인간의 태를 벗어던진 일이며, 뇌음사에서 석가여래를 참배하자 석가여래께서 진루에서 잔치를 베풀어주시고 보각에서 경전을 전해주신 일, 그리고 처음에 두 존자에게 선물을 드리지 않아서 글자 없는 경전을 전해 받았다가 나중에 다시 석가여래께 말씀드려서 전체의 삼 분의 일에 해당하는 수의 경전을 받게 된 일, 하얀 자라를 타고 오다 물에 빠진 일, 저승의 마귀들이 몰래 경전을 빼앗으려 했던 일들을 자세히 들려주고, 곧 작별하려 했어요.

하지만 두 노인과 온 집안 식구들이 보내주려 했겠어요?

"지난번 아이들을 구해주신 깊은 은혜에 보답할 길이 없어 구생사救生寺라는 절을 하나 세우고 계속 향을 사르며 추념해왔습니다."

그렇게 말하며 그들은 원래 제사에 바쳐질 뻔했던 아들과 딸, 그러니까 진관보陣關保와 진일칭금陣一秤金을 불러 감사의 절을 올리게 했어요. 그리고 절을 구경하러 가자고 청했어요. 삼장법사는 경전 보따리를 그 집에 두고, 『보상경寶常經』을 한 권 들고 가서 읽어주었어요.

절에 이르니, 진씨 집안에서 또 이곳에 음식을 마련해놓았어요. 하지만 자리에 앉기도 전에 또 한 무리의 사람들이 그들을 모시러 왔고, 거기서 젓가락을 들기도 전에 또 한 무리가 모시러 왔어요. 이렇게 끝없이 찾아오니 어떻게 빠져나올 수 있었겠어요? 삼장법사는 모두 사양하지 못하고 적당히 받아들이는 척했어요. 그런데 그 절은 정말 반듯하게 잘 지은 것이었어요.

산문에 붉은 분칠 진한 것은
시주의 공덕에 힘입었기 때문이니
하나의 누대가 여기부터 서고
두 줄 건물도 이제부터 흥성하리라.
주홍색 격자창에
칠보가 영롱하네.
향 연기는 하늘 높이 날리고
맑은 빛 허공에 가득하네.
몇 그루 어린 잣나무는 아직 물 주어 기르고 있고
몇 그루 소나무는 아직 잎이 우거지지 못했네.
흐르는 물 앞에서 맞이하니

하늘에 닿을 듯 첩첩이 파도가 출렁이고
높은 벼랑을 뒤에 기대고 있으니
산맥은 겹겹이 지룡처럼 이어져 있네.

山門紅粉膩　多賴施主功

一座樓臺從此立　兩廊房宇自今興

朱紅槅扇　七寶玲瓏

香氣飄雲漢　清光滿太空

幾株嫩柏還澆水　數幹喬松未結叢

活水迎前　通天疊疊翻波浪

高崖倚後　山脈重重接地龍

삼장법사가 구경을 마치고 높은 누대에 올라가니, 누대 위에는 삼장법사와 세 제자의 모습을 빚어 만든 상이 세워져 있었어요. 저팔계가 그걸 보더니, 손오공을 붙들고 말했어요.

"형님 모습을 꼭 빼닮았네요."

사오정이 말했어요.

"둘째 형님, 형님 것도 무척 비슷해요. 하지만 사부님의 모습은 본래보다 좀 잘생기게 만들었군요."

삼장법사가 말했어요.

"그만 됐다, 됐어!"

그리고 그들 일행이 누대에서 내려오자, 사람들이 앞쪽 전각과 뒤쪽 복도에 또 공양을 차려놓고 그들을 기다리고 있었어요. 손오공이 물었어요.

"지난번 그 대왕의 사당은 어찌 되었소?"

여러 노인이 대답했어요.

"그 사당은 당시에 부숴버렸습니다. 나리들의 이 절을 세운 후로 해마다 곡식이 번창하고 풍년이 드니, 모두 나리들께서 비호해주신 복입니다."

손오공이 웃으며 말했어요.

"이건 하늘이 내려주신 것인데 우리와 무슨 상관이 있겠소? 하지만 지금부터는 우리가 이 마을 사람들을 보호하고 도와드릴 테니 자손이 번창하고, 소, 돼지, 말, 양, 개, 닭 같은 가축들이 잘자라고, 해마다 비바람이 순조로울 것이오."

사람들은 모두 머리를 조아리며 감사했어요. 그러는 와중에 앞뒤에서 과일이며 공양을 바치는 사람들이 끝이 없었지요. 저팔계가 웃으며 말했어요.

"나도 재수가 없군! 전에 먹을 수 있을 때는 이렇게 집집마다연달아 불러주지 않더니, 이제 먹을 수 없게 되니까 한 집에서 채먹기도 전에 또 다른 집에서 부르는구먼."

그는 배도 부르고 기분도 좋아서 설렁설렁 손을 놀려 채소 요리를 예닐곱 접시나 먹었고, 위장이 땡땡하여 아플 지경인데도만두를 이삼십 개나 먹었어요. 모두들 이미 배가 부른데 또 어느집에서 그들을 모시러 왔어요. 삼장법사가 말했어요.

"더 이상은 안 되겠습니다. 극진한 사랑을 베풀어주셔서 정말감사합니다. 하지만 오늘 밤은 잠시 쉬었다가, 내일 다시 초청에응하겠습니다."

밤이 이미 깊었지만 삼장법사는 경전을 단단히 지키며 잠시라도 곁을 떠나지 않고 누대 아래에 앉아 있었어요. 자정이 가까워지자 삼장법사가 조용히 말했어요.

"오공아, 이곳 사람들은 우리가 도를 이루고 일을 완수한 것을알게 되었구나. 예로부터 '참된 도를 이룬 사람은 얼굴을 드러내지 않고 얼굴을 드러낸 사람은 참된 도를 이룬 이가 아니다(眞人

不露相 露相不眞人)'라고 했다. 오래 머뭇거리다가는 큰일을 그르칠 것 같구나."

"사부님 말씀이 옳습니다. 밤이 깊어 사람들이 단잠에 빠져 있는 틈에 조용히 떠나도록 하지요."

저팔계도 그 낌새를 눈치챘고, 사오정도 모든 정황을 분명히 이해했으며, 백마도 그들의 뜻을 알아차렸어요. 그리하여 그들은 일어나서 살그머니 말에 짐을 싣고, 봇짐을 짊어지고, 회랑을 거쳐 밖으로 나왔어요. 그런데 산문에 이르러 보니 자물쇠가 잠겨 있는지라, 손오공은 또 자물쇠를 여는 해쇄법을 써서 두 번째 문과 대문을 열고, 길을 찾아 동쪽으로 떠났어요. 그때 공중에서 팔대금강의 목소리가 들려왔어요.

"거기 도망치는 분들! 이리 오시오!"

삼장법사는 향긋한 바람이 솔솔 풍겨오는가 싶어지자, 몸이 공중으로 떠올랐어요. 이는 바로,

도를 이루니 본래의 면목을 알게 되고
몸은 건강하기 그지없어 주인을 배알하네.

丹成識得本來面　體健如如拜主人

라는 것이었어요.

결국 당나라 황제를 어떻게 만나게 되는지는 아직 알 수 없으니, 이에 대해서는 다음 회를 들어보시라.

제100회
다섯 성인이 진인이 되다

삼장법사 일행이 살짝 빠져나와 팔대금강을 따라 바람을 타고 떠난 것은 잠시 이야기하지 않겠어요.

한편, 진씨 마을 구생사 안에 있던 많은 사람들이 날이 밝아오자 다시금 갖가지 과일과 음식을 준비해서 누각 아래에 이르러 보니 삼장법사가 보이지 않는지라, 이 사람은 물어보고 저 사람은 찾아보고 모두들 어찌할 바를 몰라 허둥대며 하늘을 우러러 탄식하며 안타까워했어요.

"살아 있는 부처님을 고스란히 놓아 보냈구나!"

잠시 후 그들은 모두 뾰족한 계책이 없자, 준비한 음식을 누각 위로 들고 와 지전을 사르며 제사를 지냈어요. 그들은 그 이후로 매년 사계절마다 큰 제사를, 스물네 절기마다 작은 제사를 올렸어요. 또한 병을 고치려 하거나, 평안을 기원하거나, 결혼을 하고 싶거나, 소원을 빌거나, 부자 되기를 원하거나, 자식 낳기를 기원하는 자들도 무시로 찾아와서 향을 사르며 제를 올렸어요. 이는 바로,

금 화로엔 천 년 동안 불이 꺼지지 않고

옥 등잔엔 만 년 동안 항시 등불이 밝혀져 있네.

金爐不斷千年火   玉盞常明萬載燈

라는 것이었는데, 이 이야기는 더 이상 하지 않겠어요.

　한편, 팔대금강은 두 번째 향기로운 바람을 일으켜, 하루도 안
되어 삼장법사 일행을 동녘 땅으로 실어 보내니 점점 장안성이
바라다보였어요. 원래 당 태종은 정관 십삼년 구월 십이일에 삼
장법사가 장안성을 떠나는 것을 전송하고 나서, 정관 십육년에
바로 공부工部 관리를 파견하여 서안西安의 관문 밖에 망경루望經
樓를 건설하고 경전을 맞이하도록 했어요.

　당 태종은 매년 직접 그 지역을 순방했는데, 때마침 그날도 어
가를 출발시켜 망경루에 도착했어요. 그런데 갑자기 서쪽에서 하
늘 가득 상서로운 구름이 일고 향기로운 바람이 불어오는 것이
었어요. 그때 팔대금강이 공중에 멈춰 서서 소리쳤어요.

　"성승, 이곳이 바로 장안성입니다. 우리는 내려가지 않는 것이
좋을 듯합니다. 이곳 사람들은 영리해서 우리 모습이 탄로될지도
모릅니다. 제천대성 형제 세 분도 가실 필요 없습니다. 성승께서
혼자 내려가셔서 황제께 경전을 전해주고 바로 돌아오십시오. 우
리는 공중에서 기다리고 있다가 함께 돌아가 보고를 올리면 될
테니까요."

　그러자 제천대성이 이렇게 말했어요.

　"존자의 말에도 일리가 있습니다만, 우리 사부님께서 어떻게
경전이 든 짐을 질 수 있으며, 어떻게 말을 끄시겠습니까? 반드
시 저희들이 함께 가서 전송해드려야 될 듯하니, 번거롭지만 잠

시 공중에서 기다리시지요. 늦지는 않을 겁니다."

"전에 관음보살께서 석가여래님께 말씀하시길, 꼭 여드레 안에 갔다 와야 경전의 수를 완성할 수 있다고 하셨습니다. 그런데 지금 벌써 닷새가 지났으니, 저팔계가 부귀를 탐하여 정해진 기한을 어길까 걱정입니다."

저팔계가 웃으며 대꾸했어요.

"사부님께서 부처가 되신다니 나도 부처가 되기를 원하오. 어찌 부귀를 탐할 까닭이 있겠소이까? 사람을 너무 무시하는구려! 당신네는 모두들 여기서 기다리고 계시오. 내, 경전을 전해주고 돌아와 함께 돌아가겠소."

그리하여 멍텅구리는 짐을 메고, 사오정은 말을 끌고, 손오공은 삼장법사를 부축하여 망경루 옆으로 구름을 내렸어요. 당 태종과 여러 벼슬아치가 모두 그들을 보고 즉시 누각에서 내려와 맞이했어요.

"아우님, 돌아오셨구려!"

삼장법사가 즉시 엎드려 절을 올리자, 당 태종이 부축해 일으키며 물었어요.

"이들 셋은 누구인가?"

"길 가던 중에 거둔 제자들입니다."

당 태종은 몹시 기뻐하며 환관에게 명을 내렸어요.

"짐의 수레와 말에 고삐를 채우고 안장을 얹어, 동생을 말에 태우고 함께 궁궐로 돌아가자."

삼장법사는 은혜에 감사하고 말에 올라탔어요. 제천대성은 여의봉을 들고 바짝 뒤따랐고, 저팔계와 사오정은 함께 고삐를 잡고 짐을 멘 채 어가 뒤를 따라 장안성으로 들어갔지요.

이때는 나라가 평화로워 태평성세를 즐겼으니
문무 벼슬아치들 편안히 빼어난 모습 드러냈네.
수륙도량에서는 스님이 불법을 강론하고
금란전에서는 황제가 관리를 파견하네.
당나라 삼장법사에게 통행증명서를 내렸으니
경전을 얻는 일은 오행에 부합되기 때문이네.
괴롭게 악한 요마의 시련을 겪었지만 온갖 시험 다 사라지고
공을 이루고 기쁘게도 오늘 장안으로 돌아왔구나.

当年清晏乐昇平　文武安然显俊英
水陆场中僧演法　金銮殿上主差卿
关文敕赐唐三藏　经卷原因配五行
苦炼兕魔种种灭　功成今喜上朝京

삼장법사 일행은 어가를 따라 궁궐로 들어갔어요. 성안 사람들 가운데 경전을 가지러 간 삼장법사가 돌아왔다는 사실을 모르는 이가 없었지요.

한편, 예전에 삼장법사가 기거하던 장안 홍복사洪福寺의 크고 작은 여러 승려들은 몇 그루의 소나무가 모두 동쪽을 향하는 것을 보고 깜짝 놀랐어요.

"이상하구나! 이상해! 어젯밤에 바람도 불지 않았는데 이 나무들이 어째서 동쪽으로 휘어져 있는 걸까?"

그들 가운데는 삼장법사의 예전 제자도 끼어 있었지요. 그가 이렇게 말했어요.

"빨리 승복을 꺼내 오세요! 경전을 가지러 갔던 사부님께서 돌아오신 겁니다."

다른 승려들이 그에게 물었어요.

"어떻게 그걸 아시오?"

"예전에 사부님이 떠나실 때, '내가 떠난 후 삼사 년 또는 육칠 년이 지나서 소나무 가지가 동쪽을 향하고 있는 걸 보면 내가 곧 돌아온 줄 알라'고 말씀하셨습니다. 우리 사부님의 부처님 같은 신성한 말씀이 있었기에 그럴 거라고 생각한 것입니다."

그들이 급히 옷을 걸치고 밖으로 나가 서쪽 거리에 도착해보니, 사람들이 이런 말들을 하고 있었어요.

"경전을 가지러 갔던 분이 방금 막 도착해서, 황제 폐하께서 성으로 맞이해 들어가셨답니다."

승려들은 그 말을 듣고 급히 달려가 그들 일행을 만났어요. 하지만 웅장한 수레를 보자 감히 접근할 수 없어 궁궐 문 밖까지 뒤따라갔어요. 삼장법사는 말에서 내려 일행과 함께 궁궐로 들어갔어요. 그는 용마와 경전을 싼 봇짐, 손오공, 저팔계, 사오정 등과 함께 옥돌 계단 아래에 서서 기다렸어요. 곧 당 태종이 명을 내렸어요.

"어제御弟는 대전으로 올라오라."

당 태종이 삼장법사에게 자리를 내주자, 그는 다시 감사의 절을 올리며 자리에 앉았어요. 삼장법사는 제자들에게 경전을 들고 오도록 했어요. 그러자 손오공 등이 경전을 꺼냈고, 환관이 황제에게 전달했어요. 당 태종이 다시 물었어요.

"경전의 수가 얼마나 되는가? 어떻게 가져올 수 있었는가?"

"저는 영취산에 도착한 후 부처님을 만나뵈었습니다. 그분께서는 아난과 가섭 두 제자를 시켜 먼저 진루로 인도해 식사를 하도록 하고, 다음에는 보각으로 데리고 가 경전을 전해주도록 했습니다. 그 두 제자는 제게 예물을 요구했지만, 준비하지 못한 탓에 줄 수가 없었습니다. 그들은 결국 경전을 내주었지요. 그래서 부처님의 은혜에 감사하고 동쪽을 향해 길을 가는데, 갑자기 요사한 바람이 일어나 경전을 빼앗아갔습니다. 다행히 제 제자가 신통력이 좀 있어 뒤쫓아가 빼앗아 왔지요. 그런 과정에서 경전이 온통 내던져져 흐트러져버렸습니다.

그때 경전을 펼쳐 보니, 모두 아무 글자도 적혀 있지 않은 백지 경전이었습니다. 저희는 깜짝 놀라 다시 부처님을 찾아가서 절을 올리고 간곡히 부탁했지요. 그랬더니 부처님께서 이런 말씀을 하셨습니다. '이 경전이 만들어졌을 때 성스러운 비구승 하나가 산을 내려가 사위국 조 장자의 집안사람들을 위해 경전을 한 번 읽어주어, 그 집의 살아 있는 자들은 안전하고 죽은 자는 제도되도록 기원해주었지. 그러고는 고작 서 말 석 되의 쌀알만큼 황금을 얻어 왔더구나. 나는 그가 불경을 너무 싸게 팔아 후손들이 쓸 돈이 없게 생겼으니 유감이라고 생각했느니라.'

저희는 두 제자가 예물을 요구한 것을 부처님도 잘 알고 있다는 걸 알고, 하는 수 없이 폐하께서 제게 내려주신 자금 바리때를 그들에게 주었습니다. 그들은 그제야 글자가 적힌 진짜 경전을 내주었습니다. 이 경전은 삼십오 부로 되어 있는데, 각 부에서 몇 권씩을 골라 도합 오천마흔여덟 권입니다. 이 숫자는 전체 경전 수의 삼 분의 일에 해당합니다."

당 태종은 매우 기뻐하며 광록시의 관리에게 동각에 연회를 마련하여 치사하도록 했어요. 그러다가 갑자기 계단 아래에 서 있는 삼장법사의 세 제자가 기이한 모습을 하고 있다는 것을 발견하고 이렇게 물었어요.

"제자들은 혹시 외국 사람들인가?"

삼장법사가 엎드려 대답했어요.

"큰제자는 손씨이고 법명은 오공인데, 저는 손행자라고도 부릅니다. 그는 원래 동승신주 오래국 화과산 수렴동 출신입니다. 오백 년 전에 하늘궁전을 크게 소란케 한 죄로 석가여래에 의해서 서번西番 양계산兩界山의 돌 상자 속에 눌려 곤욕을 치렀습니다. 하지만 관음보살의 권유를 받아 불교에 귀의하기를 원해, 제가 그곳에 가서 구해주었습니다. 정말 이 제자의 보호를 많이 받았지요.

둘째 제자는 저씨이고 법명은 오능인데, 저는 저팔계라고도 부릅니다. 그는 원래 복령산 운잔동雲棧洞 출신으로, 오사장烏斯藏 고로장高老庄에서 요괴 노릇을 하고 있었지요. 역시 관음보살의 권유를 받았고 손오공 덕분에 제자로 거두게 되었습니다. 힘이 세어 길에서는 줄곧 짐을 들고 다녔고, 물을 건널 때도 공을 세웠습니다.

셋째 제자는 사씨이고 법명은 오정인데, 저는 사화상이라고 부릅니다. 그는 원래 유사하에서 요괴 노릇을 하던 자입니다. 역시 관음보살의 권유로 불문의 가르침을 따르게 되었습니다. 그리고 저 말은 황제께서 주신 것이 아닙니다."

"털은 비슷한데 어째서 아니란 말이오?"

"제가 사반산蛇盤山 응수간鷹愁澗에 이르러 물을 건너려 할 때, 저 용마가 원래의 말을 삼켜버렸습니다. 다행히 손오공이 관음보살을 모셔 와 저 말의 내력을 여쭈어보았습니다. 저 말은 원래 서해 용왕의 자식이었는데 죄를 지었지요. 역시 관음보살께서 구해주시어 저의 다리 노릇을 하도록 한 것입니다. 그 당시 원래 타던 말의 모습으로 변하여 털이 똑같은 것이지요. 저 용마 덕분에 산에 오르고 고개를 넘고 험준한 곳들을 지날 수가 있었습니다. 갈때는 제가 타고 갔다가 돌아올 때는 경전을 싣고 왔으니, 정말 저

용마 덕을 톡톡히 본 셈입니다."

당 태종은 그 말을 듣고 칭찬해 마지않으며 다시 물었어요.

"그 먼 서방까지 가는데 도대체 거리가 얼마나 되는가?"

"관음보살의 말씀을 기억해보건대, 십만팔천 리 정도 됩니다. 도중에 숫자를 기록해둔 적은 없지만, 열네 번의 추위와 더위를 거친 줄로 알고 있습니다. 날이면 날마다 산과 고개를 넘었고, 무수한 숲을 지났으며, 드넓은 강물을 만났지요. 또한 몇 개의 왕국을 지났는데, 통행증명서에 모두 직인을 받아두었습니다."

그리고 삼장법사는 제자들을 불렀어요.

"애들아, 통행증명서를 가져다 폐하께 올려라."

제자들이 통행증명서를 바치자 당 태종이 살펴보았는데, 그것은 정관 십삼년 구월 십이일에 발부된 것이었어요. 태종이 웃으면서 말했어요.

"멀리까지 다녀오느라고 오랫동안 수고가 많았구려. 지금은 벌써 정관 이십칠년이라오."

통행증명서에는 보상국, 오계국, 거지국, 서량녀국, 제사국, 주자국, 비구국, 멸법국의 직인과 봉선군, 옥화주, 금평부 등의 직인이 찍혀 있었어요. 당 태종은 다 보고서 보관해두었어요.

잠시 후, 환관이 연회 자리에 들라고 청했어요. 당 태종은 대전에서 내려와 삼장법사의 손을 잡고 함께 연회장으로 가면서 다시 물었어요.

"제자들은 예의를 아는가?"

"제 제자들은 모두 산골짜기 외진 곳에서 요괴 노릇을 하던 자들이어서 중화의 성스런 왕조의 예법은 알지 못합니다. 부디 폐하께서 용서해주십시오."

당 태종이 웃으며 허락했어요.

"그들의 죄를 묻지 않겠노라. 그들도 모두 함께 동각의 연회에 청하도록 하라."

삼장법사는 다시 은혜에 감사하고 세 제자들을 불렀어요. 그들이 함께 동각에 이르러 보니, 정말 중화 대국中華大國이라 보통의 다른 나라들과는 달랐어요.

> 문에는 오색 비단 걸어 놓았고
> 바닥에는 붉은 융단 깔았네.
> 좋은 향기 물씬 풍기고
> 귀한 음식들 신선하구나.
> 호박잔, 유리잔
> 금테 두르고 비취 박았네.
> 황금 쟁반, 백옥 그릇
> 아름답게 테를 두르고 꽃으로 장식했네.
> 푹 삶은 순무
> 설탕을 뿌린 고구마
> 버섯 요리 달콤하고
> 해초 요리 깔끔하네.
> 생강 넣고 맵게 요리한 죽순 몇 차례나 더 날라 오고
> 꿀에 조린 아욱 요리 몇 번이나 다시 차려지네.
> 참죽나무 잎 띄운 국수
> 두부껍질에 싼 목이버섯
> 우뭇가사리와 비단풀 나물
> 고사리 전과 마른 고사리 무침
> 산초 넣고 삶은 무우

겨자 넣어 무친 오이

채소 요리 몇 쟁반 먹을 만하고

몇 가지 진귀한 과일들 정말 먹음직스럽구나.

호두와 곶감

용안과 여지

선주의 밤과 산동의 대추

강남의 은행과 토두리兎頭梨

개암과 연밥의 살, 포도만큼 큼지막하고

비자나무 열매, 호박씨, 마름 씨처럼 가지런하네.

올리브와 능금

온갖 종류의 사과

쇠귀나물과 연근

아삭아삭하는 자두와 양매

없는 음식이 없고

깔끔하지 않은 요리가 없구나.

또 찐 치즈와 꿀에 잰 음식들 좋은 안주와 함께 나오고

게다가 좋은 술과 향기로운 차 진귀한 요리와 함께 나오네.

온갖 색다르고 진귀한 음식들 이루 다 말할 수 없으니

정말 중화 대국은 서쪽 변방의 나라와는 다르구나.

門懸彩繡　地襯紅毡

異香馥郁　奇品新鮮

琥珀盃　琉璃盞　箱金點翠

黃金盤　白玉碗　嵌錦花纏

爛煮蔓菁　糖澆香芋

蘑菇甛美　海菜清奇

幾次添來姜辣筍　數番辦上蜜調葵

麵筋椿樹葉　木耳豆腐皮

石花仙菜　蕨粉乾薇

花椒煮萊菔　芥末拌瓜絲

幾盤素品還猶可　數種奇稀果奪魁

核桃柿餅　龍眼荔枝

宣州繭栗山東棗　江南銀杏兔頭梨

榛松蓮肉葡萄大　榧子瓜仁菱米齊

橄欖林檎　蘋婆沙果

慈菇嫩藕　脆李楊梅

無般不備　無件不齊

還有些蒸酥蜜食兼嘉饌　更有那美酒香茶與異奇

說不盡百味珍羞眞上品　果然中華大國異西夷

　삼장법사 일행과 문무 벼슬아치들은 모두 좌우에 줄을 맞춰 섰어요. 태종 황제는 중앙에 의젓하게 앉았지요. 악기 반주에 맞추어 노래하고 춤추니, 질서 정연하고 장엄한 모습이었어요. 그렇게 하루를 즐겼지요. 이는 바로,

태종 황제의 아름다운 연회 요순 때에 비교할 만하니
경전을 얻어 그 복이 넘쳐나는구나.
천년만년 전해지고 천년만년 흥성하리니
부처님의 빛 널리 황제의 거처를 비추는구나.

君王嘉會賽唐虞　取得眞經福有餘

千古流傳千古盛　佛光普照帝王居

라는 것이었어요.

날이 어두워지자 연회도 끝났어요. 당 태종은 궁궐로 돌아갔고 벼슬아치들도 집으로 돌아갔어요. 삼장법사 일행이 홍복사로 돌아오니 그 절 스님들이 머리를 조아리며 영접했어요. 산문으로 들어서자 스님들이 말했어요.

"스님, 이 나무들이 오늘 아침 갑자기 모두 동쪽을 향했습니다. 저희들은 스님의 말씀이 떠올라 영접하려고 성 밖으로 나갔지요. 그랬더니 정말 돌아오시더군요!"

삼장법사는 말할 수 없이 기뻐하며 방장으로 들어갔어요. 그때는 저팔계도 차 내오라 밥 달라 소리치지 않았고 소란을 피우지도 않았어요. 손오공과 사오정도 모두 점잖게 있었지요. 정과가 이루어지니 자연히 마음도 안정되었던 것이지요. 그날 저녁은 그렇게 잠을 잤어요.

다음 날 아침 당 태종은 조정에 나와 신하들에게 이렇게 말했어요.

"짐은 지극히 깊고 큰 어제의 공을 보답할 길이 없어, 밤새 잠을 이루지 못한 채 몇 마디 칭찬의 말을 중얼거려보았는데, 그것으로나마 감사의 마음을 표하고자 하오. 그런데 아직 글로 적지는 못했구려."

그리고 이렇게 분부했어요.

"중서사인中書舍人[1]은 들라. 내 그대에게 읽어줄 테니 빠짐없이 적도록 하라."

그것은 이런 내용이었어요.

---

1   중서성中書省에 소속된 관리로 당나라 때에는 임금의 조서나 칙지, 상소문을 받고 올리는 등의 일을 관장하였다.

듣건대, 하늘과 땅은 형체가 있어

덮어주고 실어줌으로써 모든 살아 있는 것들을 포용하고

사계절은 아무 형체가 없으나

추위와 더위를 번갈며 만물을 변화시킨다.

하늘과 땅을 관찰해보면

평범하고 우둔한 자들도 그 이치의 실마리를 알아볼 수 있지만

음양의 이치를 명확히 이해하고자 한다면

현명하고 명철한 자라 해도 그 규칙을 완전히 파악할 수 없느니라.

그러나 하늘과 땅이 음양에 속하는 것을 쉽게 알 수 있는 것은

그 형상이 있기 때문이요

음양이 하늘과 땅 속에 존재하지만 명확히 알 수 없는 것은

형체가 없기 때문이라.

그러므로 형상이 드러나 증명할 수 있으면

어리석은 자라도 의혹이 없고

형태가 숨겨져 알아차릴 수 없으면

지혜로운 자라도 미혹됨을 알 수 있노라.

하물며 불교의 교리는 공허空虛를 숭상하고

깊고 오묘한 명상을 통해 적멸寂滅의 경지를 통제하는 것임에랴!

그것은 널리 만물을 구제하고

온 우주를 제어하노라.

위세와 영험함을 일으키면 위로 그 끝이 없고

신통력을 수렴하면 아래로 그 끝이 없도다.

확대하면

거대한 우주를 가득 채우고

축소하면

작은 털끝에도 담기도다.

없어지지도 생겨나지도 않으며

천겁을 지나도 쇠하지 않도다.

감춰진 듯 드러난 듯

온갖 복을 운용하며 지금까지 이르렀도다.

오묘한 진리는 현묘함으로 응축되어

그것을 따른다 해도 끝을 알 수는 없도다.

불법의 흐름은 고요로 침잠하여

그 물을 퍼내도 원류를 헤아릴 수 없도다.

그러니 우둔하고

비천한 자들이

그 이치를 추구해 들어간들

의혹이 없을 수 있겠는가!

그리하여 큰 가르침은

서방 땅에서 일어났노라.

한나라 때 홍기하여 명제明帝의 꿈에 나타났고[2]

동녘 땅을 밝게 비추어 자비를 전해주었도다.

그 옛날 석가모니가 인간의 몸으로 세상에 태어났을 때

말을 하지 않고도 교화를 이루었도다.

성불하여 수시로 몸을 드러냈다 사라지던 시대에는

---

2 「후한서後漢書」「서역전西域傳」에 이런 기록이 있다. "세상에 전해지기를 명제가 꿈에 금칠한 이를 보았는데 키가 크고 정수리에서 빛이 나 여러 신하들을 비추는 것이었다. 어떤 이가 말하였다. '서방에 신이 있는 부처라고 합니다. 그 형상은 키가 일 미터 팔십이 넘고 황금색입니다.'"

백성들이 그 덕을 우러러 따랐도다.

그분이 열반에 들고

많은 세월이 흐르니

금빛 얼굴은 빛이 가려져

삼천대천세계를 비추지 않게 되었고

그 모습은 그림으로 그려져

헛되이 서른두 가지 상을 헤아리게 되었도다.

그리하여 오묘한 말[微言]이 널리 퍼져

저승으로 가는 삼도천三途川[3]에서 중생들을 구제하고

남겨진 경전은 멀리까지 전파되어

중생들을 십지*로 인도하였도다.

불교에는 경전에 있으니

대승과 소승으로 나눌 수 있고

또 법이 있으니

사법邪法과 정법正法이 전해지노라.

우리 현장법사는

불가의 영수로서

어려서부터 참되고 총명하여

일찍이 삼공三空*의 경지를 깨달았도다.

장성해서는 전신과 감정이 교리에 부합하였으며

이미 사인四忍*의 수행을 쌓았도다.

소나무에 이는 바람이나 물에 비친 달이라도

그의 고결함에 미치지 못하고

---

3 사람이 죽은 지 이레째 되어서 건너게 된다는 산수뢰山水瀨, 강심연江深淵, 유교도有橋渡
를 가리킨다. 생전에 지은 죄과의 경중에 따라 완급에 차이가 있는 이 세 여울을 각각 건너게
된다.

신선이 먹는 이슬이나 투명한 진주인들
어찌 그의 맑고 깨끗함에 비하랴?
그러므로 그의 지혜는 얽매임이 없는 경지까지 통하고
정신은 형체 없는 세계까지 알 수 있도다.
육진의 세계를 멀리 벗어났으니
천고에 비길 자 없도다.
경전을 깊이 연구하여
올바른 법이 점차 쇠잔해짐을 가슴 아파하였도다.
불문에 의탁하여 사고하였으며
불경이 잘못 전해지는 것을 통탄하였도다.
조목을 나누고 이치를 분석하고
이전에 들었던 내용을 확충하고
잘못된 것은 삭제하고
올바른 것은 계속 전수받아
후학을 깨우치고자 하였도다.
그래서 그는 서방정토를 사모하고
서역으로 구도의 여행을 떠났도다.
위험을 무릅쓰고 먼 길을 떠나
지팡이 짚고 홀로 길을 갔도다.
눈 쌓인 새벽
도중에 길을 잃기도 했고
거센 모래 날리는 저녁
텅 빈 교외에서 방향을 잃기도 하였도다.
끝없이 펼쳐진 산과 강에서
안개와 노을을 헤치며 발걸음을 재촉했고
모진 추위와 더위 속에서

서리 밟고 비 맞으며 앞으로 나아갔도다.

정성이 커서 고생을 하찮게 여기며

깊은 진리를 추구하여 소원을 이루고자 하였도다.

서방을 두루 돌아다닌 지

열하고도 네 해

낯선 나라를 두루 다니며

올바른 가르침을 묻고 구하였도다.

한 쌍의 사라수[4] 찾아 많은 강을 건너며

길에서 바람 맞으며 밥을 먹었고

녹야원鹿野苑° 찾아 영취산을 오르며

신기한 풍경들 두루 보았도다.

옛 성인들에게서 지극히 선한 말을 전해 받았고

높은 현인들에게서 참된 가르침을 전수받았도다.

불가의 오묘한 이치를 탐구하였고

심오한 경전의 의미를 상세히 연구하였도다.

삼승과 육률의 도를 마음속에 담아 체득하였고

오천마흔여덟 권의 경문이 입에서 막힘없이 흘러나오노라.

이에 그가 직접 지나온 나라는 끝이 없으나

가져온 경전은 일정한 수가 있었도다.

대승불교의 핵심이 된 경전

모두 서른다섯 부

총 오천마흔여덟 권을

중화 대국에 번역하고 배포하여

빼어난 업적을 드날리리라.

---

4 전설에 따르면 기원전 485년 2월 15일 석가모니가 한 쌍의 사라수 사이에서 열반했다고
   한다.

그는 서쪽 끝 인도에서 자비로운 구름을 끌어와
동쪽 끝 중화 대국에 불법의 비를 내려주었도다.
부처님의 가르침은 빠진 부분이 있었으나 다시 온전해졌고
중생들은 죄를 지었으나 다시 복을 받게 되었도다.
번뇌 가득한 인생의 불길에 비를 뿌려
미혹된 길에서 모두 구원하고
애욕으로 가득한 탁해진 물결을 정화시켜
피안의 세계에 함께 이르게 하리라.
이로써 악한 자는 죄로 인하여 아래로 떨어지고
선한 자는 선한 인연 때문에 위로 올라감을 알 수 있도다.
올라가고 떨어지는 단서는
오직 자신의 행동에 달려 있도다.
그것은 마치 계수나무가 높은 봉우리에서 성장하니
구름과 이슬이 그 꽃을 적시고,
연꽃이 푸른 물결을 헤치고 나오니
먼지가 그 잎사귀를 더럽힐 수 없는 것과 같도다.
연꽃의 본성이 원래 정결하고
계수나무의 바탕이 본래 곧은 것은 아니도다.
붙어서 자란 곳이 높아서
미천한 만물이 해를 끼칠 수 없고
의지하고 있는 곳이 깨끗하여
더러운 것들이 묻지 않았기 때문이도다.
무릇 초목은 앎이 없어도
선한 것에 의지하여 선을 이루려 하거늘
하물며 인식 있는 사람이
선에 의지하여 선을 추구하지 않을 수 있겠는가?

바야흐로 이 경전이 널리 유포되어
해와 달과 같이 다함이 없고
큰 복이 멀리까지 전해져
하늘, 땅과 같이 영원하기를 바라노라.

蓋聞二儀有象　顯覆載以含生
四時無形　潛寒暑以化物
是以窺天鑑地　庸愚皆識其端
明陰洞陽　賢哲罕窮其數
然天地包乎陰陽　而易識者　以其有象也
陰陽處乎天地　而難窮者　以其無形也
故知象顯可徵　雖愚不惑
形潛莫覩　在智猶迷
況乎佛道崇虛　乘幽控寂
弘濟萬品　典御十方
舉威靈而無上　抑神力而無下
大之　則彌于宇宙
細之　則攝于毫釐
無滅無生　歷千劫而不古
若隱若顯　運百福而長今
妙道凝玄　遵之莫知其際
法流湛寂　挹之莫測其源
故知蠢蠢凡愚　區區庸鄙
投其旨趣　能無疑惑者哉
然則大敎之興　基乎西土
騰漢庭而皎夢　照東域而流慈
古者分形分迹之時　言未馳而成化

當常見常隱之世　民仰德而知遵

及乎晦影歸眞　遷移越世

金容掩色　不鏡三千之光

麗像開圖　空端四八之相

于是微言廣被　拯禽類于三途

遺訓遐宣　導群生于十地

佛有經　能分大小之乘

更有法　傳訛邪正之術

我僧玄奘法師者　法門之領袖也

幼懷眞敏　早悟三空之功

長契神情　先包四忍之行

松風水月　未足比其清華

仙露明珠　詎能方其朗潤

故以智通無累　神測未形

超六塵而迥出　使千古而無對

凝心內境　悲正法之陵遲

栖慮玄門　慨深文之訛謬

思欲分條振理　廣彼前聞

截僞續眞　開玆後學

是以翹心淨土　法遊西域

乘危遠邁　策杖孤征

積雪晨飛　途間失地

驚沙夕起　空外迷天

萬里山川　撥烟霞而進步

百重寒暑　躡霜雨而前踪

誠重勞輕　求深欲達

周遊西宇　十有四年

窮歷異邦　詢求正教

雙林八水　味道飡風

鹿苑鷲峰　瞻奇仰異

承至言于先聖　受眞敎于上賢

探賾妙門　精窮奧業

三乘六律之道　馳驟于心田

一藏百篋之文　波濤于海口

爰自所歷之國無涯　求取之經有數

總得大乘要文　凡三十五部

計五千四十八卷　譯布中華　宣揚勝業

引慈雲于西極　注法雨于東陲

聖敎缺而復全　蒼生罪而還福

濕火宅之乾燄　共拔迷途

朗金水之昏波　同臻彼岸

是知惡因業墜　善以緣昇

昇墜之端　惟人自作

譬之桂生高嶺　雲露方得泫其花

蓮出綠波　飛塵不能染其葉

非蓮性自潔　而桂質本貞

由所附者高　則微物不能累

所憑者淨　則濁類不能沾

夫以卉木無知　猶資善而成善

矧乎人倫有識　不緣慶而求慶

方冀茲經流施　並日月而無窮

景福遐敷　與乾坤而永大

중서사인이 모두 받아 적자 곧 삼장법사를 불러들였어요. 그때 삼장법사는 이미 조정 밖에서 대기하고 있었지요. 들어오라는 명을 듣자 그는 급히 안으로 들어가 엎드려 절을 했어요. 당 태종은 그를 대전으로 올라오게 하고 글을 건네주었어요. 삼장법사는 글을 다 읽고 나서, 다시 한 번 황제의 은혜에 감사하며 이렇게 아뢰었어요.

　　"폐하의 글은 고상하고 의미도 깊사옵니다. 그런데 제목이 무엇인지요?"

　　"짐이 어젯밤에 아우님을 치하하는 뜻에서 입으로 흥얼거려본 것으로, 「성교서聖教序」라고 제목을 붙였소. 어떻소이까?"

　　삼장법사는 머리를 조아리며 감사해 마지않았어요. 당 태종이 다시 말했어요.

　　　　짐의 재능은 많은 아름다운 문장에 부끄럽고
　　　　짐의 말은 금석에 새겨 전하기에 부끄럽도다.
　　　　불경에 대해서는
　　　　특히 아는 게 없노라.
　　　　입으로 문장을 구술했는데
　　　　정말로 보잘것없도다.
　　　　금칠한 좋은 종이에 붓과 먹만 더럽히며
　　　　주옥 같은 글들 앞에 형편없는 글을 내놓고 제목을 적노라.
　　　　스스로 살펴 돌아보니
　　　　안팎으로 온통 부끄러운 마음뿐이로다.
　　　　내놓을 만하지는 않지만
　　　　감사의 마음 표하고자 쓸데없이 애써보았노라.

朕才愧珪璋　言慚金石

至于内典　尤所未聞
口占敘文　誠爲鄙拙
穢翰墨于金簡　標瓦礫于珠林
循躬省慮　靦面恧心
甚不足稱　虛勞致謝

　　그 자리에 있던 벼슬아치들은 모두 축하하며 무릎을 꿇고 절을 올렸어요. 그리고 황제의 글을 두루 안팎에 전했지요. 당 태종이 삼장법사에게 물었어요.

　　"어제가 불경을 한 번 낭송해보는 것이 어떻겠는가?"

　　"폐하, 불경을 강론하려면 사찰을 찾아서 해야 합니다. 이 대전은 불경을 낭송할 만한 곳이 아닙니다."

　　당 태종은 매우 기뻐하며 즉시 옆에서 시중들던 관리에게 물었어요.

　　"장안성 안에서 깨끗한 사찰이 어딘가?"

　　반열 중에서 대학사 소우蕭瑀가 나와 아뢰었어요.

　　"성안에 있는 안탑사雁塔寺라는 절이 깨끗합니다."

　　당 태종은 즉시 관리들에게 말했어요.

　　"모두 불경을 몇 권씩 경건히 받쳐 들고, 짐과 함께 안탑사로 가서 어제에게 불경을 강론해 달라고 합시다."

　　마침내 벼슬아치들은 각자 불경을 받쳐 들고 당 태종의 수레를 따라 안탑사로 갔어요. 사원에는 높은 누대를 설치하고 자리를 말끔하게 정돈해놓았지요. 삼장법사가 제자들에게 말했어요.

　　"저팔계와 사오정은 말을 끌고 짐을 챙기고, 손오공은 내 곁에 있어라."

　　그리고 다시 당 태종에게 말했어요.

당나라에 경전을 전해준 후 삼장법사 일행은 팔대금강을 따라 서천으로 돌아가다

"폐하, 불경을 천하에게 전파하려면 반드시 사본을 만들어서 배포해야 합니다. 원본은 소중히 보관해야지 함부로 더럽혀서는 안 됩니다."

당 태종이 웃으며 대답했어요.

"지극히 당연한 말씀이오."

당 태종은 한림원과 중서과中書科의 관리들에게 불경을 필사하도록 했어요. 그리고 장안성 동쪽에 등황사謄黃寺라는 사찰을 세웠지요.

삼장법사가 불경 몇 권을 들고 누대에 올라 막 낭송하려 할 때였어요. 문득 향기로운 바람이 불어오더니, 공중에서 팔대금강이 모습을 드러내고 크게 소리쳤어요.

"불경을 낭송하시는 분, 경전을 내려놓으시고 저희를 따라 서천으로 돌아가시지요."

그 아래에 있던 손오공 삼 형제와 백마가 평지에서 솟아올랐어요. 삼장법사 또한 불경을 떨어뜨리고 누대에서 하늘로 솟아올라 그들을 따라갔어요. 깜짝 놀란 당 태종과 벼슬아치들은 하늘을 향해 절을 올렸지요.

삼장법사 경전을 구하려 애쓰며
서역 땅을 두루 돌아다닌 지 열네 해
괴로운 여정 환난도 많았으니
산과 강을 수없이 건너며 어려움 겪었네.
그 공은 팔구에 구를 더하여 완성되었고
그 업적은 삼천대천세계에 충만하구나.
큰 깨달음 담긴 오묘한 경전 중국으로 가져와

지금까지도 동녘 땅에 영원토록 전해지게 하였네.

聖僧努力取經編　西宇周流十四年

苦歷程途遭患難　多經山水受迍邅

功完八九還加九　行滿三千及大千

大覺妙文回上國　至今東土永留傳

　당 태종과 벼슬아치들은 절을 하고 나서, 즉시 고승을 선발하여 안탑사에서 수륙대회를 열도록 했어요. 그래서 『대장진경大藏眞經』을 낭송하여 저승의 죄 많은 혼령들을 제도하고 널리 선한 일을 베풀도록 했지요. 그리고 불경을 필사하여 천하에 배포한 것은 말할 필요도 없겠지요.

　한편 팔대금강은 향기로운 바람을 타고 말까지 다섯인 삼장법사를 일행을 인도하여 영취산으로 다시 돌아왔어요. 꼭 여드레 만에 갔다 온 셈이었지요. 그때 영취산의 신들은 모두 부처님 앞에서 설법을 듣고 있었어요. 팔대금강은 삼장법사 일행을 데리고 들어가 석가여래에게 보고했어요.

　"명을 받들어 삼장법사 일행을 당나라에 데리고 가 경전을 전해주고 이제 돌아왔습니다."

　석가여래는 삼장법사 일행을 가까이 불러 직책을 수여했어요.

　"삼장법사, 그대는 원래 전생에 나의 둘째 제자로 이름이 금선자金蟬子였다. 그런데 그대가 내 설법을 듣지 않고 나의 큰 가르침을 소홀히 여기기에 그대의 혼령을 폄적하여 동녘 땅에서 다시 태어나도록 했노라. 다행히 이제는 불법에 귀의하여 내 가르침을 잘 지키고 불경을 가져다 전하는 데 큰 공로가 있으니, 그대의 직책을 크게 올려 정과를 인정하고 전단공덕불旃檀功德佛로 삼노라.

손오공, 네가 하늘궁전에서 크게 소란을 피우기에 내가 깊은 법력으로 너를 오행산 밑에 눌러 놓았노라. 다행히 하늘이 내린 재앙의 기한이 다 차자 불교에 귀의하였고, 악을 누르고 선을 널리 드날리면서 경전을 가지러 가는 도중에 늘 변함없이 요괴들을 물리쳐 공을 세웠다. 그러니 네 직책을 크게 올려 정과를 인정하고 투전승불鬪戰勝佛로 삼노라.

저오능, 너는 본래 은하수의 수신水神으로 천봉원수였는데, 반도대회에서 술에 취해 선녀를 희롱한 일로 아래 세상에 환생하여 짐승의 태에 들어가 그런 모습으로 태어나게 되었노라. 너는 사람의 몸을 그리워하면서 복령산 운잔동에서 나쁜 짓을 저지르며 살고 있었노라. 그러다가 기특하게도 불교에 귀의하고 불제자가 되어 삼장법사를 길에서 보호하였다. 하지만 아직도 어리석은 마음이 남아 있고 여자에 대한 욕정도 사라지지 않았다. 그렇지만 네가 짐을 지는 공을 세웠으니, 네 직책을 올려 정과를 인정하고 정단사자淨壇使者로 삼겠노라."

저팔계가 투덜거렸어요.

"다른 사람들은 모두 부처가 되었는데, 어째서 저만 정단사자란 말씀입니까?"

"네가 입만 살고 몸은 게으른 데다가, 밥통은 크지 않느냐? 천하 사대부주 가운데 우리 불교를 신봉하는 자들이 무척 많은데, 불사가 있을 때마다 너더러 제단을 정돈하라는 것이니 마음껏 먹을 수 있는 관직이다. 그런데 어째서 나쁘다는 것이냐?

사오정, 너는 본래 권렴대장이었는데, 전에 반도대회에서 유리잔을 깼던 일로 아래 세상에 폄적되어 유사하에 떨어져, 그곳에서 살아 있는 생물을 해치고 사람을 잡아먹는 죄악을 저지르며 살고 있었다. 다행히 불법에 귀의하여 불가의 가르침을 정성스레 지키고, 삼장법사를 보호하여 말을 끌고 산에 오르는 공을 세웠다. 그러기에 네 직책을 크게 올려 정과를 인정하고 금신나한金身羅漢으로 삼겠노라."

석가여래는 이번에는 백마를 불렀어요.

"너는 본래 서쪽 큰 바다 광진廣晉 용왕[5]의 아들로, 아버지의 명을 거스르는 불효의 죄를 저질렀다. 다행히 불교에 귀의하여 매일 삼장법사를 등에 태우고 서천에 왔다가 다시 불경을 등에 싣고 동쪽으로 갔으니 역시 공을 세웠다. 너의 직책을 올려 정과를 인정하고 팔부천용八部天龍으로 삼노라."

삼장법사 일행은 모두 머리를 조아리며 은혜에 감사했고, 말도 감사의 절을 올렸어요. 석가여래는 게체를 시켜 말을 영취산 뒤쪽 기슭 화룡지化龍池로 끌고 가 연못 속에 밀어 넣도록 했어요. 잠시 후 그 말은 변신하여 털과 가죽은 사라지고, 머리에는 뿔이 솟고, 온몸에는 금 비늘이 돋았으며, 아래턱에는 은빛 수염이 생겼어요. 용은 온몸에 상서로운 기운이, 네 발톱에는 상서로운 구름이 서린 채 화룡지를 날아오르더니, 산문 앞에 높이 치솟은 돌기둥[擊天華表柱]을 친친 감고 앉았어요. 부처들은 석가여래의 위대한 법력에 찬사를 보냈어요. 그때 손오공이 삼장법사에게 말했어요.

"사부님, 저도 이제 사부님과 똑같이 부처가 되었는데, 설마 아직도 이 금테를 두르고 있어야 하는 건 아니겠지요? 또 무슨 긴고아주를 외워 저를 옥박질러 못살게 구실 건가요? 얼른 송고아주鬆箍兒呪를 외워주세요. 이 테를 벗어 가루로 만들어 앞으로 절대 무슨 보살이 남을 골탕 먹이는 일이 없도록 해야겠어요."

---

5 서해 용왕은 일반적으로 광순왕廣順王이라고 불린다. 백마가 되었던 용은 그의 셋째 아들로 알려져 있다.

"예전에는 너를 통제하기 어려웠기 때문에 그런 법력을 써서 너를 다스렸던 것이다. 그런데 지금 이미 부처가 됐으니 벌써 저절로 없어져 버렸느니라. 아직까지 그 테가 머리 위에 남아 있을 리가 있겠느냐? 한번 만져보아라."

손오공이 손을 들어 더듬어보니, 정말 금테가 사라진 상태였어요. 그때 이미 전단불, 투전불, 정단사자, 금신나한은 모두 정과를 이루어 본래의 위치로 돌아갔지요. 용마 역시 참된 모습으로 돌아갔어요. 이를 증명해주는 시가 있지요.

모든 진여가 속세에 떨어졌다가
사상과 조화를 이루어 다시 몸을 수련하였네.
오행의 원리로 물질세계를 따져 보면 공이고 적막이며
온갖 요괴의 헛된 명성도 모두 얘기할 것 못 된다네.
정과를 이룬 전단불 큰 깨달음으로 돌아가고
공과를 이루고 직분 받아 고통의 세계에서 벗어났네.
불경을 천하에 전하여 은혜와 영광이 충만하고
다섯 성인은 불문佛門 높은 곳에 살게 되었네.

一體眞如轉落塵　合和四相復修身
五行論色空還寂　百怪虛名總莫論
正果旃檀飯大覺　完成品職脫沉淪
經傳天下恩光闊　五聖高居不二門

다섯 성인이 정과를 이루어 본래의 위치로 돌아가자, 여러 부처와 보살, 성승, 나한, 게체, 비구니, 우바이와 우바새, 여러 산과 동굴의 신선들, 대신大神, 정갑丁甲, 공조, 가람, 토지신, 도를 깨달은 사선師仙들이 처음에는 모두 와서 설법을 듣다가 각자 본래의 위치로 돌아갔어요. 보세요.

영취산 봉우리에 오색 노을 서려 있고
극락세계에 상서로운 구름 모여 있네.
금빛 용 편안히 누워 있고
옥빛 호랑이 태평하구나.
까마귀와 토끼 제멋대로 오가고
거북이와 뱀들 마음대로 돌아다니네.
붉은 봉황 푸른 난새 즐겁게 날아다니고
검은 원숭이 흰 사슴 신나게 뛰어다니네.
계절마다 아름다운 꽃 피고
철마다 신선의 과일 열리네.
우람한 소나무와 해묵은 회나무
푸른 잣나무와 수려한 대나무
오색의 매화 철따라 꽃 피우고 열매 맺고
만년 된 복숭아 세월 따라 익고 또 새로 열리네.
온갖 과일과 꽃들 아름다움 다투고
종일 상서로운 기운 가득하네.

靈鷲峰頭聚霞彩　極樂世界集祥雲
金龍穩臥　玉虎安然
烏兔任隨來往　龜蛇憑汝盤旋
丹鳳青鸞情爽爽　玄猿白鹿意怡怡
八節奇花　四時仙果
喬松古檜　翠柏修篁
五色梅時開時結　萬年桃時熟時新
千果千花爭豔　一天瑞藹紛紜

그들은 모두 부처님께 나아가 합장하며 염불했어요.

나무연등상고불南無燃燈上古佛

나무약사유리광왕불南無藥師琉璃光王佛

나무석가모니불南無釋迦牟尼佛

나무과거미래현재불南無過去未來現在佛

나무청정희불南無淸淨喜佛

나무비로시불南無毘盧尸佛

나무보당왕불南無寶幢王佛

나무미륵존불南無彌勒尊佛

나무아미타불南無阿彌陀佛

나무무량수불南無無量壽佛

나무접인귀진불南無接引歸眞佛

나무금강불괴불南無金剛不壞佛

나무보광불南無寶光佛

나무용존왕불南無龍尊王佛

나무정진선불南無精進善佛

나무보월광불南無寶月光佛

나무현무우불南無現無愚佛

나무사류나불南無娑留邢佛

나무나라연불南無那羅延佛

나무공덕화불南無功德華佛

나무재공덕불南無才功德佛

나무선유보불南無善游步佛

나무전단광불南無旃檀光佛

나무마니당불南無摩尼幢佛

나무혜거조불南無慧炬照佛

나무해덕광명불南無海德光明佛

나무대자광불南無大慈光佛

나무자력왕불南無慈力王佛

나무현선수불南無賢善首佛

나무광장엄불南無廣莊嚴佛

나무금화광불南無金華光佛

나무재광명불南無才光明佛

나무지혜승불南無智慧勝佛

나무세정광불南無世靜光佛

나무일월광불南無日月光佛

나무이월주광불南無日月珠光佛

나무혜당승왕불南無慧幢勝王佛

나무묘음성불南無妙音聲佛

나무상광당불南無常光幢佛

나무관세등불南無觀世燈佛

나무무법승왕불南無無法勝王佛

나무수미광불南無須彌光佛

나무대혜력왕불南無大慧力王佛

나무금해광불南無金海光佛

나무대통광불南無大通光佛

나무재광불南無才光佛

나무전단공덕불南無旃檀功德佛

나무투전승불南無鬪戰勝佛

나무관세음보살南無觀世音菩薩

나무대세지보살南無大勢至菩薩

나무문수보살南無文殊菩薩

나무보현보살南無普賢菩薩

나무청정대해중보살南無淸淨大海衆菩薩

나무련지해회불보살南無蓮池海會佛菩薩

나무서천극락제보살南無西天極樂諸菩薩

나무삼천게체대보살南無三千揭諦大菩薩

나무오백아라대보살南無五百阿羅大菩薩

나무비구이새니보살南無比丘夷塞尼菩薩

나무무변무량법보살南無無邊無量法菩薩

나무금강대사성보살南無金剛大士圣菩薩

나무정단사자보살南無淨壇使者菩薩

나무팔보금신라한보살南無八寶金身羅漢菩薩

나무팔부천룡광력보살南無八部天龍廣力菩薩

이상이 세계의 모든 부처들이라.

바라건대 이 공덕으로 부처님의 정토를 장엄하게 하소서.

위로는 네 가지 크나큰 은혜°에 보답하고

아래로는 삼도의 고통에서 구하소서.

보고 들은 자가 있다면

모두 다 보리심을 발하게 하소서.

함께 극락세계에서 태어나게 함으로써

온전히 이 몸이 보답받게 해주소서.

如是等一切世界諸佛

願以此功德　莊嚴佛淨土

上報四重恩　下濟三途苦

若有見聞者　悉發菩提心

同生極樂國　盡報此一身

온 우주 삼세三世의 모든 부처님
모든 존귀한 보살님, 미하살님
마하반야바라밀

十方三世一切佛

諸尊菩薩摩訶薩

摩訶般若波羅密

부록

현장법사의 서역 여행도

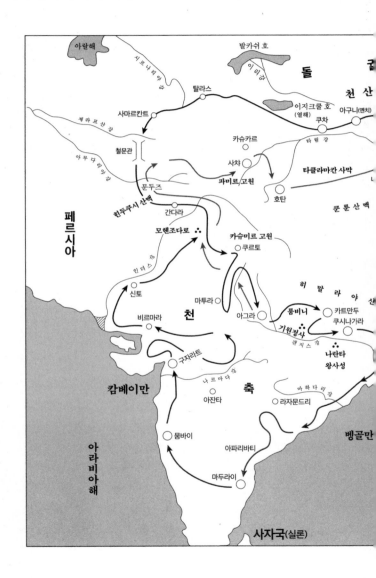

(하미)

유사허 고비 사막

둔황

옥문관

가욕관

황허

양주(랑저우)

난주(란저우)

장안(시안)   당

쯔 강

나란타 사원 부근

나란타 사원
卐
연못
신왕사성
卐
취봉산
왕사성

부드가야

『서유기』 10권 등장인물

손오공

동승신주東勝神洲 오래국傲來國 화과산花果山의 돌에서 태어나 수보리조사須菩提祖師에게 도술을 배워 일흔두 가지 변신술을 익힌다. 반도대회를 망치고 도망쳐 화과산의 원숭이 무리를 이끌고 스스로 '제천대성齊天大聖'이라 칭하며 옥황상제에게 도전했다가, 석가여래에게 붙잡혀 오백 년 동안 오행산 아래 눌려 쇠구슬과 구리 녹인 쇳물로 허기를 때우며 벌을 받는다. 관음보살의 안배로 서천으로 불경을 가지러 가는 삼장법사의 제자가 되어 신통력과 기지로 온갖 요괴들을 물리친다.

삼장법사

장원급제한 수재 진악陳沂의 아들이자 승상 은개산殷開山의 외손자이다. 아버지는 부임지로 가던 도중 홍강洪江의 도적들에게 피살되고, 임신 중이던 어머니는 강제로 도적의 아내가 된다. 죽은 아버지의 직위를 사칭하던 유홍劉洪의 음모를 피해, 어머니는 그를 강물에 띄워 보낸다. 요행히 금산사金山寺의 법명화상法明和尚이 그를 구해 현장玄獎이라는 법명을 주었다. 그는 이후 불가의 수양에 뜻을 두고 수행하다가 관음보살의 배려로 불경을 찾아 서천으로 떠나도록 선발된다. 당태종은 그에게 삼장三藏이라는 법명을 준다.

저팔계

본래 하늘의 천봉원수天蓬元帥였으나 반도대회에서 항아를 희롱한 죄로 인간 세상으로 내쫓긴다. 어미의 태를 잘못 들어가 돼지의 모습으로 태어났으나, 서른여섯 가지 술법을 부리며 요괴가 되어 악행을 일삼다가 관음보살에게 감화되어 삼장법사의 제자로 안배된다. 이후, 오사장국烏斯藏國 고로장高老莊에서 데릴사위로 있었는데, 손오공을 만나 싸우다가 복릉산福陵山 운잔동雲棧洞으로 도망친다. 하지만 곧 굴복하여 삼장법사의 제자가 된다. 아홉 날 쇠스랑[九齒花]을 무기로 쓴다.

사오정

본래 하늘의 권렴대장군捲簾大將軍이었으나, 반도대회에서 실수로 옥파리玉渾璃를 깨뜨리는 바람에 아래 세상으로 내쫓긴다. 유사하流沙河에서 요괴 노릇을 하며 지내다가 관음보살에 의해 삼장법사의 제자로 안배된다. 훗날 유사하를 건너려던 삼장법사 일행을 몰라보고 손오공, 저팔계와 싸우지만, 관음보살이 자신의 큰제자인 목차木叉 혜안惠岸을 보내 오해를 풀어주어서, 결국 삼장법사의 셋째 제자가 된다. 무기로는 항요장降妖杖을 쓴다.

쇠머리 귀신

금평부金平府 민천현旻天縣의 청룡산靑龍山 현영동玄英洞에 사는 세 마리 코뿔소 요괴를 가리킨다. 첫째가 피한대왕辟寒大王, 둘째가 피서대왕辟暑大王, 셋째가 피진대왕辟塵大王인데, 그들은 가짜 부처 노릇을 하며 백성들을 괴롭히다가, 마침 자운사慈雲寺에서 연등놀이를 구경하던 삼장법사를 납치한다. 손오공은 하늘나라 사목금성四木禽星(교룡 자리의 각목교角木蛟, 삽살개 자리의 두목해斗木獬, 이리 자리의 규목랑奎木狼, 들개 자리의 정목안井木犴)의 도움을 받아 요괴들을 붙잡는다. 피한대왕은 정목안에게 물려 죽고, 나머지 둘은 생포되지만 곧 저팔계에 의해 머리가 잘린다.

옥토끼

본래 달나라에서 절구를 찧다가 도망쳐서 사위국舍衛國 모영산毛穎山
에서 요괴 노릇을 하다가 공주를 납치한 뒤 자신이 공주로 변신한다.
마침 서역으로 가던 삼장법사 일행이 사위국을 지나게 되자, 그의 원
양을 빼앗으려고 유혹한다. 그는 털실로 짠 공을 던져 삼장법사를 맞
히고 부마로 맞이하려 하지만, 손오공에게 발각되어 실패로 끝난다.
손오공은 태음성군太陰星君의 부탁을 받고 옥토끼의 목숨은 살려준다.
삼장법사 일행은 급고독원사給孤獨園寺(기원祇園 또는 급고포금사給孤
布金寺라고도 함)에 갇혀 있던 공주를 궁궐로 돌아가게 해준다.

구원외

이름은 구홍寇洪이고 자는 대관大寬이며, 동대부銅臺府 지령현地靈縣에
사는 착한 부자이다. 그는 만 명의 승려들을 잘 대접하겠다고 발원하
여 드디어 삼장법사 일행을 대접함으로써 발원을 이룬다. 그러나 삼
장법사 일행을 성대하게 전송하고 난 후, 비 오는 밤을 틈타 쳐들어온
강도들에게 목숨을 잃는다. 마침 삼장법사 일행은 같은 길로 도망치
던 강도 일당을 만나 약탈한 재물을 다시 빼앗아 구원외의 집에 돌려
주려다가 강도 누명을 쓴다. 손오공은 저승으로 가서 지장보살의 허
락을 얻고 구원외의 영혼을 찾아와 소생시키고 오해를 푼다.

아난과 가섭

석가여래의 제자이다. 그들은 석가여래의 명을 받고 삼장법사 일행
에게 경전을 내주려다가, 삼장법사가 선물을 준비해 오지 않았다는
얘기를 듣고 글자가 없는 경전[無字經]을 내준다. 연등고불燃燈古佛의
도움으로 이 사실을 알게 된 삼장법사 일행은 다시 석가여래에게 청
하여 글자가 적힌 경전을 얻게 된다.

통천하의 자라

삼장법사 일행을 등에 태워 통천하를 건너게 해주려다, 삼장법사가 예전에 한 약속을 지키지 않았다는 것을 알고 물에 빠뜨린다.

불교 · 도교 용어 풀이

【ㄱ】

구전대환단九轉大還丹

도가에서 말하는 신선의 단약. '구전九轉'은 아홉 번 달였다는
뜻이다. 도가에서는 단약을 달이는 횟수가 많고 시간이 오래
될수록 복용한 후에 더 빨리 신선이 될 수 있다고 생각했다.
"아홉 번 달인 단약은 복용한 후 사흘 안에 신선이 될 수 있다"
는 말이 『포박자抱朴子』「금단金丹」에 보인다.

금련金蓮

원래는 '지용보살地湧菩薩'이라고 한다. 『법화경法華經』「용출품
湧出品」에 의하면, 석가여래가 「적문迹門」─『법화경』은 「적문」
과 「본문本門」으로 나뉜다 ─ 을 강의한 후 「본문」을 강의하려
하자, 석가여래의 교화를 입은 무량대보살無量大菩薩이 땅 밑에
서 솟아올라 허공에 머물렀다고 한다. 부처와 보살은 모두 연
꽃 자리에 앉아 있으므로 '지용금련地湧金蓮'이라 칭하기도 한
다. 여기에선 수보리조사가 위대한 도의 오묘함을 강론했음을
비유한 것이다.

급고독장자給孤獨長者

중인도中印度 교살라국憍薩羅國 사위성舍衛城의 부유한 상인 수
달다須達多의 별칭이다. 그는 자비와 선을 베풀기를 좋아해서
종종 외롭고 쓸쓸한 이들에게 먹을 것을 베풀어주었기 때문에
이런 별칭을 얻었다. 그는 왕사성王舍城에서 석가여래의 설법
을 듣고 크게 감동하여 석가여래를 자기 나라로 초청했다. 그

리고 태자 기다祇多의 정원을 사서 기원정사祇園精舍를 세워 석가여래에게 바치며 설법하는 장소로 쓰게 해주었다.

기원祇園

기원祇園, 즉 지원정사祇園精舍를 가리키는 듯하다. 인도의 불교 성지 중 하나이다. 코살라Kosala국 급고독장자給孤獨長者가 큰돈을 주고 파사닉왕태자波斯匿王太子 제타(Jeta, 祇陀)의 사위성舍衛城 남쪽의 화원花園인 기원을 사들여 정사精舍를 건축하여 석가가 사위국舍衛國에 머물며 설법하는 장소로 삼았다. 제타 태자는 화원을 팔았을 뿐만 아니라 화원에 있던 나무를 석가에게 바치고 두 사람의 이름을 따 이 정사를 기수급독고원祇樹給孤園이라고 불렀다. 기원은 약칭이다. 왕사성王舍城의 죽림정사竹林精舍와 함께 불교 최고最古의 두 정사로 알려져 있다. 당나라 현장법사가 인도를 찾았을 때 이 정사는 이미 붕괴되어 있었다.

【ㄴ】

"너는 열 가지 악한 죄를 범하였다."(제1권 5회 171쪽)

불교에서는 사람이 몸, 입, 생각으로 범하는 10가지 죄악으로 살생, 절도[偸盜], 음란[邪淫], 망령된 말[妄語], 일구이언[兩舌], 욕설[惡口], 거짓으로 꾸민 말[綺語], 탐욕, 격노[瞋迷], 사악한 생각[邪見]을 들고 있다. 십악대죄十惡大罪라고 하면 모반謀反, 모대역謀大逆, 모반謀叛, 악역惡逆, 부도不道, 대불경大不敬, 불효不孝, 불목不睦, 불의不義, 내란內亂을 가리킨다.

네 천제[四帝]

도교에서 떠받드는 네 명의 천신으로 사제四帝 또는 사어四御라고 불린다. 호천금궐지존옥황대제昊天金闕至尊玉皇大帝, 중천자미북극대제中天紫微北極大帝, 구진상천천황대제勾陳上天天皇大帝, 승천효법토황제지承天效法土皇帝祇를 가리킨다.

녹야원鹿野苑

석가모니가 도를 깨달은 후 처음으로 법륜法輪을 전하고 사체법四諦法을 이야기하였다는 곳으로 전해진다.

【ㄷ】

"다시 오천사백 년이 지나서 해회가 끝날 무렵에는 정貞의 덕이 하강하고 원元의 덕이 일어나면서 자회子會에 가까워지고……."(제1권 1회 27쪽)

여기서는 송나라 때의 소옹(1011~1077, 자字는 요부堯夫, 시호諡號는 강절선생康節先生)이 쓴 『황극경세皇極經世』에 들어 있는 천지의 개벽과 순환에 관한 설명을 빌려 쓰고 있다. 『주역』「건괘乾卦」의 괘를 풀어놓은 글에 '원형이정元亨利貞'이라는 표현이 들어 있는데, 흔히 이것을 건괘의 '네 가지 덕성[四德]'이라고 부르며, 그 하나하나가 네 계절과 짝을 이룬다고 설명하곤 한다. 그런 속설에 입각하면 "정의 덕이 하강하고 원의 덕이 일어난다"는 것은 겨울이 가고 봄이 오기 시작한다는 뜻이된다.

대단大丹

도가 용어로 오랜 기간의 수련과 고행을 통해 얻어지는 내단內丹을 가리킨다.

대라천

도교에서 말하는 서른여섯 층의 하늘 중 가장 높은 곳에 위치한 하늘.

대승교법大乘敎法

1세기 무렵에 형성된 불교의 교파로서, 대자대비한 마음으로 중생을 두루 제도하여 불국정토佛國淨土를 건립하는 것을 최고의 목표로 삼으면서, 개인적 자아 해탈을 추구하던 원시불교와 다른 교파를 '소승'이라고 비판했다. 대승불교에서는 삼세시방三世十方에 무수한 부처가 있다고 여기는 데 비해, 소승불교에서는 석가모니만을 섬긴다.

대천大千

'대천세계大千世界', '삼천대천세계三千大千世界'를 줄인 말로 석
가모니의 교화가 미친 지역을 가리킨다. 불교에서는 수미산을
중심으로 하여 사대부주四大部洲의 일월이 비추는 곳을 합쳐서
하나의 소세계小世界로, 천 개의 소세계를 소천세계小千世界로,
천 개의 소천세계를 중천세계中千世界로, 천 개의 중천세계를
대천세계로 생각한다.

도솔천궁兜率天宮

도교 전설에서는 태상노군이 거주하는 곳이다. 불교에도 도솔
천이 있는데, 욕계慾界의 육천六天 가운데 네 번째 하늘이다. 욕
계의 정토로 미륵보살이 사는 곳이다.

동승신주東勝神洲·서우하주西牛賀洲·남섬부주南贍部洲·북구로주北俱蘆洲

여기에 언급된 4개 대륙은 불경에서 말하는, 수미산을 사방으
로 둘러싼 염해海에 떠 있는 4개의 큰 대륙을 가리킨다. 다만
여기서는 그 명칭을 약간 바꾸어 사용하고 있다. '동승신주'는
원래 '동승신주東勝身洲'라고 되어 있는데, 이것은 반달 모양
의 그 지역에 사는 사람들이 신체와 용모가 빼어나고 각종 질
병을 앓지 않는다는 뜻이었다. 그리고 '서우하주'는 본래 '서
우화주西牛貨洲'라고 되어 있는데, 이것은 보름달 모양의 그 지
역에서는 소를 화폐로 사용했기 때문에 붙여진 명칭이라고 한
다. 또 '남섬부주'의 명칭은 '염부閻浮'라는 나무의 이름을 뜻
하는 '섬부贍部'라는 표현을 이용해서 만든 것인데, 수레의 윗
부분에 얹은 상자처럼 생긴 이 대륙에 염부나무가 많이 자
라기 때문에 붙여진 것이다. 마지막으로 '북구로주'는 '북구로
주北拘蘆洲'라고 쓰기도 하는데, 정사각형의 그릇 덮개 모양으
로 생긴 이 땅에 사는 사람들은 천 년 동안 장수를 누리고, 다
른 지역보다 평등하고 안락한 생활을 한다고 했다.

【ㅁ】

만겁의 세월

고대 인도에서는 세계가 일정한 시간이 지나면 멸망했다가 다시 시작된다고 믿었는데, 그 한 번의 주기를 하나의 '칼파kalpa'라고 불렀다. '겁'은 칼파를 음역한 것이다. 80차례의 작은 겁이 모이면 하나의 큰 겁이 되는데, 하나의 큰 겁에는 '성成', '주住', '괴壞', '공空'의 네 단계가 들어 있어서, 이것을 '사겁四劫'이라 부른다. '괴겁'의 때에 이르면 물과 불과 바람의 세 가지 재앙이 나타나 세상은 훼멸의 단계로 들어가기 시작한다고 하는데, 이 때문에 후세에는 '겁'을 '풀기 어려운 재난'의 뜻으로 사용하기도 했다.

"모든 것이 결국은 정과 기와 신이니……."(제1권 2회 72쪽)

정신력과 체력[精], 원기[氣], 정력[神]을 가리킨다. 도교에서는 이 세 가지를 조화롭게 키우고 수양하면 신선이 될 수 있다고 생각했다. 이는 주로 『황정경』의 주장을 인용한 것이다.

"무상문의 진정한 법주이시니……."(제1권 7회 224쪽)

무상문은 여기서 불문佛門을 범칭하는 것으로 쓰였다. 불교의 삼론종三論宗이 '모든 법이 모두 공'이란 사상을 종지로 삼기 때문에 무상종無相宗이라고 불린다. 법주法主는 불경에서 석가모니에 대한 칭호로 쓰인다. 설법주說法主라고 쓰기도 하며 교의를 선양하는 스승이란 의미를 갖는다.

문수보살文殊菩薩

대승불교의 보살 가운데 하나로, 지혜를 상징한다. 특히 보현보살과 함께 석가모니를 좌우에서 모시고 있는데, 일반적으로 석가모니의 왼쪽에서 머리에 큰 태양과 다섯 지혜를 상징하는 상투를 틀고, 손에는 칼을 쥔 채 푸른 사자를 탄 모습으로 묘사된다.

【ㅂ】

반야般若

범어 '푸라쥬냐Prājuuñā'를 음역한 것으로 '포어루어[波若]'라고도 하며 '지혜'라는 뜻이다. 즉, '모든 사물을 여실히 이해하는 지혜'를 가리키는 것으로 일반적인 지혜와는 다르다.

법계法界

불법의 범위로 원시불교에서는 열두 인연[因緣], 대승에서는 만유의 본체인 진여眞如, 우주를 가리킨다. 또 불교도의 사회라는 의미도 가질 수 있는데, 여기서는 전자와 후자의 의미를 겸한다고 할 수 있다.

법상法相

모든 사물에 내재하거나 외재하는 표상을 통틀어 가리키는 말이다.

"별자리 밟으니……."(제5권 44회 117쪽)

본문의 '사강포두査勊佈斗'는 '답강포두踏勊佈斗', 즉 도교의 법사가 단을 세우고 의식을 치를 때 별자리를 따라 걷는 걸음걸이를 가리킨다. 이렇게 걸으면 신령을 불러낼 수 있다는 것인데, 이 걸음을 만들어낸 이가 우禹임금이라 해서 '우보禹步'라고도 부른다.

보타낙가산普陀落伽山

'흰 꽃이 피어 있는 작은 산' 또는 '꽃과 나무로 가득한 작은 산'이라는 뜻을 가진 범어 '포탈라카potalaka'의 음역이다. 지금의 저장성浙江省 포투어시앤普陀縣 동북쪽 바다 가운데 '보타도'라는 섬이 있다. 이 섬은 옛날에 산서山西의 오대산五臺山과 안휘安徽의 구화산九華山, 사천四川의 아미산峨眉山과 더불어 중국 불교의 4대 사찰이 자리 잡은 명산으로 꼽혔다.

복기服氣

도교에서는 선인仙人들이 여름에는 화성火星의 적기赤氣를, 겨울에는 화성의 흑기黑氣를 마시면 배고픔을 잊는다고 한다.

"불법은 본래 마음에서 생겨나고 또한 마음을 따라 사라진다네."(제2권 20회 271쪽)

법은 범어 '다르마dharma'의 의역이다. 여기서는 모든 사물과 현상을 가리킨다. '심'이란 모든 정신 현상을 가리킨다. 불교에는 '만법일심설萬法一心說'이라는 것이 있다. 『반야경般若經』에 이런 기록이 있다. "모든 법과 마음을 잘 인도해야 한다. 마음을 안다면 모든 법을 다 알 수 있다. 세상의 모든 법은 다 마음에서 비롯된다."

불이법문不二法門

불교 용어로, 모든 현상과 모순이 '분별이 없고' 각종 차이를 초월해야 한다는 뜻이다. 이른바 언어나 문자를 떠난 '진여眞如', '실상實相'의 깨달음으로, 그들은 서로 평등하며 서로 간에 구별도 없다. 보살이 이 '불이不二'의 이치를 깨달은 것을 '불이법문不二法門'에 들었다고 한다. 여기에서 불이법문은 '불문佛門'을 뜻한다.

【ㅅ】

사대천왕四大天王

불교에서는 33개 하늘의 군주를 제석이라고 부른다. 이들은 수미산 꼭대기 도리천 중앙의 희견성喜見城에 거주하고 있다. 이들 밑에 수미산의 사방을 지키는 외장外將이 있는데 이들을 사대천왕, 혹은 사대금강四大金剛이라고 부른다. 천하의 네 방위를 맡아 지키고 있기 때문에 호세사천왕護世四天王이라고도 불린다. 동방의 다라타多羅咤는 지국천왕持國天王으로 몸은 흰색이고 비파를 들고 있다. 남방의 비유리毗琉璃는 증장천왕增長天王으로 몸은 청색이고 보검을 쥐고 있다. 서방의 비류박차毗留博叉는 광목천왕廣目天王으로 몸은 붉은색이고 손에는 용이 똬리를 틀고 있다. 북방의 비사문毗沙門은 다문천왕多聞天王으로 몸은 녹색이고 오른손에는 우산을, 왼손에는 은 쥐를 쥐고 있다.

"사람이 죽어 삼칠 이십일 일 혹은 오칠 삼십오 일, 칠칠 사십구 일이 다 차면 이승의 죄를 다 씻어내고 환생할 수 있습니다."(제4권 38회 228쪽)

불교에서는 7일을 하나의 주기로 삼는다. 죽은 자의 영혼은 이 주기가 일곱 번 끝날 때까지 자신이 내세의 이승에 다시 태어날 곳을 찾을 수 있으며, 그것이 적절한 선택인지 여부는 저승의 판관들이 심사하여 결정한다. 만약 그가 스스로 마땅한 곳을 찾지 못했다면 저승의 판관이 다시 태어날 곳을 지정해 준다. 어쨌든 49일이 지난 후에는 모든 영혼이 반드시 윤회하여 이승의 어딘가에 태어나게 된다.

"사부님, 겁내지 마십시오. 저건 원래 사부님의 껍질이었습니다."(제10권 98회 228쪽)

이것은 본래 불교의 해탈 과정이라기보다는 육신을 버리고 우화등선羽化登仙하는 도교의 '시해尸解'에 가까운 묘사이다. '시해'에는 숯불에 몸을 던지는 '화해火解'와 물에 빠져 죽는 '수해水解', 칼로 목숨을 끊는 '검해劍解' 등 다양한 방법이 있다.

사상四相

불교 용어로, 아래와 같은 여러 가지 다른 의미를 가지고 있다. 첫째 인과사상因果四相이라 하여 생生, 노老, 병病, 사死를 가리킨다. 둘째 만물의 변화를 나타내는 네 가지 상, 곧 생상生相, 주상住相, 이상移相, 멸상滅相을 가리킨다. 셋째 중생이 실재實在라고 착각하는 네 가지 상, 곧 아상我相, 인상人相, 중생상衆生相, 수자상壽者相을 가리킨다.

사생四生

불교에서는 중생의 출생을 네 가지로 나눈다. 사람과 가축 같은 태생胎生, 날짐승과 길짐승 및 물고기 같은 난생卵生, 벌레와 같이 습기에 의지해 형체를 이루는 습생濕生, 의탁하는 것 없이 업력業力을 빌려 홀연히 출현하는 화생化生이 그것이다.

사인四忍

고통이나 모욕을 당해도 원망하는 마음이 없고 편안한 마음으로 불교의 교리를 믿고 지키며 동요되지 않는 것을 말한다. 지혜의 일부분으로 이인二忍, 삼인三忍, 사인四忍 등이 있다.

사위성舍衛城

사위[śrāvastī]는 원래 코살라국의 도성 이름이었는데, 남쪽에 있었던 또 하나의 코살라국과 구별하기 위하여 '사위舍衛'라는 도시 이름으로 국명을 대체하였다. 이곳에는 불교를 숭상하는 것으로 유명하던 파사닉왕波斯匿王이 살았는데, 성안에 급고독 장자給孤獨長者가 보시한 기원정사祇園精舍가 있는데 유적이 아직도 남아 있다. 전하는 바에 따르면, 석가모니가 성불한 후 이곳에서 25년 살았다고 한다. 7세기에 당나라 현장법사가 이곳을 찾은 적이 있다.

사치공조四値功曹

도교에서 신봉하는 치년値年, 치월値月, 치일値日, 치시値時 네 신의 총칭으로 신들이 사는 천정天庭에 기도문을 전달하는 관직을 맡고 있다.

삼계三界

불교에서는 인간 세상을 세 단계로 나눈다. 욕계慾界는 온갖 욕망을 다 가지고 있는 중생의 세계이고, 색계色界는 욕계의 윗단계로서 욕망은 없으나 외형과 형태는 존재하는 세계이고, 무색계無色界는 다시 색계의 윗단계로서, 색상色相(사물의 형태와 외관)이 모두 사라지고 오로지 정신만이 정지 상태에 머무르는 중생계이다. 여기에선 인간세계에 대한 범칭으로 쓰였다. 감원坎源이란 수원水源을 의미한다. 『주역』「감괘坎卦」가 수에 속하므로 이렇게 일컫는 것이다.

삼공三空

불가 용어로, 삼해탈三解脫, 삼삼매三三昧라고도 한다. 아공我空, 법공法空, 아법구공我法俱空을 가리키기도 하고 삼공해탈三空解脫, 무상해탈無相解脫, 무원해탈無願解脫을 가리키기도 한다.

삼관

도교의 기氣 수련에 관련된 용어인데, 그에 대한 해설은 각각이다. 『회남자淮南子』「주술훈主術訓」에서는 귀, 눈, 입이라고

했고, 『황정경』에서는 손, 입, 발이라고 했다. 명당明堂, 가슴에 있는 동방洞房, 단전丹田의 셋이라고 하기도 하고(『원양자元陽子』), 머리 뒤쪽의 옥침玉枕, 녹로翁晤, 등뼈 끝부분의 미려尾閭의 셋이라고 하기도 한다(『제진현오집성諸眞玄奧集成』).

삼귀오계

삼귀는 '삼귀의三羣依'의 준말이다. 불교에 입문할 때 반드시 스승에게서 '삼귀의'를 전수받게 되니, 즉 부처[佛], 불법[法], 승려[僧]의 삼보三寶를 가리킨다. 오계五戒는 살생하지 말고, 도둑질하지 말고, 음란하고 사악한 짓을 말며, 망령된 말을 하지 말고, 술을 마시지 말라는, 불교도가 평생 지켜야 할 다섯 가지 계율이다. 도가에도 오계가 있으니, 살생하지 말고, 육식과 술을 하지 말며, 속 다르고 겉 다른 말을 말며, 도둑질하지 말고, 사악하고 음란한 짓을 하지 말라는 것이다.

삼단해회대신三壇海會大神

덕이 깊고 넓은 것이나 수량이 엄청난 것을 비유하여 쓰는 말이다. 『화엄현소華嚴玄疏』에 따르면, '바다가 모인다[海會]'고 말하는 것은 그 깊고 넓음 때문이다. 어짊이 두루 미쳐 중생들에게 골고루 퍼지고 덕이 깊어 불성佛性을 구하는 것이 헤아릴 수 없이 넓고 크기 때문에 '바다'라고 한 것이라고 했다.

삼도三塗

'삼악취三惡趣' 또는 '삼악도三惡道'라고도 하는데, 뜨거운 불로 몸을 태우는 지옥도地獄道와 서로 잡아먹는 축생도畜生道, 그리고 칼과 몽둥이로 핍박하는 아귀도餓鬼道를 가리킨다. 불교에서는 악행을 저지른 사람은 죽어서 반드시 이 셋 가운데 하나에 빠지게 된다고 한다.

삼매화三昧火

삼매란 범어 '사마디Samadhi'의 역어로서 '고정되다', '정해지다'의 뜻을 가지고 있다. 보통 한 가지에 집중하여 흩어짐이 없는 정신 상태를 가리킨다. 삼매화란 삼매의 수양을 쌓은 사람의 몸 안에서 돌고 있는 기운이며 진화眞火라고 부르기도 한다.

삼승三乘

승乘이란 물건을 실어 나르는 기구로서, 중생을 구제해 현실 세계인 차안此岸에서 깨달음의 세계인 피안彼岸에 도달함을 비유한 것이다. 불교에선 인간을 세 종류의 '근기根器'로 나눌 수 있다고 보므로, 수양에도 세 종류의 경로가 있게 되고, 수레로 실어 나르는 것의 비유에 따라 세 종류의 수행 방법을 '삼승'이라고 일컬으니, 성문승聲聞乘, 연각승緣覺乘, 보살승菩薩乘이 그것이다. 도가에도 '삼승'이 있는데, 동진부洞眞部가 대승, 동현부洞玄部가 중승中乘, 동신부洞神部가 소승이다.

삼시신三尸神

도교에서는 인간의 신체에 세 가지 벌레가 있다고 여기는데, 이를 삼충三蟲, 삼팽三彭, 삼시신三尸神이라 한다. 『태상삼시중경太上三尸中經』에 이르기를, "상시上尸는 팽거彭倨라 하는데 사람 수염 속에 있고, 중시中尸는 팽질彭質이라 하는데 사람 배 속에 있고, 하시下尸는 팽교彭矯라고 하는데 사람 발 속에 있다"고 한다. 송나라 때 섭몽득葉夢得이 쓴 『피서록화避暑錄話』에 따르면, 삼시신은 "인간의 잘못을 기억해 경신일庚申日에 사람이 잠든 틈을 타 상제께 그것을 일러바친다"고 한다.

삼원三元

도교 용어로 도교에서는 천天, 지地, 수水를 삼원三元 혹은 삼관三官이라고 한다.

삼재三災의 재앙

불교에는 큰 '삼재'와 작은 '삼재'가 있다. 전자는 한 겁이 끝날 무렵마다 나타나 세상 만물을 없애버리는 바람과 물과 불의 세 가지 재앙을 가리키고, 후자는 기근과 역병과 전쟁을 가리킨다. 여기서는 전자를 의미한다.

삼청三淸

도교에서 추앙하는 세 명의 최고신으로 옥청원시천존玉淸元始天尊(혹은 천보군天寶君), 상청영보천존上淸靈寶天尊(혹은 태상노군太上道君), 태청도덕천존太淸道德天尊(혹은 태상노군太上老君)을 말한다. 도교에서는 사람과 하늘 밖의 선경, 곧 삼청경三

淸境이라는 곳에 이들 세 신이 살고 있다고 생각한다.

"세 송이 꽃 정수리에 모여 근본으로 돌아갈 수 있었고……."(제2권 19회 240쪽)

도교의 연단술에서는 정情, 기氣, 신神을 세 송이 꽃 혹은 세 가지 보물이라고 부른다. 세 송이 꽃이 정수리에 모였다는 것은 신체가 영원히 훼손당하지 않는 경지에 이르렀다는 것을 뜻한다.

세 혼

도가에서는 사람에게 혼이 세 개가 있다고 여겼으니, 탈광脫光, 상령爽靈, 유정幽精이 그것이다. 『운급칠첨雲笈七籤』 54권 「혼신魂神」에 따르면, 도가에서는 그 세 개의 혼을 굳게 지키는 법술이 있다고 한다.

"손에 든 여의봉은 위로 서른세 곳의 하늘……."(제1권 3회 107쪽)

범어 '도리천瀟利天'의 의역이다. 『불지경론佛地經論』에 따르면, 이 명칭은 수미산 정상의 네 면에 각기 팔대천왕이 자리 잡고 있고, 가운데 제석帝釋이 살고 있다고 해서, 그 수에 맞춰서 붙여진 것이다.

수미산

인도의 전설에 나오는 산 이름이다. '수미須彌'는 '오묘하고 높다[妙高]'는 뜻을 가진 범어 '수메루sumeru'를 잘못 음역한 것이다. 불교에서는 이 산을 인간세계의 중심이자, 해와 달이 돌아서 뜨고 지는 곳이며, 삼계三界의 모든 하늘들을 지탱하는 기둥으로 여긴다.

수보리조사須菩提祖師

'수보리'는 본래 부처의 십대제자 가운데 하나이나, 여기서는 불교와 도교의 수련을 겸한 신선의 하나로 설정된 허구적 등장인물이다.

수중세계[下元]

도교에서는 하늘나라[天上]를 상원上元이라 하고, 육지를 중원中元, 물속을 하원下元이라 부른다.

"신묘한 거북과 삼족오三足烏의 정기 흡수했지."(제2권 19회 240쪽)

이 구절은 도가에서 물과 불을 조화롭게 하고 정精과 기氣가 서로 호응하는 연단술을 사용함을 나타내고 있다. '이離'와 '감坎'은 각각 팔괘의 하나로서, 이는 불이고 감은 물이다. 용과 호랑이는 도가에서 각각 물과 불, 납과 수은을 의미한다. 연단술에서 신묘한 거북은 신장 속의 검은 액체이다. '금오'는 신화 속의 '삼족오'로서 태양을 의미하고, 결국 심장을 뜻한다. '신령한 거북'과 '금오'는 연단술의 정과 기이다.

"신장腎臟의 물 두루 흩려 입속의 화지로 들어가게 하고……."(제2권 19회 240쪽)

도교에서는 혀 아래쪽에 있는 침샘을 화지華池라고 부른다. 여기서는 오행 가운데 물에 해당하는 신장腎臟에서 정화된 기운이 온몸에 흐른다는 관념을 엿볼 수 있다.

십지十地

불교 용어로 '십주十住'라고도 한다. 보살이 수행하는 열 가지 경계를 말한다. 『화엄경華嚴經』에 따르면, 이것은 환희지歡喜地, 이구지離垢地, 발광지發光地, 염승지焰勝地, 난승지難勝地, 현전지現前地, 원행지遠行地, 부동지不動地, 선혜지善彗地, 법운지法雲地를 가리킨다.

【ㅇ】

"아래로는 십팔 층 지옥……."(제1권 3회 107쪽)

지옥은 범어 '나락가那落迦'의 의역이며, 불락不樂, 가염可厭, 고기苦器 등으로도 쓴다. 지하에는 팔한八寒, 팔열八熱, 무간無間 등이 있다. 불교에서는 사람이 생전에 악업을 지으면 사후에 지옥에 떨어져 각종 고통을 당한다고 한다. 『남사南史』「이맥전夷貊傳」에 따르면, 유살하劉薩何가 갑자기 병으로 죽었다가 나중에 다시 소생했는데, 스스로 십팔 층 지옥에 다녀온 적이 있다고 말했다는 기록이 있다.

아비지옥

불교에서 말하는 팔대지옥 중에서 여덟 번째 지옥으로서 거기에 떨어지면 영원히 벗어나지 못한다.

"아홉 등급 연화대가 있네."(제1권 7회 224쪽)

구품화九品花란 곧 구품 연화대蓮花臺를 가리킨다. 불교 정토종淨土宗에서는 수행자의 공덕이 각기 다르므로 극락왕생해서 앉게 되는 연화대 또한 등급이 있게 된다고 본다. 상상上上, 상중上中, 상하上下, 중상中上, 중중中中, 중하中下, 하상下上, 하중下中, 하하下下 종 아홉 등급이다.

여산노모驪山老母

여자 신선의 이름이다. 전설에 따르면, 은나라와 주나라가 교체될 무렵에 천자가 된 여인이라고 한다. 당나라와 송나라 이후로 신선으로 받들어져서 '여산모驪山姆' 또는 '여산노모'라고 불렸다. 『집선전集仙傳』에 따르면, 당나라 때의 이전李筌이 신선의 도를 좋아했는데, 숭산嵩山 호구암虎口巖의 석벽에서 『황제음부경黃帝陰符經』을 얻고, 그것을 베껴 수천 번을 읽었으나 그 뜻을 이해할 수 없었다. 그러다가 여산에서 한 노파를 만났는데, 신령한 생김새가 예사롭지 않았다. 마침 길가에 불에 탄 나무가 있었는데, 노파가 "불은 나무에서 일어나지만 재앙은 반드시 극복된다(火生於木 禍發必剋)"고 중얼거렸다. 이전이 깜짝 놀라서 "그건 『황제음부경』의 비밀스러운 문장인데, 노파께서 어찌 알고 언급하시는 겁니까?" 하고 물었더니, 노파는 이전에게 그 경전의 오묘한 뜻을 풀어 설명해주고 보리밥을 대접해주고는 바람을 타고 사라져버렸다. 이전은 이때부터 밥을 먹지 않아도 배가 고프지 않아서, 그 참에 곡식을 끊고 도를 추구했다고 한다. 여산은 당나라 때 장안 부근(지금의 산시성陝西省 린동시앤臨潼縣 동남쪽)에 있는 산이다. 당나라 현종玄宗은 이곳의 온천에 화청궁華淸宮을 지어 양귀비楊貴妃와 함께 놀았으며, 근처에는 진秦 시황제始皇帝의 무덤이 있다.

연등고불燃燈古佛

정광불錠光佛이라고도 한다. 『지도론智度論』의 기록에 따르면,

그가 태어났을 때 몸 주변의 빛이 등과 같아서 그런 이름이 붙여졌다고 한다. 석가모니가 부처가 되기 전에, 연등불燃燈佛은 그가 장래에 부처가 될 거라고 예언했다고 한다.

영대방촌산靈臺方寸山

'영대'는 도가에서 사람의 마음을 비유하는 표현이며 '영부靈府'라고도 한다. '방촌' 역시 사람의 마음을 나타내는 표현이다. 이런 표현 때문에 일반적으로 『서유기』는 사람이 마음을 수양하는 과정을 비유와 상징으로 묘사한 작품이라고 여겨지곤 한다.

"예로부터 연단술과 『역경易經』, 황로黃老 사상의 뜻을 하나로 합쳤으니……"(제10권 99회 258쪽)

동한의 방사方士 위백양魏伯陽은 『주역참동계周易參同契』를 지어 『주역』의 효상론爻象論을 통해 연단하여 신선을 이루는 법을 설명하면서, 연단술과 『주역』, 황로 사상을 합쳐 하나로 만들었다.

예수기고재預修寄庫齋

기고寄庫란 요나라에서 제사 의식을 이르던 말이다. 또 한편으로는 민간신앙의 하나로 생전에 지전을 사르며 불사를 행하여 저승 관리에게 미리 돈을 주어 사후에 쓸 수 있도록 준비하는 의식을 가리키기도 한다.

오방오로五方五老

도교에서는 동왕공東王公(동화제군東華帝君), 단령丹靈, 황노黃老, 호령皓靈, 현로玄老를 오방오로라고 한다.

오온五蘊

'오음五陰'이라고도 하며 색色, 수受, 상想, 행行, 식識의 다섯 가지를 가리킨다. 이것은 순서대로 형상形相, 기욕嗜慾, 의념意念, 업연業緣, 심령心靈을 의미한다. 불교에서는 일체의 중생이 다섯 가지에 의해 이루어진다고 여긴다.

옥국보좌玉局寶座

태상노군의 보좌를 가리킨다. 옥국玉局은 지명으로 현재 청뚜

시成都市에 있다. 도교의 전적에 따르면, 동한東漢 환제桓帝 영수永壽 원년(155)에 태상노군이 장도릉張道陵과 함께 이곳에 도착했는데, 다리가 달린 옥 침상이 땅에서 솟아올라 태상노군이 보좌에 앉아 공중으로 올라가 장도릉에게 경전을 강설하였다고 한다. 그리고 그가 떠나자 침상은 사라지고 땅에는 구멍이 생겼는데, 후에 그것을 옥국화玉局化라고 불렀다 한다. 송나라 때는 이곳에 옥국관玉局觀이 설립되었다.

"우리는 정精을 기르고, 기氣를 단련하고, 신神을 보존해서 용과 호랑이를 조화롭게 만들고, 감坎으로부터 이離를 채워야 하니……"(제3권 26회 151쪽)

도교의 연단煉丹에 대한 설명이다. 용과 호랑이는 음양오행의 원리에 따라 내단內丹을 설명하는 말이다. 용은 양陽에 속해서 이離에서 생기는데, 이는 불에 속하기 때문에 "용은 불 속에서 나온다(龍從火裏出)"고 한다. 이에 비해 호랑이는 음陰에 속해서 감坎에서 생기는데, 감은 물에 속하기 때문에 "호랑이는 물가에서 태어난다(虎向水邊生)"고 한다. 이 두 가지를 합쳐서 '도의 근본[道本]'이라 하는 것이다. 인체의 경우 간肝은 용에 해당되고 신장腎臟은 호랑이에 해당한다. 용과 호랑이의 근본은 원래 '참된 하나[眞一]'에 있으니, 음양의 융합이란 곧 그 근본을 합쳐 하나가 되는 것을 가리킨다. 한편, 외단外丹에서도 용과 호랑이로 음양을 비유하며, 수은[汞]을 구워 약을 제련하는 것을 일컬어 "용과 호랑이를 만든다(爲龍虎)"라고 하는데, 이 또한 음양의 융합을 가리키는 말이다.

원신元神

도교에서는 인간의 영혼이 수련을 거친 경우에 그것을 '원신'이라고 부른다. 신선의 도를 터득한 사람은 원신이 육체를 떠나 자유자재로 다닐 수 있다.

원양元陽

원양지기元陽之氣를 가리킨다. 도교에서는 이것을 선천적으로 타고나는 것이자 후천적인 양생의 노력으로 키울 수 있다고 본다. 이 기운은 타고난 정기精氣가 변화된 것으로, 오장육부 등의 모든 기관과 조직의 활동을 추동하고, 생명 변화의 원천이 된다.

육도六道

불교 용어로 '육취六趣'라고도 한다. 불교에서는 중생의 세계를 여섯 가지, 즉 하늘, 사람, 아수라阿修羅, 아귀餓鬼, 축생畜生, 지옥地獄으로 나눈다. 『엄경楞嚴經』에 따르면, 불문에 귀의하지 않으면 영원히 이 여섯 세계 안에서 윤회를 거듭하고 해탈할 수 없다고 말한다.

육도윤회六道輪廻

불교에서는 중생이 선악의 업인業因에 따라 지옥과 아귀餓鬼, 축생, 수라修羅, 인간, 천상의 여섯 세계를 윤회한다고 여겼다.

육욕

여섯 가지 탐욕. 첫째는 색욕色慾으로 빛깔에 대한 탐욕이고, 둘째는 형모욕形貌慾으로 미모에 대한 탐욕, 셋째는 위의자태욕威儀姿態慾으로 걷고 앉고 웃고 하는 애교에 대한 탐욕, 넷째는 언어음성욕言語音聲慾으로 말소리, 음성, 노래에 대한 탐욕, 다섯째는 세활욕細滑慾으로 이성의 부드러운 살결에 대한 탐욕, 여섯째는 인상욕人相慾으로 남녀의 사랑스런 인상에 대한 탐욕을 가리킨다.

육정六丁과 육갑六甲

도교에서 받들고 있는 천제天帝가 부리는 신으로 바람과 우레를 일으킬 수 있고 귀신을 제압할 수 있다. 육정은 정묘丁卯, 정사丁巳, 정미丁未, 정유丁酉, 정해丁亥, 정축丁丑으로 음신陰神, 즉 여신이고, 육갑은 갑자甲子, 갑술甲戌, 갑신甲申, 갑오甲午, 갑신甲辰, 갑인甲寅으로 양신陽神, 즉 남신이다.

은혜

불교에서 말하는 "네 가지 크나큰 은혜[四重恩]"란 세상 사람들이 마땅히 갚아야 될 네 가지 은덕을 가리킨다. 『석씨요람釋氏要覽』「권중卷中」에 따르면 두 가지 설이 있다. 하나는 부모의 은혜, 중생의 은혜, 임금의 은혜, 삼보三寶의 은혜를 말한다. 다

른 하나는 부모의 은혜, 스승과 나이 많은 어른의 은혜, 임금
의 은혜, 시주施主의 은혜를 말한다.

일곱 부처

불가에서는 비파시불毗婆尸佛, 시기불尸棄佛, 비사부불毗舍浮佛,
구류손불拘留孫佛, 구나함모니불拘那含牟尼佛, 가섭불迦葉佛, 석
가모니불釋迦牟尼佛을 '과거의 칠불' 혹은 약칭으로 '칠불'이라
부른다.

입정入靜

불교에서 좌선을 하고 모든 잡념이 끊어진 고요한 상태에 들
어가는 것을 일컫는 말이다.

【ㅈ】

작소관정鵲巢貫頂

석가여래가 참선을 하느라 나무 아래 앉아 있는데, 새 한 마리
가 그런 석가여래를 나무인 줄 알고 머리에다 집을 짓고 알을
낳았다. 참선을 끝낸 석가여래는 머리 속에 알이 있는 줄 알고
는 참선을 계속하여 그 알이 부화하여 새가 되어 날아간 다음
에야 일어섰다는 이야기에서 유래한 표현이다.

장생제長生帝

도교에서 숭상하는 태산신泰山神을 가리킨다. 이 신이 인간의
생사를 주관한다는 전설이 있다. 그래서 '장생제'라고 부른다.

재동제군梓潼帝君

도교에서 공명功名과 녹위祿位를 주재한다고 여겨 모시는 신
이다. 『명사明史』「예지禮志」와 『삼교원류수신대전三敎源流搜神
大全』에 따르면, 그의 이름은 장아자張亞子이고 촉蜀 땅의 칠곡
산七曲山(지금의 쓰촨성四川省 쯔퉁시앤梓潼縣 북쪽)에 살았다
고 한다. 그는 진晉나라에서 벼슬살이를 하다가 전사했는데,
후세 사람들이 그를 위해 사당을 세워주었다. 당나라와 송나

라 때 여러 차례 벼슬이 더해져서 '영현왕英顯王'에까지 봉해
졌다. 도교에서는 그가 문창부文昌府의 일과 인간 세상의 벼슬
살이를 관장한다고 여겼기 때문에, 원나라 인종仁宗 연우延祐
3년(1316)에는 '보원개화문창사록굉인제군輔元開化文昌司祿宏仁
帝君'에 봉해져서 흔히 '문창제군文昌帝君'으로 불렸다.

"절로 거북과 뱀이 얽히게 되리라."(제1권 2회 73쪽)

모두 도교에서 내단內丹을 수련함을 의미하는 용어이다. 옥
토끼는 달에서 약을 찧고 있다는 신화 속의 동물이고, 까마귀
는 해에 산다는 다리 셋 달린 새로서 보통 금조金鳥라고 부른
다. 여기에선 이것들로 인체 내의 정, 기, 신, 음양이 서로 어울
려 조화되는 이치를 비유하고 있다. 거북과 뱀이 뒤얽혀 있다
는 것은, 도교에서 떠받드는 북방의 신 현무玄武로서 거북과
뱀이 합체된 모습을 하고 있다. 북방 현무가 수水에 속한 것을
가지고 중의中醫에서는 오행 가운데 수에 속하는 콩팥[腎臟]을
비유하고 있는데, 콩팥은 타고난 원양 진기眞氣를 보존하는 곳
이다.

"제호醍醐를 정수리에 들이부은 듯……."(제4권 31회 16쪽)

불교 용어로 지혜를 불어 넣어 깨닫게 한다는 뜻이다. 제호醍
醐란 치즈[峯酪]에서 추출한 정화로, 불가에서 최고의 불법을
비유하는 말이다.

좌관坐關

자기 몸 하나가 들어갈 만한 작은 방에 들어가 외부와 일체의
교섭을 단절한 채 수행하는 것으로 90일이 한 단위가 된다.

지장왕보살地藏王菩薩

불교의 대승보살大乘菩薩 가운데 하나로, 범어 '걸차저얼파乞叉
底蘗婆'의 의역이다. 그는 "대지처럼 편안히 참아내는 부동심
을 갖고 있고, 비장의 보물처럼 고요하게 생각에 잠겨 깊고 은
밀한 성품을 나타낸다(安忍不動如大地 靜慮深密如秘藏)"(『지장십
륜경地藏十輪經』)는 데서 '지장'이라는 이름을 갖게 되었다. 불
교에서는 그가 석가모니가 사라지고 미륵彌勒이 세상에 나타
나기 전에 육도六道에 현신하여 천상에서 지옥에 이르기까지

모든 중생의 고난을 구제해주는 보살이라고 한다.

진언眞言

불교 밀종의 경전을 진언이라고 하니, 범어 '만다라mandala'의
의역으로서 망령되지 않고 진실된 말이란 의미이다. 또 승려
나 도사가 귀신을 항복시키고 사악한 기운을 쫓기 위해 암송
하는 구결을 진언이라고 하기도 했다. 여기서는 후자에 해당
한다.

진여

'진眞'은 허망하지 않고 진실한 것을 가리키며, '여如'는 '여상如
常', 즉 항상 변하지 않는 것을 가리킨다. 이런 경지는 투철한
깨달음을 통해서 도달할 수 있는 것이라고 한다.

【ㅊ】

천강성天勅星

도교에서는 북두성 주변에 있는 36개의 별을 지칭하여 천강
성天勅星이라 한다.

천화天花

양나라 무제 때 운광雲光법사가 경전을 강의하자 하늘이 감동
하여 천화가 떨어져 내렸다는 말이 양나라 혜교慧皎의 『고승
전高僧傳』에 실려 있다. 또 『법화경』 「서품序品」에 의하면, 부처
가 『법화경』 강론을 끝내자 하늘에서 만다라화, 마하만다라
화, 만수사화와 마하만수사화가 부처와 청중들 몸으로 어지
러이 떨어져 내렸다고 한다. 여기서는 이 두 가지 의미를 함께
가지고 있다.

칠보七寶

불교 용어로 『법화경法華經』에 따르면 금, 은, 유리, 거거硨磲
(인도에서 나는 보석), 마노瑪瑙, 진주, 매괴玫瑰(붉은빛의 옥)
를 칠보라 한다.

【ㅌ】

탈태환골

　　도교의 연단煉丹에서는 어미의 몸에 태胎가 생기는 것으로 정精, 기氣, 신神이 뭉쳐 내단內丹을 이루는 것을 비유한다. 이런 경지에 이르면 보통 인간의 육신을 벗어던지고 신선의 몸으로 탈바꿈한다는 것인데, 이것을 일컬어 '탈태환골'이라 한다. 오대五代 무렵의 진박陳樸이 편찬한 『내단담內丹談』에 따르면, 도가의 수련은 아홉 단계를 거쳐 연단하게 되는데, 그 과정은 다음과 같다. 첫 번째 단계를 지나면 생기가 유통하고 음양이 화합하면서 내단이 단전丹田을 향해 내려오기 시작하고, 두 번째 단계를 지나면 참된 정기가 단약처럼 둥글게 뭉쳐 단전으로 갈무리되고, 세 번째 단계를 거치면 신선의 태가 어린애 같은 모양을 갖추고, 네 번째 단계를 거치면 신선의 태와 정신이 넉넉해져서 혼백이 모두 갖춰지고, 다섯 번째 단계를 거치면 신선의 태가 자라면서 마음대로 신통력을 부릴 수 있게 되고, 여섯 번째 단계가 지나면 신체 안팎의 음양이 모두 넉넉해져서 신선의 태와 정신이 인간의 육체와 하나로 합쳐지고, 일곱 번째 단계가 지나면 오장五臟의 타고난 기운이 모두 신선의 그것으로 바뀌고, 여덟 번째 단계가 지나면 어린애에게 탯줄[臍帶]이 있는 것처럼 배꼽 가운데 '지대地帶'가 생겨서 태식胎息, 즉 코와 입을 쓰지 않는 호흡을 통해 기운을 온몸에 두루 흐르게 할 수 있으며, 최후의 아홉 번째 단계에 이르면 육신이 도와 하나가 되어 지대가 저절로 떨어지고 발아래 구름이 생겨 하늘로 날아오를 수 있다고 한다.

태상노군급급여율령봉칙太上老君急急如律令奉敕

　　'급급여율령急急如律令'이란 도교에서 사용하는 일상적 주문이다. 원래 한나라 때의 공문서에 '여율령'이라는 표현이 자주 쓰였는데, 나중에 도교에서 '신을 부르고 귀신을 잡는[召神拘鬼]' 주문의 말미에 종종 이 표현을 모방해서 썼다. 이것은 율법의 명령과 같이 반드시 긴급하게 집행해야 한다는 뜻을 나타낸 것이다.

태을太乙

태일太一이라고도 한다. 여기서는 하늘과 땅이 나뉘지 않고 혼돈된 상태로 있을 때의 원기元氣를 의미한다. 도가에서도 텅비어 있는 '도道'의 별칭으로 쓴다.

태을천선太乙天仙

천선이란 도교에서 승천升天한 신선을 가리키는 말이다. 『포박자抱朴子』「논선論仙」에 따르면, "『선경仙經』에 이르기를, '상사上士'는 육신을 이끌고 허공으로 올라가니 천선天仙이라 하고, 중사中士는 명산에서 노니니 이를 지선地仙이라 하고, 하사下士는 죽은 후에야 육신의 허물을 벗으니, 이를 시해선尸解仙이라 한다'고 하였다"고 한다.

【ㅍ】

팔난八難

팔난이란 부처님을 만나고 불법을 구하기 어려운 여덟 가지 상황을 말하는 것이다. 즉 지옥, 축생, 아귀, 장수천長壽天, 북울단월北鬱單越, 맹롱음아盲聾瘖啞, 세지변총世智辯聰, 불전불후佛前佛後이다.

팔대금강八大金剛

팔대금강명왕八大金剛明王의 약칭으로 금강수보살金剛手菩薩, 묘길상보살妙吉祥菩薩, 허공장보살虛空藏菩薩, 자씨보살慈氏菩薩, 관자재보살觀自在菩薩, 지장보살地藏菩薩, 제개장보살除蓋障菩薩, 보현보살普賢菩薩을 가리킨다.

【ㅎ】

현무玄武

도교의 사방신四方神 가운데 북방의 신을 가리킨다. 그 모습은 대체로 거북과 뱀이 합쳐진 모양으로 묘사된다. 송나라 대중상부(大中祥符, 1008~1016) 연간에는 휘諱를 피하기 위해 '진무眞武'라고 칭했다. 송나라 진종眞宗 때는 '진천진무령응우성제군鎭天眞武靈應祐聖帝君'으로 추존되어 '진무제군'으로 불리기 시작했다. 도교 사당에 조각상이 모셔진 경우가 많은데, 그 모습은 검은 옷을 입고 머리를 풀어헤친 채, 손에 칼을 짚고 발로 거북과 뱀이 합쳐진 괴물을 밟고 있으며, 그 하인은 검은 깃발을 들고 있는 것으로 묘사된다.

현장玄奬

당나라의 실존했던 고승으로, 속세의 성명은 진위(陳褘, 602~664)이며, 낙천洛川 구씨柳氏(지금의 허난성河南省 이앤스시앤偃師縣 꺼우스쩐柳氏鎭) 사람이다. 어려서 출가하여 불교 경전을 연구했고, 천축天竺, 즉 인도에 유학하여 17년 동안 공부하고 장안으로 돌아와 불경의 번역에 힘써서, 중국 불교 법상종法相宗의 창시자 가운데 하나가 되었다. 『서유기』에서는 비록 이 인물을 모델로 삼았지만, 오랫동안 민간에서 전설로 전해지면서 실제 역사에 나타난 것과는 많은 차이가 생기게 되었다.

현제玄帝

노자老子를 가리킨다. 당나라 고종高宗 건봉乾封 원년(666)에 노자를 태상현원황제太上玄元皇帝로 추존하였는데, 간략히 현제라고도 불린다.

화생化生

『유가론瑜迦論』에 따르면, 껍질에 의지해서 나는 것을 난생卵生, 암수 교합을 통해 몸에 담고 있다가 낳은 것을 태생胎生, 습기를 빌려 나는 것을 습생濕生, 아무것도 없는 상태에서 변화하여 생겨난 것을 화생化生이라 한다고 했다.

『황정경黃庭經』

도가의 경전 가운데 하나로, 원래는 『태상황정내경경太上黃庭內景經』과 『태상황정외경경太上黃庭外景經』이라는 두 권의 책으로 되어 있다. 이 책에 담긴 내용은 주로 양생수련養生修練의 방법들이라고 한다.

"할멈과 어린아이는 본래 다름이 없다네."(제3권 23회 63쪽)

시에서 '할멈'은 도교에서 신봉하는 비장脾臟의 신이다. 비장은 오행 가운데 토土에 속하고, 그 색은 황색이기 때문에 이런 명칭이 붙었다. 『서유기』에서 황파는 종종 사오정의 별칭으로 쓰인다. '어린아이'는 심장의 신으로, '적성동자赤城童子'라고도 한다. 심장을 상징하는 색은 적색이기 때문에 이런 명칭이 붙었다.

서유기 10

1판 1쇄 인쇄	2019년 10월 30일
1판 3쇄 발행	2024년 9월 26일
지은이	오승은
옮긴이	홍상훈 외
펴낸이	임양묵
펴낸곳	솔출판사
편집	윤정빈 임윤영
경영관리	박현주
주소	서울시 마포구 와우산로29가길 80(서교동)
전화	02-332-1526
팩스	02-332-1529
블로그	blog.naver.com/sol_book
이메일	solbook@solbook.co.kr
출판등록	1990년 9월 15일 제10-420호

© 홍상훈 외, 2019

ISBN	979-11-6020-114-7	(04820)
	979-11-6020-104-8	(세트)

• 잘못된 책은 구입한 곳에서 바꿔드립니다.
• 책값은 뒤표지에 표시되어 있습니다.